Zomerzussen

Van Monika Peetz verscheen eveneens
bij Ambo|Anthos *uitgevers*

De dinsdagvrouwen
De dinsdagvrouwen. Zeven dagen zonder
De dinsdagvrouwen. Te hooi en te gras
Uitgerekend wij

Monika Peetz

Zomerzussen

Vertaald door
Annemarie Vlaming

Ambo|Anthos
Amsterdam

MIX
Papier van verantwoorde herkomst
FSC® C014496

ISBN 978 90 263 6106 7

Oorspronkelijke titel *Sommerschwestern*
Oorspronkelijke uitgever Kiepenheuer & Witsch
Omslagontwerp Margo Togni
Omslagillustratie © DEEPOL by plainpicture/Kristian Peetz
Foto auteur © Ruud Pos

Verspreiding voor België:
Veen Bosch & Keuning uitgevers nv, Antwerpen

Voor Gesina,
mijn zus voor alle seizoenen

1

Waarheen, waarvoor?

Nog vijf minuten. Vanaf de tramhalte trok Yella een sprintje over de Europaplatz richting Hauptbahnhof. Paniekerig gingen haar ogen over het informatiescherm tot ze bij AMSTERDAM CENTRAAL bleven hangen. Spoor 14, helemaal bovenin, ook dat nog. Ze had thuis kostbare tijd verspild omdat ze op het laatste moment de ontbijttafel nog extra fraai had willen dekken voor haar gezin. Bordjes fruit, versgeperst sinaasappelsap, zelfgemaakte granola, perfect gekookte eitjes en drie chocoladeharten, om het leed van haar ongebruikelijke afwezigheid te verzachten voor David en de twee jongens.

Nog vier minuten. Waarom was ze niet zo'n vrouw die dankzij vroege hardloopsessies in het park moeiteloos een stadsmarathon kon lopen, of op z'n minst iemand die dankzij yoga, meditatie en ontspanningsoefeningen lak had aan te laat komen? Ze moest die trein halen. Halfslachtige excuses mompelend wurmde Yella zich tussen een groepje zakenreizigers door, die hun megabelangrijke gesprek over de verdeling van de voorjaarsbonussen al op de trap waren begonnen en er niet over peinsden om haar voor te laten gaan. Om halfzeven 's ochtends had iedereen haast.

Nog drie minuten. Het leukste aan reizen is de voorpret, werd altijd gezegd. Doordat de uitnodiging zo onverwacht was gekomen had Yella maar weinig tijd gehad om zichzelf voor te bereiden of zich er zelfs maar op te verheugen. Op het laatste moment had ze lukraak wat kleren ingepakt voor een breed spectrum aan weersomstandigheden, van tropische hitte tot tinkelende ijstijd. De rest van de idioot grote koffer was volgestouwd met presentjes voor haar familieleden, die ze in een handomdraai uit haar goedgevulde cadeaula had getoverd. De douche die ze had genomen had ze net zo goed kunnen laten zitten, en het dikke donsjack zeker. Het zweet liep over haar rug terwijl ze met haar laatste krachten het zware stuk bagage de trap op sjouwde. Haar T-shirt plakte aan haar lijf, haar longen deden pijn, en ze was waarschijnlijk zo rood als een biet. Maar wie kon het schelen wat voor kleur haar gezicht had? Het was het resultaat dat telde. ICE 240 reed al richting Nederland toen Yella zich zielsgelukkig op haar stoel liet vallen. Ze had zesenhalf uur de tijd om weer op adem te komen.

Yella had zich nog maar net uit haar jas gepeld, haar koffer weggezet in het bagagerek en het zelfhulpboek over zelfoptimalisatie opengeslagen dat al een eeuwigheid op haar nachtkastje stof lag te vangen, toen een ijzingwekkend schrille kinderstem door de coupé klonk: ‘Mama, opstaan! Mama! Ik ben wakker! Mama, mag ik uit bed? Mama, wat gaan we ontbijten? Mama! Mama opstaan!’ De stem van haar zoon schalde schaamteloos luid door de trein. Ze werd bedolven onder verwijtende blikken, terwijl ze tussen mascara, Playmobilpoppetjes, een half zakje Haribo-smurfen, vochtige doekjes, huissleutels, notitieblokje en een oplaadkabel naar haar telefoon zocht.

‘Mama, opstaan! Mama! Ik ben wakker!’ begon de riedel

van voren af aan, deze keer nog iets luider.

In de ochtendhectiek was Yella vergeten haar wekker uit te zetten, met het geluid dat Leo er samen met zijn vader op had gezet. Drie jaar geleden had het slissende, hese stemmetje waarmee Leo de woorden giechelend voor haar had ingesproken haar onder de kerstboom tot tranen geroerd. Inmiddels had ze de woorden zo vaak gehoord dat ze Davids idee vervloekte. Toch kon ze het niet over haar hart verkrijgen om de boodschap te wissen. Tenslotte sliste haar zesjarige allang niet meer, en zelfs zijn broertje Nick kon moeilijke woorden probleemloos uitspreken.

'Mama, mag ik uit bed? Mama, wat gaan we ontbijten?'

Een keurig gekapte zakenvrouw met Angela Merkelmondhoeken vuurde vernietigende blikken op haar af en priemde met haar wijsvinger in de richting van het logo STILTECOUPÉ, dat de zone markeerde voor mensen die rust wilden. Voor Yella op dat moment een onbereikbare toestand. Hoe vaak had ze, als ze 's avonds indommelde terwijl ze haar beide zoontjes voorlas, niet een paar dagen voor zichzelf gewenst, zonder verplichtingen, afspraken, bergen wasgoed en wekker? Nu was het eindelijk zover en nu leek er storm op komst. Zelfs met haar mobiele telefoon op stil kreeg Yella het voor elkaar om op twee plekken tegelijk te zijn. Haar ene helft probeerde met het hoofd op het opgerolde donsjack de achterstallige slaap van de afgelopen weken in te halen, de andere helft raasde door het appartement in Berlijn om de dag in goede banen te leiden. Broodtrommeltjes, gymtassen, het briefje voor de schoolfotograaf, de toestemming voor het uitstapje met de kleuters. In gedachten vinkte ze de punten op haar denkbeeldige to-dolijstje af, voordat haar met gloeiende wangen iets te binnen schoot: Nicks modderbroek hangt nog aan de waslijn, appte ze naar David. Ze kreeg blauwe vinkjes noch een antwoord. Of hij liep te stressen, of hij was nog steeds boos op haar.

Toen de trein Stendal binnenreed stelde ze zich voor hoe David probeerde de jongens op tijd op school en de opvang af te leveren. Geen nieuws is goed nieuws, zei ze tegen zichzelf, de martelende behoefte onderdrukkend om elke vijf minuten te vragen of thuis alles oké was. Dat deed ze normaal ook niet, als David op dinsdag en donderdag aan de beurt was om de kinderen weg te brengen omdat zij in alle vroegte moest opstaan. Als officemedewerkster bij een start-up die 24/7 voor de klanten klaarstond moest zij de afspraken voor anderen regelen. Zelf was ze geen ervaren reiziger. Yella keek ervan op hoe vreemd het voelde om zonder haar gezin op pad te zijn. In gedachten hoorde ze de schoolbel gaan en de deur naar de kinderopvang met een klap dichtvallen. Ze zag David voor zich, die terugkeerde naar de lege woning, de ontbijttafel af- en de afwasmachine inruimde, afval en oud papier wegbracht, de lekkende kraan in de badkamer repareerde, een zucht slaakte toen hij de modderbroek aantrof en nog maar een kop koffie dronk, tot hij geen enkele reden meer kon vinden om zijn werk nog langer uit te stellen. In Yella's hoofd klonken zijn zware voetstappen door de eindeloze gang en het karakteristieke geknars van de deur van zijn werkkamer, die kreunend in het slot viel. Sinds de kinderen uit de luiers waren had de schrijver de hoekkamer met het ronde raam voor zichzelf en zijn werk geconfisqueerd. Het motief van het behang verdween onder een grote hoeveelheid handgeschreven aantekeningen, foto's, krantenartikelen, kunstkaarten, fictieve plattegronden, researchresultaten en het zelf in elkaar geknutselde prikbord waarop David de gekleurde systeemkaartjes met korte beschrijvingen van de honderdzeventien hoofdstukken van zijn tweede roman dagelijks opnieuw rangschikte. Yella vermeed de kamer, die doordrenkt was van Davids gezucht. In al die jaren waarin de ooit zo gevierde schrijver op zijn materiaal zat te kauwen hadden haar ingeslikte vragen naar zijn vorderingen een soort klont in haar maag gevormd. Voor nu schoof ze de knagende twijfel aan de kant en troostte zichzelf met de gedachte dat die vervelende steken in haar buik vast gewoon door de honger kwamen. Toen ze de boterham met kaas uit haar tas viste, viel de mysterieuze envelop eruit.

Buiten flitsten Wolfsburg en het uitgestrekte complex van de Volkswagen-fabriek voorbij, binnen in haar woedden tegenstrijdige gevoelens toen ze de raadselachtige brief van de grond opraapte. Ze had het bericht pas veertien dagen daarvoor ontvangen, maar de envelop vertoonde duidelijk sporen van gebruik. Yella had de brief eindeloos rondgedraaid in haar handen, hem in een hoek gesmeten en weer opgepakt, en ze had zo ingespannen naar elk afzonderlijk woord zitten turen dat de letters voor haar ogen begonnen te dansen. Kreunend had ze de envelop opengescheurd, twee weken later kreunde ze nog steeds elke keer als ze de brief zag.

H.T. prijkte groot en zelfverzekerd als afzender op de achterkant. Haar bloed begon te koken bij het zien van de kunstig gekalligrafeerde inktletters. Ze namen veel ruimte in beslag en werden van elkaar gescheiden door dikke punten, ze troonden als twee uitroeptekens op het papier en verrieden het temperament van haar moeder. Het lichtgrijze zijdepapier knisperde zachtjes toen Yella de envelop, waarvan ze de inhoud allang kende, opende. *Lieverds*, luidde de merkwaardig onspecifieke aanhef die Henriette Thalberg met energieke halen op het ouderwetse papier had gepend. *Ik zou graag in alle rust iets met jullie bespreken. 12-16 mei. Jullie hoeven niks te doen, verblijf is geregeld.*

Bijgevoegd was een gekopieerde plattegrond die gemarkeerd was met een rode X.

'Is dat een schatkaart?' had Leo opgewonden gevraagd en hij stak zijn jamvingers naar het papier uit.

'Oma nodigt ons uit,' had ze ietwat verward uitgelegd.

'Oma Lila?' had Nick enthousiast geroepen, waarna hij zijn broer de kaart uit de hand trok. 'Heeft ze een schat voor ons verstopt?'

Haar zoons waren dol op Davids moeder, die haar bijnaam te danken had aan haar fel paarsrode haar, dat ze om de drie weken in een dure salon liet verven. De jongens gingen regelmatig naar de moestuin van hun grootouders op het Potsdamse volkstuinencomplex, waar oma samen met de jongens op open vuur heksensoep kookte van zelfgeteelde groenten, terwijl opa Peter zijn kleinzoons liefdevol inwijdde in de geheimen van bijenteelt en composthoop.

'De andere,' had Yella gezegd. 'De oma uit Keulen.'

Onmiddellijk verloren haar zoons hun interesse in de uitnodiging. Yella kon het hun niet kwalijk nemen. Gewend aan vier dochters als ze was kon haar moeder geduld noch begrip opbrengen voor de levendige jongens.

'Ze zijn zo druk,' klaagde ze regelmatig. Zo misprijzend als ze het woord liet vallen klonk het haast alsof temperament een ernstig misdrijf was.

Zodra Yella het las waren alle alarmbellen bij haar gaan rinkelen. Een familiebijeenkomst, en ook nog eens op zo'n korte termijn? Over twee weken al? Wat een vreemde cryptische uitnodiging! Wat wilde haar moeder in hemelsnaam bespreken? Het raadselachtigste was nog de bestemming die Henriette Thalberg voor haar onthulling had gekozen. De toon was dwingend, de aanleiding mysterieus, de plek ronduit alarmerend. Waarom moest de bijeenkomst uitgerekend plaatsvinden op dat ene stukje aarde dat de hele familie Thalberg al twintig jaar collectief meed? Ze had bijna een inzinking gekregen toen ze constateerde dat de plattegrond een stukje Nederlandse Noordzeekust weergaf. Waarom Nederland? Waarom uitgerekend Bergen? Waarom het dorp waar haar vader ruim twintig jaar geleden bij een verkeersongeluk om het leven was gekomen? Yella vond het onvoorstelbaar dat haar moeder zo'n beladen plek had uitgekozen. Had Henriette Thalberg deze symbolische locatie uitgezocht om goed of juist slecht nieuws te brengen?

'Wat wil ze van jullie?' had David gevraagd nadat hij de brief uitvoerig had bestudeerd. Haar moeder had niet al te erg haar best gedaan om haar schoonzoon welkom te heten in de familie Thalberg, dus ging hij er maar van uit dat met *lieverds* vooral de vier zussen bedoeld waren. Ook nu kon Yella nog altijd geen overtuigend antwoord geven op de vraag wat er achter de uitnodiging zat. Een aanval van nostalgie? Heimwee naar vroeger en het gelukkige gezin dat ze ooit waren geweest? Verlangde ze naar haar dochters? Wilde ze alsnog haar vijfenzestigste verjaardag vieren, wat er twee jaar eerder door corona niet van was gekomen? Of het eind van haar werkzame leven? Maar dat was ook al jaren geleden. Was er een of ander jubileum bij een van de talrijke vrijwilligersfuncties die ze bekleedde? Was ze in de kerkenraad gekozen, of had ze een onderscheiding gekregen voor haar werk bij de voedselbank? Wat wilde hun moeder hun in hemelsnaam op deze manier meedelen? En waarom moesten ze daarvoor halsoverkop afreizen naar de Hollandse kust? Was er soms een oud familiegeheim dat alleen daar onthuld kon worden?

Yella wist niet wat ze moest voelen. Haar grootste angst was dat de uitnodiging iets met het ongeluk van haar vader te maken had. Maar wat konden ze na twintig jaar nog te horen krijgen over een verkeersongeluk waarbij een storm zowel de oorzaak als de enige getuige was geweest? Het had haar en de rest van het gezin enorm veel tijd en energie gekost om het leven na zijn dood weer op de rit te krijgen, en Yella had geen enkele behoefte om terug te keren naar haar herinneringen aan de fatale dag die haar biografie in tweeën deelde. Ook zonder allerlei gedoe van vroeger vergde het gezinsleven al genoeg van haar.

Henriette Thalbergs brief was ingeslagen als een bom in het leven van de zussen. Yella had haar moeder meteen gevraagd wat er aan de hand was, wat die met een koel sms'je had afgewimpeld: Ik heb geen zin om alles vier keer uit te leggen.

Terwijl ze hongerig haar boterham met kaas naar binnen propte, scrolde Yella nog een keer door de discussie die na ontvangst van de uitnodiging in de WhatsAppgroep van de zussen was ontstaan. Ze bestudeerde elk afzonderlijk commentaar, op zoek naar informatie die haar tot dan toe was ontgaan. Ze wilde dat ze zo nuchter was als haar zusje Helen, de rationele natuurwetenschapper, die naar de feiten verwees: Ik weiger me preventief zorgen te maken, schreef ze. Daar is nog genoeg tijd voor als we weten waar het om gaat.

Ik kon het niet uithouden, mengde Amelie, Helens tweelingzus, zich in het gesprek. Ik heb mama net zo lang gestalkt tot ze de telefoon opnam. Ze wilde niets verklappen. Ze wil alleen met ons allemaal tegelijk praten.

Waarom zegt ze niet gewoon wat er aan de hand is, tikte Helen verontwaardigd. Het is toch geen film waarin kunstmatig spanning moet worden opgewekt.

Haar reactie maakte duidelijk dat ze de kwestie toch niet zo ontspannen zag als ze zelf beweerde. Helen onderhield slechts losjes contact met haar zussen. 'Ik ben niet zo'n beller,' zei ze altijd. In werkelijkheid maakte de ambitieuze wetenschapper anderen niet graag deelgenoot van haar leven en haar problemen. Ze hechtte weinig waarde aan familie. Ze had er geen behoefte aan om een eigen gezin te stichten met haar vriend Paul, met wie ze al jaren samen was, en ook niet om de bestaande familiebanden te onderhouden. Yella had moeite met Helens striktheid en haar gebrek aan flexibiliteit. Nu was ze het bij wijze van uitzondering met haar jongere zus eens.

Het hoeft niets vervelends te betekenen, reageerde Amelie, zonder op Helens boze opmerking in te gaan. Misschien wil mama ons gewoon weer eens bij elkaar brengen. Het is eeuwen geleden dat we samen iets hebben ondernomen. En dan ook nog in Nederland, mooier kan niet.

Als single had Amelie makkelijk praten. Omdat ze van baan naar baan hopte en eeuwig op de vlucht was voor chronisch instabiele relaties en woonsituaties had ze geen verplichtingen die haar van een spontaan tripje naar het verleden weerhielden.

De enige die niet meedeed aan al het gespeculeer was hun oudste zus Doro. De drukbezette kostuumontwerpster baande zich in razend tempo een weg door een jaloersmakend leven vol glamour. Met haar bekroonde en extravagante podiumoutfits genoot Doro Thalberg internationale faam. Yella koesterde de uitgave van *Vogue* waarin maar liefst acht hoogglanspagina's aan de ontwerpen van haar grote zus waren gewijd. Non-stop vloog Doro heen en weer tussen haar atelier in

Keulen en diverse podia en filmsets, en tussendoor managede ze ook nog haar opgroeiende dochter. Ze kon van geluk spreken dat ze in een tweede huwelijkspoging op de Beierse rots in de branding Ludwig was gestuit, wiens hobby het was om voor Lucy te zorgen en zijn succesvolle vrouw zowel professioneel als op het thuisfront te steunen. Niemand kwam ongevraagd langs de twee meter lange, zwaargebouwde man, die een prima uitsmijter zou zijn geweest. Doro had kennelijk wel wat beters te doen dan zich in de opgewonden discussie over hun moeder te mengen. Vermoedelijk was ze aan het stressen, in vergadering, bij een doorpas of alles tegelijk.

'12 tot 16 mei, vijf dagen!' had David verzucht. Hij had de uitnodiging kritisch bekeken, terwijl hun oudste trots naar de gezinskalender was gelopen om het tripje naar zee te noteren. Sinds hij op school zat probeerde Yella hem te helpen zijn eigen planning bij te houden.

'12 mei,' had Yella voorgelezen.

Leo had de juiste dag gevonden en was meteen in tranen uitgebarsten toen hij zich realiseerde dat de vakantie samenviel met het verjaardagsfeestje van Penelope. Al weken had Leo het alleen nog maar over het ridderfeest van zijn schoolvriendinnetje en het Elsa-kostuum dat hij bij die gelegenheid wilde dragen.

Een blik op de overvolle gezinskalender op de koelkast was genoeg om Yella definitief in paniek te doen raken. Schrikbarend hoeveel sociale verplichtingen een gezin met een vier- en een zesjarige kon hebben. Nick vierde landendag op de opvang, waar hij in de groep 'Italië' stond ingedeeld bij het pizza's bakken, bij Leo stonden een tandartscontrole, koorrepetitie, zwemles en Penelopes verjaardag op de planning. Tot overmaat van ramp had David de vrijdag in kwestie zijn langverwachte afspraak bij de chiropractor ('Dat vervloekte zitten ook') en in het weekend een tweedaags seminar met zijn schrijfstudenten. Hoe moesten ze daar een lang verrassingsweekend aan de Hollandse kust tussen proppen?

Na een halve dag nadenken had Yella's bezorgdheid plaatsgemaakt voor een flinke portie ergernis. Wat kon er zo belangrijk zijn dat het niet uitgesteld kon worden? Waarom kon haar moeder niet iets verder vooruitplannen? Waarom kon ze de data niet met hen afstemmen? Hoe had ze zich dat voorgesteld?

Ik sla over, had Yella getikt. Voor vijf dagen naar Holland met de jongens is een nachtmerrie. En David komt om in het werk.

Midden in de nacht had ze alle bezwaren van zich af geschreven, om het spervuur aan argumenten waarom ze absoluut niet naar Nederland kon komen na tien minuten weer te wissen. Onder Amelies geruststellende woorden in de familiegroep dook acht keer achter elkaar haar eigen naam op en het zinnetje: Dit bericht is verwijderd.

Wat stond daar? had Amelie de volgende ochtend onomwonden gevraagd.

Dat ik stress heb, had Yella eerlijk geantwoord.

Amelie had meteen een lading emoji's met heel veel hartjes op haar afgevuurd. Dikke knuffel.

Hier hetzelfde, schreef Helen. Ik heb alles om moeten gooien.

Yella stond al bijna op het punt om haar moeder definitief af te zeggen toen er eindelijk een berichtje van Doro binnenkwam. Met geen woord ging haar grote zus in op de discussie rond de uitnodiging. Ik heb zo'n zin om jullie weer te zien, schreef ze. Ik kan bijna niet wachten. En daaronder stond het woord dat voor Yella alles veranderde. Toen ze de WhatsAppgroep aanmaakte had Helen de prozaïsche, ultrakorte naam 4T gekozen, alsof ze zo'n chemische samenstelling waren waarmee ze dagelijks experimenteerde in het laboratorium van een farmagigant. Later had Amelie die wel erg zakelijke benaming aangevuld met vier klavertjesvier. Nu had Doro het profiel opnieuw aangepast. Haar hart begon sneller te slaan toen Yella de naam las die haar grote zus had gekozen. Het was alsof ze het toverwoord had gevonden dat de toegang tot een geheime wereld ontsloot. Doro heeft de groepsnaam gewijzigd in 'Zomerzussen'. Zomerzussen! Duizenden herinneringen aan gelukkiger tijden klonken daarin door. Hoelang was het geleden dat Doro, Yella, Amelie en Helen elkaar als eenheid, als zomerzussen zagen? Nooit waren de vier meisjes zo close met elkaar geweest als tijdens de eindeloze vakanties die ze jaar na jaar aan de Nederlandse Noordzeekust in Bergen doorbrachten. Elke zomer verwilderden ze in de driehoek tussen camping, strand en dorp. Als de vier meisjes niet aan zee speelden en zwommen, struinden ze tussen de tenten, gaven optredens op het geïmproviseerde podium (hun groep heette *Doro en de rest*), verkochten limonade, zelfgemaakte soep, muffins en beschilderde stenen. Als de zon aan het eind van een lange dag in het water zakte, ravotten ze in de sprookjesachtige duinbossen rond de camping, tot het duister hen opslokte. De herinneringen aan het paradijs uit hun jeugd toverden een glimlach op Yella's gezicht. De zomerzussen hadden eeuwig zand tussen hun tenen en warrige haren door de wind en aten een zomer lang wat zonder al te veel gedoe op het tweepits gasstelletje kon worden klaargemaakt: wekenlang strand, camping en pasta met naar keuze rode, groene of witte saus. Meer had een kind niet nodig om gelukkig te zijn! Aan het eind van elke zomervakantie huilde Yella bittere tranen als ze door de achterruit van hun Volkswagen-busje de slagboom van de camping achter hen omlaag zag gaan en niet veel later school en geruzie weer begonnen. 'Wij zijn niet geschikt voor de dagelijkse sleur,' had Doro altijd gezegd. 'Wij zijn nu eenmaal zomerzussen.'

Doro was zestien, Yella dertien en de tweeling Helen en Amelie net negen, toen hun vader op de weg tussen Bergen en Bergen aan Zee met de auto verongelukte en hun jeugd en de vakanties aan de Hollandse kust voorgoed voorbij waren. Dat was twintig jaar geleden. Twintig jaar waarin hun levens uit elkaar waren gedreven. De zomerzussen bestonden alleen nog als losgekoppelde satellieten, elk van de zussen gevangen in haar eigen omloopbaan. Yella was na een niet afgemaakte studie architectuur in Berlijn blijven plakken, Amelie was na haar laatste mislukte relatie in Wuppertal gestrand, waar ze een vriendin hielp met het opstarten van een verpakkingsvrije supermarkt. Helen woonde in een van de dure wijken van Frankfurt, en Doro gaf als woonplaats Rimowa aan, haar favoriete koffiemerk. Ze was de enige die nooit uit Keulen was weggegaan, maar vanwege haar veeleisende baan zag ze hun moeder evengoed zelden.

Het viel niet mee om het hele gezin bij elkaar te krijgen. Dat kwam niet door corona of door de kilometers die tussen hen in lagen. Henriette Thalberg miste geen van Doro's glamoureuze premières, maar daarbuiten schitterde ze in het leven van haar dochters vooral door afwezigheid. 'Ik wil mezelf niet opdringen,' zei hun moeder vaak, niet zonder een snufje verwijt in haar stem. De waarheid was dat ze zich niet graag op een terrein begaf waar ze zich aan de gewoontes en het tempo van anderen moest aanpassen. Ze was niet zo goed in compromissen sluiten.

De zomerzussen? Wilde hun moeder het vroegere vakantieritueel weer oppakken? Wilde ze het zorgeloze, gelukkige gezin oproepen dat ze ooit waren geweest? Het toverwoord, dat met tal van emoties verbonden was, stemde Yella uiteindelijk wat milder. Misschien was het lange weekend de laatste kans om voort te borduren op de oude familietraditie en de zomerzussen nieuw leven in te blazen?

Toen haar telefoon begon te trillen schrok Yella op uit haar gedachten. Er kwam een pushmelding binnen, Amelie had een nieuwe story op Instagram gepost.

Het korte filmpje toonde twee vliegtuigen op vliegveld Köln-Bonn. '*Flying into the weekend*', stond er in glitterletters onder geschreven.

Toen draaide de camera en kwam Amelie in beeld, die met een rugzak op haar rug voor een Flixbus richting Amsterdam stond te dansen. '*Not*. Geen geld voor het vliegtuig,' bekende ze met verbluffende eerlijkheid aan de 14.500 volgers van haar account *Schatzoeken met Amelie*. Anders dan Yella, die vaak hees was, en Doro, die altijd boven iedereen uit kwam, klonk Amelies stem boterzacht als karamel. Met haar lange blonde haar, haar ultrakorte zwart-wit geblokte jurkje en de plompe Dr. Martens met bloemetjesmotief zag ze er nog altijd uit als een eindexamenleerling. In de comments werd ze door een schare mannelijke volgers en bewonderaars overstelpt met complimenten. Veel van hen maakten er geen geheim van dat ze maar wat graag in het echte leven een afspraakje met Amelie zouden willen. Het filmpje was van de avond daarvoor. Er volgden filmpjes uit de nachtbus, waarop weinig meer te zien en te horen was dan het doordringende gesnurk van een buurman, en daarna foto's van de eindeloze rij voor de wc bij een wegrestaurant, het troosteloze station Amsterdam Sloterdijk in de regen en de wallen onder haar ogen, die afgezien van Amelie zelf natuurlijk niemand opvielen. Als laatste een foto van een leenfiets. Yella was jaloers op haar zus. Die was allang in Nederland aangekomen.

2

Geluk en tegenwind

Amelie vond zichzelf erg stoer. Na een nacht vol ongemakken in de Flixbus en de korte treinrit van Amsterdam Sloterdijk naar Alkmaar was ze op het station overgestapt op zo'n blauw-gele fiets van de Nederlandse Spoorwegen, die je met een app voor een paar euro kon huren. Met de snelbinders bevestigde ze haar rugzak op de bagagedrager. Sceptisch keek ze naar de donkere wolken die zich boven Alkmaar samenpakten. Thuis zou ze nooit van haar leven op het idee zijn gekomen om zich met dit soort pessimistische weersvoorspellingen fietsend buiten de stad te wagen. Naast haar stapte een ouder echtpaar stoïcijns op de fiets. Amelie besloot te vertrouwen op de locals, die zich niet druk leken te maken om een eventuele regenbui. Die zouden het wel het beste weten. In een vloeiende beweging stapte ze op haar fiets en begon stevig te trappen.

'Ik ben al bijna een echte Hollandse,' zei ze giechelend in de camera van haar telefoon, waarna ze het korte filmpje op haar Instagram postte. Google Maps wees haar de weg. Op heerlijk glad asfalt, zonder de vermoeiende hoogteverschillen die haar in Wuppertal het leven zuur maakten en met flink wat autovrije kreukelzone om zich heen, voelde fietsen zelfs met laaghangende regenwolken zoveel natuurlijker aan dan in het stadsverkeer thuis. Met een beetje geluk zou ze voor de eerstvolgende hoosbui de tien kilometer naar het vakantiehuis hebben afgelegd.

Haar humeur werd beter met elke meter die ze droog aflegde. De relaties binnen haar familie vormden een ingewikkeld vlechtwerk, maar op dat moment had ze evengoed het gevoel dat ze een nieuw begin met haar zussen en haar moeder tegemoet fietste.

Amelie deelde het perfect aangelegde fietspad met drommen tieners die vanuit de Alkmaarse scholen naar hun huis in de kilometers verderop gelegen dorpen fietsten. Terwijl in Duitsland voor dit soort afstanden vermoedelijk schoolbussen werden ingezet, leek het voor Nederlanders de normaalste zaak van de wereld om in weer en wind op hun stalen ros te stappen en de route naar school af te leggen. Geen wonder ook als je zag hoe de wegen hier waren aangelegd, waardoor tweewielers en auto's keurig uit elkaar werden gehouden. Vrolijk kletsend reden de scholieren haar voorbij, ze maakten een enorm nonchalante indruk. Alsof ze op de fiets waren geboren. Hun schoolrugzakken vervoerden ze in grote fietskratten op de voordrager, die de fietsen zo breed maakten dat Amelie wanneer ze haar met z'n drieën naast elkaar inhaalden bijna de sloot in werd geduwd. Ze voelde zich al enorm ingeburgerd, totdat ze Alkmaar achter zich liet en de wind haar vol in het gezicht waaide. Een onzichtbare muur remde haar af. Haar haar wapperde rond haar hoofd, de wind rukte aan haar dunne jurkje. Op Google Maps had de afstand te overzien geleken. Helaas had de app er geen rekening mee gehouden dat zodra je de beschutting van de huizen in de stad achter je liet het natuurgeweld vrij spel had in het vlakker dan vlakke Hollandse landschap. De wind zwiepte koude motregen in haar gezicht, drong door de stof van haar kleren heen en zette alles op alles om haar van haar fiets te sleuren. Haar bovenbenen voelden aan als pap, terwijl ze met tranende ogen vertwijfeld tegen de straffe bries in ging hangen.

De rit naar het vakantiehuis was langer dan ze had gedacht. De kaarsrechte weg strekte zich op het oog eindeloos voor haar uit. Tussen de groen-, bruin- en okertinten lichtten hier en daar rode, gele en paarse strepen op in het landschap, alsof ze met liniaal en viltstift waren ingetekend. Tulpenvelden, constateerde ze enthousiast. Amelie passeerde een soort maaidorsmachine, die over het veld denderde en de laatste tulpen vlak onder de bloem onthoofdde. Steel en blad bleven staan. Doro werkte in Berlijn aan een musicalversie van *Alice in Wonderland*. Was het in dat verhaal niet zo dat de hartenkoningin alle bloemen dreigde te onthoofden? Hier was de bloeddorstige dame in de vorm van een machine al succesvol over de velden gedenderd, want langs de meeste akkers lagen de tulpenkoppen op grote hopen uit te drogen. Zoals tijdens het fietsen alle kracht naar haar benen ging, diende de plant zich niet bezig te houden met onnodig bloeien maar nieuwe bollen te vormen, die vanuit Nederland naar de rest van de wereld werden geëxporteerd.

Het vakantiearchief van de familie Thalberg bevatte tal van portretten van de zussen. Jaar na jaar moesten de vier meisjes tijdens het obligate uitstapje naar de dierentuin in Amsterdam voor een steeds kleiner wordende stenen gorilla poseren. Er bestond ook een opname van het kwartet in een felgekleurd tulpenveld. Hoewel de portretten het overduidelijke bewijs leverden dat ze bij alle familieactiviteiten aanwezig was geweest, kon Amelie zich de vakanties in Nederland nauwelijks herinneren. Niet de tulpen, noch de dierentuin of de uitstapjes met haar vader. Alsof iemand de map 'Papa en Nederland' van haar harde schijf had gewist.

Compleet buiten adem stopte Amelie voor een boerderij waarvan de benedenverdieping bijna werd platgedrukt door een piramidevormig dak. Onder een houten afdakje werden de overlevende tulpen voor een paar euro te koop aangeboden. Normaliter kon ze zich snijbloemen niet permitteren, maar nu ze rechtstreeks van de teler kwamen had ze genoeg voor een arm vol bloemen. Ze had haar buit nog maar net op de bagagedrager bevestigd of de weergoden toonden ineens mededogen met haar. Boven haar brak de hemel open. De eerste zonnestralen drongen door het grauw en schilderden betoverende vlekken op het vlakke land. Een onverwacht gevoel van geluk stroomde door Amelie heen toen ze het landschap eindelijk beter in zich kon opnemen. Welke onbenul beweerde dat je voor het weer niet aan de Noordzee moest zijn? Nederland was dan misschien geen vakantiebestemming met zongarantie, maar het razende schouwspel aan de hemel maakte dat duizend keer goed. De aanhoudende wind zorgde voor een eeuwigdurend vluchtig spektakel. In Wuppertal werd het zicht begrensd door huizen, hoge flatgebouwen en de steile heuvels van het Bergische Land. Hier werd ze bijna omarmd door de hemel. De wolken weerspiegelden in plassen, in het asfalt van het natgeregende wegdek en de sloten die het land arceerden. Overal reflecteerde water elke zonnestraal, hoe klein ook, wat de diepgroene weilanden hun kenmerkende glans gaf. De duinen en de Noordzee vermoedde je hoogstens aan de horizon, ook al verbeeldde ze zich dat ze de karakteristieke zilte geur van de zee al kon ruiken. Amelie was vergeten hoe overweldigend het Hollandse landschap kon zijn. 'Als wolkenvanger mag je niets uitstellen,' zei een zachte mannenstem. 'Als je niet oppast neemt de wind het moment zomaar met zich mee.'

Amelie was zo overrompeld door die onverwacht opflikkerende herinnering dat ze bijna van haar fiets viel. Het was de stem van haar vader, die voor het eerst uit de krochten van haar geheugen bovenkwam. Ze zag hem gewoonweg voor zich, hoe hij tussen de weilanden stopte en uit de zak van zijn jasje een waterverfpenseel en het kleine Winsor-aquarelsetje tevoorschijn toverde om een bijzondere lichtval op papier te zetten. Zijn schetsboeken, die bewaard waren gebleven op zolder, leverden een indrukwekkend bewijs van zijn oneindige fascinatie voor de schoonheid van Noord-Holland: hij vereeuwigde het verlaten landschap, de nog lege zee in de ochtend, de zonsondergang in de duinen, mosjes, een zeldzame paddenstoel, knoestige bomen die bogen onder de westenwind, maar het liefst tekende hij wolken, alleen maar wolken, steeds opnieuw. Als kind had Amelie het irritant gevonden als hij ergens stopte om te tekenen in plaats van haar zoals beloofd naar het zwembad of het strand te brengen. Om nog maar te zwijgen van zijn dodelijk saaie voordrachten over het bijzondere Hollandse licht dat de oude meesters al had gegrepen. Als volwassen vrouw zag ze in één oogopslag wat hem aan dit landschap had gefascineerd. Ze wilde dat ze destijds al had begrepen hoe ver haar vader zijn tijd vooruit was geweest. Hij predikte mindfulness lang voordat dat in de mode kwam. Hoe graag had ze nog één keer samen met hem naar de hemel gekeken. Ze stelde zich voor hoe ze elkaar op opvallende wolkenvormen wezen, en op de windmolen links van hen.

In haar bagage had Amelie een stapeltje oude familiefoto's, die haar moeder een paar maanden eerder in een schoenendoos had aangetroffen toen ze de zolder aan het uitmesten was. Naast een oude wollen trui van haar vader maakten de herontdekte kiekjes deel uit van de weinige schatten die ze nog van Johannes Thalberg had. Steeds als het gesprek op de zomerzussen kwam, werd ze overmand door het verontrustende gevoel dat ze er niet bij was geweest tijdens de vakanties in Nederland. De foto's uit de doos bewezen het tegendeel. Ze had zich heilig voorgenomen om de plekken waar de foto's waren genomen te achterhalen. Misschien zou de hernieuwde ontmoeting met de plekken uit haar jeugd de bedolven beelden weer boven water krijgen. Ze hoopte dat ze de verstomde stem van haar vader in Bergen weer tot leven kon wekken.

3

Kwakende kikkers

De kilometers ratelden onder Yella door. Slapen kon ze wel vergeten. Met elk uur dat haar verder scheidde van haar leven in Berlijn werd ze nerveuzer. Het vreemde gevoel in haar buik gunde haar geen rust. Tegen elven bereikte de trein de grens bij Bad Bentheim. Flarden Nederlands waaiden haar oren binnen. Voor haar gevoel een willekeurige aaneenschakeling van onbegrijpelijke keelklanken, die heerlijk vreemd en tegelijkertijd vertrouwd klonken. Terwijl in Berlijn voor zoon Leo het vierde schooluur begon, denderde de trein richting haar verleden.

Ontroerd zat ze naar de tulpenfoto's op Amelies Instagram-account te kijken toen Doro een videogesprek startte. 'Typen is zonde van de tijd,' zei ze altijd. Ademhalen kennelijk ook, want zoals altijd stond Doro onder hoogspanning en viel ze met de deur in huis.

'Heeft Henriette je al gebeld?' vroeg ze, zonder de tijd te nemen voor een begroeting.

'Nee, hoezo?' vroeg Yella gealarmeerd.

'Onze moeder laat weten dat ze het niet redt...' begon Doro een van haar befaamde onafgemaakte zinnen toen er op de achtergrond een schim door het beeld glipte. Haar zus onderbrak zichzelf meteen.

'Maria, zijn dat de veren uit Italië?' vroeg ze verrukt, waarna ze uit beeld verdween.

Kennelijk had ze haar telefoon op haar werktafel neergezet. Yella herkende de industriële stalen rekken die tot aan het plafond reikten en waar Doro stoffen, latex, vachten en schuimrubber in bewaarde. Zelfs op afstand kon ze het kostuumatelier gewoon ruiken – die unieke mix van lijm, verf, stof, textiel, hete koffie, opwinding en zinderende spanning. Achter een naaimachine zat een jongeman te zweten boven een rol tule, op de achtergrond stond een meisje met een strijkijzer een rij kikkergroene kostuums te stomen die aan een enorme metalen stellage bungelden. Doro's gezicht kwam weer in beeld.

'Ben je nog in het atelier?' vroeg Yella ten overvloede. Doro's look – een ijsblauwe, als gegoten zittende overall die van top tot teen met decoratieve verfspatten was bedekt, en op haar hoofd een hip mutsje waar haar witblonde haar nonchalant onderuit piepte – zei eigenlijk genoeg. Yella moest toegeven dat de kostuumontwerpster er zelfs in werkkleding enorm stijlvol uitzag.

'Onze moeder had ons even kunnen vragen voordat ze een datum prikte,' verzuchtte Doro. 'De uitnodiging komt erg slecht uit.'

Daar gaf Yella haar gelijk in. Maar of dat voor Doro echt iets uitmaakte? Haar grote zus klonk al jaren zo gejaagd. Maar sinds ze met het nieuwste Britse regiemirakel aan een gigantische musicalversie van *Alice in Wonderland* werkte had haar stressniveau ongekende hoogten bereikt. Was de première nou in Berlijn? Of was het Hamburg? Stuttgart? München? In de veelheid aan projecten was Yella het overzicht kwijtgeraakt en was ze het moment misgelopen waarop ze het nog had kunnen vragen zonder zich de meest ongeïnteresseerde zus ter wereld te voelen. Vlak-voor-iets-superbelangrijks was een chronische toestand bij Doro. Haar zus wekte niet de indruk dat ze op het punt stond op reis te gaan. Doro pakte haar mobiele telefoon op. Gehaast beende ze door het magazijn.

'Er is een doorpas tussen gekomen,' zei ze. 'Ik heb door corona een paar slechte jaren gehad. Ik moet alle opdrachten aannemen die ik kan krijgen om mijn schulden weg te werken.'

Al te ongelukkig klonk ze niet. Doro was zo iemand die leefde op extra sterke koffie en adrenaline. Aan haar stem kon je horen hoe blij ze was om een taak te hebben die haar tot een onmisbaar, absoluut onvervangbaar lid van de maatschappij maakte. Doro had zelfs een pagina op Wikipedia, die door haar stagiaires nauwgezet up-to-date werd gehouden. Yella vond het heerlijk om op haar werk deel uit te maken van een team. Ze kon zich er weinig bij voorstellen hoe uitputtend het moest zijn om altijd alleen in de frontlinie te staan. Als zij na een werkdag vol afspraken en meetings, het avondeten en bedtijdrituelen uitgeput op de bank plofte, te moe om nog een speelgoedautootje van de grond te rapen, ging haar zus als het moest nog naar een voorstelling in Berlijn, München of Londen. Hoe deed ze dat? Waar haalde ze de energie vandaan? Doro zag er zelfs in afgematte toestand beter uit dan Yella in gala-outfit.

'Wat is er met mama?' vroeg Yella ongeduldig.

'Wacht even, ik kom zo.'

Yella schudde haar hoofd over haar drukke zus, wier leven eruit bestond om zo veel mogelijk ballen in de lucht te gooien en te hopen dat ze niet allemaal tegelijk op haar hoofd vielen.

Meesterjongleur Doro nam bij voorkeur contact op als ze bij de bakker in de rij stond, in een kappersstoel zat, in de taxi van de ene afspraak naar de andere sjeesde, stond te koken of voor een zakenetentje op haar tafelpartner wachtte. Doro kon er niet tegen om ook maar een minuut onbenut te laten. Autoritten met Doro waren een drama. Voor elk rood verkeerslicht dook ze een zijstraat in om via sluiproutes zogenaamd sneller op haar bestemming te komen. Ze stond altijd op het punt van vertrek, hing in de wacht, zat op een andere lijn of was onderweg van A naar B. Als Yella haar aan de telefoon had onderbrak ze haar voortdurend om snel even een superdringende aanwijzing aan Ludwig te geven, een naaister op een fout te wijzen, Lucy aan haar te huiswerk te zetten of de hond van de buren af te blaffen. Zelfs in de verloskamer had ze tussen de weeën door nog wijzigingen doorgegeven voor de nieuwe inbouwkeuken, zodat alles perfect was voor de komst van de baby. Geen wonder dat Ludwig in de loop der jaren zo was aangekomen. Die extra kilo's had hij nodig om als rots in de branding overeind te blijven onder Doro's ongebreidelde dadendrang. Helaas beschikte Yella niet over het incasseringsvermogen van haar zwager.

'Ik wilde alleen even snel doorgeven dat ik met onze moeder heb afgesproken...' begon haar zus.

'Wat zei je?' riep Yella.

Het gesnor, geratel en gesis op de achtergrond absorbeerde Doro's woorden. Doro maakte op Yella altijd de indruk dat haar tijd te kostbaar was om te verdoen met telefoongesprekken met haar familieleden.

Vroeger had ze het altijd leuk gevonden om een kijkje in het leven van de kostuumontwerpster te nemen. Toen ze nog in Keulen woonde had ze Doro vaak bezocht en regelmatig op haar nichtje Lucy gepast als de nood aan de man was. Sinds ze naar Berlijn was verhuisd en zelf kinderen had, was het contact met Doro verwaterd. Zelfs als haar grote zus bij haar in de buurt aan het werk was, lukte het haar zelden om bij Yella aan te wippen. Doro was de onbetwiste koningin, die in haar korf resideerde en haar werkbijen alleen op eigen terrein ontving.

'Wat is er aan de hand?' herhaalde Yella zo luid dat ze de aandacht trok van haar medepassagiers.

Er verschenen rimpels in haar voorhoofd. Haar zus had natuurlijk ook kunnen ophangen om op een geschikter tijdstip terug te bellen. Yella verdacht Doro ervan dat ze genoot van publiek. Wilde de workaholic weer eens laten zien hoe onmisbaar ze was? Hoe briljant? Hoe superbelangrijk? Het leek alsof Doro pas leefde als ze gezien werd.

'Wat heb je met mama afgesproken?' vroeg ze afgemat.

'Doro, lieverd...' klonk een vreemd bekende stem.

Er schoof een schaduw het beeld binnen, de camera wiebelde even en er kwam een jongeman in beeld. Yella herkende de acteur meteen. Smachtend had ze naar de ziekenhuisserie met Simon Carlson zitten kijken en er stiekem van gedroomd dat hij haar zou oplappen als ze 's avonds doodmoe op de bank in elkaar zakte. Sinds wanneer zat die bij het theater?

'Momentje,' wimpelde Doro hem af. 'Ik ben net even met mijn zus aan het bellen. Simon, zeg eens hoi tegen mijn zus.'

Doro draaide de camera nog verder naar hem toe, zodat zijn gezicht in beeld kwam.

'Hoi, zus,' kirde de knappe arts-assistent van afdeling 17.

Yella voelde irritatie. Die twee voerden een show op en degradeerden haar tot toeschouwster.

'Het spijt me, zus, maar ik heb mijn lieve Doro eventjes helemaal voor mezelf nodig. Ik moet haar feliciteren met het fantastische kostuum dat ze mij heeft aangemeten. Niemand begrijpt me zo goed als Doro,' zei de boterzachte stem die Yella al zo vaak in slaap had gekweeld. 'Ze komt zo bij je terug. Dag zus.'

En toen drukte hij het gesprek zonder pardon weg. Het telefoontje riep meer vragen op dan antwoorden en liet Yella in verwarring achter. Waarom had Doro haar eigenlijk gebeld? Wat was er met haar moeder? Yella belde geïrriteerd terug, maar kreeg de voicemail.

Yella zuchtte diep. Ze hield van haar eigen werk. Toch voelde ze zich na dit soort telefoongesprekken elke keer weer piepklein, nietig en mislukt. Terwijl de kostuumontwerpster zich omringde met kleurrijke en beroemde mensen en zich kon beroepen op een glansrijke carrière, bestond de kleur in Yella's leven hoogstens uit de vergeten legosteentjes waar ze op stapte als ze zich vroeg in de ochtend richting koffiezetapparaat sleepte. Gesprekken met haar grote zus zogen het laatste restje energie uit haar. Elke ontmoeting met Doro liet een nare bijsmaak achter. Moest haar leven niet groter, dramatischer en kleurrijker zijn? Haar leidinggevende op kantoor had alleen maar kort geknikt toen ze haar vrije dagen aanvroeg. Haar werk zou niet weglopen. En niemand zou ooit naar haar werkplek komen om haar uitvoerig te bedanken voor een perfect uitgewerkte reiskostendeclaratie.

Yella's hoofd tolde. Hoe zou het zijn om vijf dagen met Doro door te brengen? Ze keek uit het treinraampje naar de sombere lucht, als om haar vermoeden te bevestigen dat ze regelrecht op een opkomende tornado afkoerste. Yella ontwikkelde bij tijd en wijle een verbluffende helderziendheid. Toen ze op een ijskoude winteravond de deur naar de collegezaal opende om deel te nemen aan de schrijfcursus van ene David Ziegler, die net alle mogelijke literatuurprijzen had gewonnen voor zijn romandebuut, was ze overvallen door het vage vermoeden een nieuw leven binnen te stappen. Drie maanden later zou tijdens een gezamenlijk weekend met vrienden in de Uckermark Leo verwekt worden, in de groenige schijn van fluorescerend planetenbeddengoed. Een soortgelijk voorgevoel bekroop haar toen ze zich met tientallen andere kandidaten hoogzwanger naar de bezichtiging van een huis in Wedding begaf en in haar fantasie twee kleine jongetjes door de lange gang zag rennen. Het gevoel dat haar leven ieder moment een wending kon nemen overviel haar toen ze op spoor 8a op Amsterdam Centraal overstapte op de blauw-gele dubbeldekker naar Den Helder. Over minder dan een uur zou ze in Bergen zijn. Ze had geen idee waar de reis daadwerkelijk heen zou leiden.

4

Spoorzoeken

Amelie nam voor Instagram een foto van het blauw-witte plaatsnaambord van Bergen, waaronder de evenementen van de komende maand werden vermeld. Museum Kranenburgh kondigde een nieuwe kunstexpositie aan, eronder stond informatie over een *braderie*. Als iemand weet wat dat is, graag in de commentaren, tikte ze, en meteen kreeg ze het antwoord van haar alwetende schare volgers. Een braderie is een soort rommelmarkt, schreef ene zoe_24.

Amelie zoog elk detail in zich op, hoe klein ook, zoals haar vader het haar vermoedelijk zou hebben aangeraden. In levendige aardetinten leidde de smalle weg het dorpje in. Iemand had er enorm veel energie in gestoken om straat, parkeerplaatsen, trottoirs en stoepranden door middel van verschillende steensoorten in grijs-, rood-, roest- en okertinten van elkaar te scheiden. Zelfs de zebrapaden waren niet op het wegdek geschilderd, maar met twee soorten stenen kunstig vormgegeven. Amelie stopte om de bijzondere patronen vast te leggen voor haar volgers. Wat een slavenarbeid om al die straten te plaveien en zorgvuldig te voegen. Of zouden wind en zand dat klusje op zich nemen? Op de grond las ze een vervagende tekst uit de coronaperiode: HOUD 1,5 METER AFSTAND, OOK ONDERWEG. De bakstenen van de straat gingen over in de bakstenen van de huizen, die net als de boerderijen waar ze langs was gefietst vaak maar één volwaardige verdieping hadden. De tweede verdieping lag meteen onder het schuine dak.

Sinds een paar jaar verkaste Amelie van het ene tijdelijke verblijf naar het volgende. Ze had alle woonvormen uitgeprobeerd. Grote woongroep, kleine woongroep, samenwonen met haar zus Doro, met een vriend, een minnaar, een vriendin, en dat in verschillende steden, in een dorp, in een rijtjeshuis, een historisch pand, in een piepklein kamertje en in een loft met dakterras. Nooit had ze zich voor langere tijd ergens gevestigd. Zo'n klein huisje helemaal voor haar alleen was haar ultieme droom. Ze zag gewoon voor zich hoe ze elke avond de middeleeuws aandoende houten luiken, wit met rood ruitmotief, sloot en zich terugtrok in haar cocon, die ze met niemand hoefde te delen.

Het vakantiehuis dat haar moeder voor hen had geboekt lag aan de rand van het dorp, halverwege tussen Bergen en Bergen aan Zee. Voordat haar zussen er waren had ze nog genoeg tijd om alvast een rondje door het dorp te doen. Ze zette haar fiets op de standaard, gooide haar rugzak over haar schouder en bleef na een paar meter voor een bijzonder rommelige etalage staan. Het duurde even voor ze zich realiseerde dat ze niet het excentrieke aanbod van een winkel gadesloeg maar ongegeneerd bij mensen naar binnen stond te kijken. Veel van de gevels in het centrum hadden raampartijen van vloer tot plafond. Om inkijk te voorkomen waren sommige ervan beplakt met raamfolie, dat je kennelijk in duizenden varianten kon krijgen, maar voor veel van de enorme ramen hingen niet eens gordijnen, zodat Amelie in de nauwe straatjes het gevoel had dat ze door de huizen van onbekenden wandelde. Ze kon haar ogen niet afhouden van de fascinerende inkijkjes in het Hollandse gezinsleven. Ze zag kinderen die met Lego aan het bouwen waren, thuiswerkers achter de computer, een jongeman die een dutje deed op de bank, en werd op haar beurt aangestaard door minstens vier katten, een hond en een dikke baby in een box voor de vensterbank. Hoe deden Hollanders dat? Hadden ze geleerd om weg te kijken? Hoe moest het zijn om hier te wonen als je buren in het voorbijgaan konden controleren of je wel had opgeruimd, waar de bank stond, hoeveel boeken je had en naar welk tv-programma je keek? Tussen zonwerende schermen in een vensterbank door ontdekte ze een oude meneer in een leunstoel, bewapend met een dunschiller en een aardappel, de pan tussen zijn knieën geklemd. Naast hem stond een klein meisje, ze wees naar een stoeptegel met een paarse hand en het raadselachtige opschrift ZWAAI JE MEE?

Ze zwaaide naar de dorpsbewoner en gebaarde van Amelie naar de man en weer terug. Betekende dat dat zij ook moest zwaaien? Ze kende die man niet eens. Het meisje wees naar de tegel en zwaaide opnieuw. Aarzelend deed Amelie haar na. De oude heer zwaaide vrolijk met zijn aardappel en knipoogde samenzweerderig naar haar. Het meisje knikte tevreden.

Geamuseerd vervolgde Amelie haar weg en wist ternauwernood een botsing met een glazenwasser te vermijden, die hier hoogstwaarschijnlijk goud geld verdiende.

De woonhuizen maakten stukje bij beetje plaats voor winkels. Het hele leven hier speelde zich op een klein oppervlak af. Amelie liep al slalommend tussen rekken met zomerkleding en regenjassen, tonnen vol strandspeelgoed, ballen en vliegers. Ertussen lag een kiosk, waar naast Nederlandse en

Duitse kranten magneten en sleutelhangers in de vorm van tulpen, grachtenpanden, klompen, windmolens en kaas werden verkocht. Voetgangers deelden het trottoir met de uitstallingen van de groentewinkel, de boeketten van een bloemist, reclameborden die KOFFIE EN THEE aanprezen of het nieuwste aanbod van een MAKELAAR. Amelie moest lachen om de advertenties in de etalage waarboven TE HUUR en TE KOOP stond. De Nederlandse taal bleef grappig. Maar het lachen verging haar toen ze de exorbitante bedragen zag waarvoor de huizen van eigenaar moesten wisselen. Het kleine huisje met de rood-witte luiken zou nog even moeten wachten. Zowel de advertenties als de kledingwinkels, waar verbazingwekkend prijzige designermode werd verkocht, verraadden haar dat Bergen weleens een dure plek kon zijn.

Amelie raakte overweldigd door alle indrukken. Het meest nog verbaasde het haar dat ze helemaal niets herkende. Dit was toch de hoofdstraat? Hier had ze als kind al haar zomers doorgebracht. Waarom bleef haar blik nergens aan hangen, aan niets wat haar ook maar vaag bekend voorkwam? Haar ogen dwaalden door de smalle straatjes, gleden langs huizen en straatnaamborden, winkels en restaurants, de hele tijd in de hoop een of ander vertrouwd plekje te vinden. Overal nodigden horecagelegenheden mensen uit om aangenaam te komen verpozen. Een paar zonnestralen waren, het koele lenteweer ten spijt, voldoende om enkele dappere gasten ertoe te verleiden op het terras te komen ontbijten. Noordzeebewoners waren taai. Amelie slingerde tussen de tafeltjes door en snoof de geur van frituurvet en verse koffie op. Flarden Duits, Nederlands en Engels waaiden haar kant op en vermengden zich met het gekrijs van de meeuwen. Onvermoeibaar cirkelden de onverschrokken vogels boven de terrassen, luidkeels kibbelend om elk hapje dat ze wisten te bemachtigen. De Franse keuken was populair en meermaals vertegenwoordigd, maar je kon ook Japans, Indonesisch, Thais, Kantonees, Braziliaans of Italiaans krijgen. Naar welk restaurant hadden haar ouders haar en haar zussen vroeger meegenomen? Of hadden ze elke avond op de camping gekookt? Waarom waren alle details verstopt achter een muur van mist?

'Je hebt zo'n beetje alles verdrongen wat je aan het ongeluk herinnert,' had Helen nuchter geconstateerd toen Amelie zich er onlangs over beklaagde dat de gebeurtenissen met haar vader zo onscherp in haar geheugen waren opgeslagen.

De no-nonsensewetenschapper was geen grote hulp als het erom ging af te dalen in de pijnlijke krochten van de familiebiografie. 'Ik heb geen enkele behoefte aan gewroet in wat geweest is,' wimpelde Helen standaard elke vraag naar hun gemeenschappelijke verleden af. 'Voor mij is het thema afgehandeld.'

Ooit hadden ze de buik van haar moeder gedeeld, nu kon Amelie vaak niet bevatten hoe verschillend ze waren. Terwijl Amelie een meisjesachtige stijl had en trots was op haar lange blonde haar, had Helen haar zwarte haar altijd al kort gedragen. Amelie had een voorliefde voor fleurige bloemetjesjurken, Helen koos tijdloos klassieke kleding in zwart en wit. Toen ze als kind dwarsfluit wilde spelen, wilde Helen koste wat kost leren drummen. Zelfs in het internaat liepen ze elkaar slechts zelden tegen het lijf. Amelie leidde een druk sociaal leven met veel vriendinnen, terwijl Helen haar uiterste best had gedaan om in het jongensvoetbalteam te worden opgenomen. Amelie maakte grapjes waar Helen nooit om lachte, Amelie op haar beurt snapte niets van de wetenschappelijke boeken die Helen zo graag las. Overal kon je lezen wat voor innige relatie ook twee-eiige tweelingen konden ontwikkelen. Haar bijzondere band met haar tweelingzus bestond er slechts uit dat ze ieder een tegengestelde pool in het universum bezetten en op die manier bij elkaar werden gehouden. Zo ver mogelijk uit elkaar.

Vermoedelijk had Helen gelijk met haar theorie. Het was overduidelijk dat het ongeluk haar zo had getraumatiseerd dat ze alle herinneringen aan het dorp in het verste hoekje van haar geheugen had weggestopt. In tegenstelling tot haar zussen was Amelie ervan overtuigd dat de uitnodiging iets te maken moest hebben met het verleden en hun vader. Waarom moest de familie anders bijeenkomen op deze door noodlot getekende plek? Welk geheim wilde hun moeder met hen delen? Amelie kon niet wachten om de hiaten in te vullen. Ze was blij dat hun moeder zichzelf er na zoveel jaren zwijgen toe had gezet om met hen over het verleden te praten. Ze hoopte van harte dat ze in Holland haar verloren jeugd terug zou kunnen vinden. De herinneringen zouden een completer mens van haar maken en op magische wijze de knopen in haar leven ontwarren.

Amelie ging op het terras van een typisch Hollandse kroeg zitten, om alvast wat sfeer op te snuiven voordat ze naar het vakantiehuis fietste. Ze keek in haar portemonnee, maakte een rekensommetje en gunde zich ondanks financieel laagtij een Aperol Spritz. Erg Hollands was dat niet, maar de feloranje kleur kon als eerbetoon worden opgevat. De een drinkt de wereld mooi, zij dronk zichzelf arm. Wat maakte het ook uit? In tegenstelling tot haar zussen, die met gezin en werk hun plek in het leven hadden gevonden, had zij geen vast adres of eigen meubels, laat staan een hypotheek. Ze was zo vrij als een vogel. Helaas.

Amelie scrolde door de nieuwe meldingen. Yella had haar een foto gestuurd vanuit de ICE. Ze was de minst ijdele van de zussen Thalberg en droeg haar steile bruine haar nog altijd tot op haar schouders, net als toen ze nog op school zat. Soms verdacht Amelie Yella ervan dat ze geen idee had van haar bijzondere uitstraling. Terwijl Doro alles wat in haar opkwam er ongefilterd uit gooide en Helen haar mening helder en duidelijk formuleerde, was Yella omgeven door een aura van ondoorgrondelijkheid. Alsof ze een geheim met zich meedroeg. Of was dat het verdriet om haar vader dat zich voor eeuwig in haar ogen weerspiegelde? Yella was het vaderskind binnen het gezin geweest. En die vader was sinds twintig jaar dood. Amelie hoopte vooral op Yella als het erom ging het rudimentaire beeld aan te vullen dat ze nog van haar vader had. Ze hoefde alleen maar de moed te vinden om tientallen jaren van zwijgen te doorbreken en het pijnlijke thema aan te snijden dat de familie zo graag uit de weg ging.

Oranje boven, schreef ze op Instagram, en ze stuurde een paar liveopnames van het felgekleurde drankje met de tinkelende ijsklontjes en het terras. Ze bewoog de camera voor een panoramaopname, tot ze bij een opvallend, al wat ouder stel bleef hangen dat in alle openheid zijn tienerachtige verliefdheid vierde. De wind droeg hun gelach over alle tafeltjes. Hoewel de man met zijn rug naar haar toe zat, kon Amelie aan zijn weidse gebaren het enthousiasme aflezen waarmee hij zijn verhaal vertelde. Over de stoel hing een oranje regenjas met het afbladderende opschrift: YOU'LL NEVER WALK ALONE. NIJMEGEN 2012. De vrouw proestte het uit en veegde tranen van het lachen uit haar ooghoeken. De ober bracht een fles witte wijn naar de tafel. De twee proostten, gaven elkaar een kus, ze lachten, praatten met handen en voeten. Kennelijk hadden ze iets te vieren. Iets wat in 2012 in Nijmegen was gebeurd? Of de geboorte van een kleinkind? Dat een van hen met pensioen ging? Dat ze de loterij hadden gewonnen? Vijfendertig jaar getrouwd? Goed nieuws binnen de familie? Dat het woensdag was? Misschien vierden ze simpelweg dat ze samen waren en leefden. Waarom was het haar ouders niet gegund geweest om zo onbezorgd op een terras te zitten en te genieten van het lentezonnetje en het moment? De vanzelfsprekendheid waarmee de vrouw pluisjes van de trui van de man plukte en haar hand op zijn bovenarm liet rusten ontroerde haar. Ineens draaide de man zich om, alsof hij de verlangende blikken in zijn rug voelde. Amelie stopte geschrokken met filmen. Een brutale knipoog was genoeg om het geïdealiseerde beeld dat ze van de toekomst van haar ouders had gevormd als een zeepbel uit elkaar te doen spatten. Wie kon weten of die twee nog altijd getrouwd zouden zijn geweest? Of hun huwelijk niet allang tot een leugen zou zijn geworden? Wie wist wat hun aan huwelijkse capriolen bespaard was gebleven? Misschien zou het eerste huwelijk van haar moeder wel net zo zijn geëindigd als het tweede. De relatie die ze zo overhaast was aangegaan was geen succes geweest. Uiteindelijk was haar moeder zich gaan ergeren aan alles wat haar tweede echtgenoot deed: hoe hij hoestte, zijn keel schraapte, zijn theekopje te luid op het schoteltje zette, een deur opende, een deur dichtdeed of gewoon alleen maar bestond. Sinds de scheiding tien jaar geleden leefde Henriette alleen. Zou ze met Johannes Thalberg nog steeds gelukkig zijn geweest? Amelie kon zich er geen voorstelling van maken hoe het huwelijk van haar ouders er nu zou hebben uitgezien. Nog een lege plek die ze moest invullen. Omdat ze toch niets beters te doen had voorzag ze het filmpje van een reeks hashtags: #holland, #nijmegen2012, #couplegoals,

#youllneverwalkalone, #levensdoelen. Wanneer kwam de rest van de familie eindelijk eens aan?

5

Uitzicht op het oneindige

Yella's koffer stuiterde over het hobbelige wegdek. Haar hart bonsde in haar keel toen ze werd opgeslokt door de groene muil van de Rondelaan. Het weggetje was net breed genoeg voor één auto. Henriette Thalberg leek diep in de buidel te hebben getast om een vakantiehuis in deze dure omgeving te kunnen huren. Links en rechts zag ze monumentale villa's uit de vorige eeuw, omringd door parkachtige percelen, die vermoedelijk werden onderhouden door hordes hoveniers. Ertussenin stond een sneeuwwitte bungalow met reusachtige glazen puien. Zonder enige twijfel zou het luxueuze pand elk internationaal architectuurmagazine kunnen sieren. Het rook naar lente en geld.

Yella controleerde nog een keer de plattegrond op de uitnodiging. Huisnummer 4 lag aan het eind van een klein straatje. Het was dat ze Helens zilverkleurige cabrio met het Duitse kenteken met MTK voor Main-Taunus-Kreis zag staan, anders had ze het overwoekerde poortje bijna niet als zodanig herkend. Yella slaakte een opgeluchte zucht toen ze zag dat haar moeder in haar nostalgie niet zover was gegaan dat ze weer voor het huis had gekozen waar ze hun allerlaatste vakantie in Nederland hadden doorgebracht. Jarenlang had het gezin een stacaravan op de camping gehuurd. Anders dan gewone caravans mochten deze ruime mobilhomes niet deelnemen aan het verkeer en werden ze door een transportbedrijf op de camping neergezet, waar ze het hele seizoen op dezelfde plek bleven staan. Pas die laatste zomer had het gezin zich voor het eerst een fatsoenlijk vakantiehuis in Bergen kunnen permitteren. Het was een slecht voorteken geweest. Gelukkig leek het huis waar ze nu voor stond in niets op het vakantieverblijf van destijds.

Het blauw en wit geschilderde houten huis met de grote ramen aan de voorkant was gelegen in een golvend groene zee. De wind streelde onophoudelijk door een nonchalant aandoende wildernis van grassen en stengels, die waarschijnlijk het resultaat waren van zorgvuldige planning en jarenlang onderhoud. De idylle leek zonder enige structuur uitgestrooid, verwaaid; onstuimig woest en tegelijkertijd georganiseerd. Yella, wier botanische kennis zich beperkte tot potplanten en bezoekjes aan de moestuin van haar schoonouders, kon slechts vermoeden hoeveel moeite het kostte om een tuin er zo te laten uitzien dat het leek alsof de wind zomaar wat zaadjes had meegevoerd en met gulle hand over de diverse perken had verspreid. De donkere bomen gaven het huis iets melancholieks. Geen spoor van haar zussen.

Ineens kreeg Yella enorme haast. Een vreemd soort gejaagdheid maakte zich van haar meester. Snel zette ze haar koffer op het terras en ze stormde ervandoor, zonder nog een blik op het huis en de tuin te werpen. Ze zou nog gelegenheid te over hebben om het vakantiehuis te verkennen.

Met grote stappen liep ze de tuin door en constateerde dat ze het goed had ingeschat. Net als veel van de andere huizen aan de noordkant van het dorp beschikte het perceel over een uitgang aan de achterkant. Vol verwachting opende ze het piepende tuinpoortje, alsof het een magische doorgang naar haar jeugd was.

Haar schoenen zakten met een soppend geluid weg in de zachte grond toen ze het duister van het bos in liep, dat meteen aan de tuin grensde. In de verte hoorde ze een geluid dat ze niet goed kon thuisbrengen. Was dat de drukke en noodlottige doorgaande weg die Bergen met het strand verbond, of was het al de zee? De overgang tussen het dorp en het natuurgebied waar Bergen om bekendstond, was vloeiend.

Bijna automatisch vonden haar voeten het overwoekerde paadje dat zachtjes golvend door het bosgebied richting duinen en Noordzee slingerde. Op die smalle paadjes waren al hun vakanties in Nederland begonnen. Voor geen goud zou ze het geliefde ritueel missen dat de vakanties inluidde. Terwijl haar moeder uitpakte en ongestoord het leven op de camping organiseerde, zette haar vader het met de vier meisjes op een rennen. Pas als ze boven op het hoogste duin stonden en de Noordzee in haar eindeloze weidsheid voor hen lag, waren ze echt aangekomen. Elke zomer deed Yella een wedstrijdje met haar zussen. Meestal lukte het Doro met haar lange benen om het eerste, niet te evenaren uitzicht op zee te bemachtigen.

Vandaag had Yella geen concurrentie. Ze gunde zich de tijd om het landschap in zich op te nemen. Boven haar hoofd vormde het jonge groen van de eiken, berken en elzen een beschuttend dak. In hun eeuwige overlevingsstrijd in deze weerbarstige omstandigheden klauwden de bomen zich vast in de zandgrond en strekten hun verstrengelde armen nieuwsgierig naar haar uit. Als de tentakels van een inktvis versperden kronkelende takken haar de weg. Yella begroette de excentrieke bomen als vrienden die ze lang niet had gezien. Ze streek met haar hand over de ruwe bast, volgde de wonderlijke vormen en ademde de kruidige geur van mos in. De koele, aardse geur van vroeger drong haar neus binnen. Ze voelde en rook het bos, nam bewust het gefluit van de vogels waar en luisterde naar het zachte geritsel van de frisse, intens groene blaadjes, die haar geheime boodschappen toefluisterden.

'Elk van deze bomen vertelt je zijn verhaal, Yella. Je hoeft alleen maar te luisteren,' had haar vader haar aangespoord.

Hun ongewone groei verhaalde op beeldende wijze van de onvermoeibare worsteling met de zeewind, die ze op grillige wijze vervormde. In elke tak was de wil tot overleven van de boomgeesten samengebald, en daarmee trotseerden ze dag na dag wind, regen, storm en watergebrek. Anders dan hun soortgenoten in het centrum van Bergen, die hun takken ongestoord naar de hemel uitstrekten, leek hier geen boom op een andere. Nooit zouden ze de voor hun soort typerende hoogte bereiken, maar ze waren taaie overlevingskunstenaars, die zich bogen onder de storm maar zich nooit gewonnen zouden geven. De kracht van de wind duwde de eiken steeds weer naar de grond, en toch probeerden ze elke dag opnieuw de wolken te kietelen.

Er ging een vaag gefluister door de blaadjes. Ineens had ze het vreemde gevoel dat ze niet langer alleen was. De combinatie van oververmoeidheid en overprikkeling scherpte Yella's zintuigen. Het gelach van een kind echode spookachtig tussen de bomen. In de verte hoorde ze meisjesstemmen. Riep iemand haar naam? Ze meende iets te zien bewegen en draaide zich vlug om. Joeg daar een schaduw tussen de stammen door? Kraakte er een tak achter haar? Ritselde er iets in het struikgewas? Ze herinnerde zich het aangename gegriezel als ze vroeger in het laatste licht van de dag verstoppertje deden tussen de spookachtige bomen. Net als toen zochten haar ogen koortsachtig de omgeving af. Ze had het gevoel dat haar vader elk moment lachend achter een van de zonderlinge bomen vandaan kon springen. Zonder haar zoontjes aan haar zijde, met wie ze nooit eens gewoon rustig kon lopen, veranderde ze weer in het meisje dat ze ooit was geweest. Het was een schok om de kleine Yella terug te vinden in zichzelf.

Onwillekeurig versnelde ze haar pas. Het bos ging heel geleidelijk over in de duinen. De weg naar het strand was ver genoeg om je ziel de nodige tijd te geven om aan te komen op je vakantiebestemming.

Een laatste bocht door een bijzonder schilderachtig groepje bomen, nog een klein stukje omhoog: Yella's adem stokte toen ze eindelijk ver voor zich uit kon kijken. Duinen in stralend geel en groen glooiden zacht richting horizon. Lichtvlekken joegen gehaast over het zand. De zon plaagde en lokte haar. Ze kroop achter de wolken vandaan en bleef even staan, alsof ze Yella op een bijzonder mooie boom wilde attenderen, tekende silhouetten en lijnen, kriebelde aan haar neus, om vervolgens te verdwijnen en een paar meter verder weer op te duiken. Met een dikke kwast stipte ze duizend schakeringen van geel, groen en oker op het zand en schilderde met zelfbewuste streken het landschap. De wind waaide koud rond haar oren en liet een zoutlaagje achter op haar lippen. Yella zette haar capuchon op en dook dieper weg in haar jas, die ineens heerlijk comfortabel aanvoelde. Ze was blij dat haar onderbewustzijn haar had ingefluisterd dat ze winterkleren moest aantrekken. Wat had ze dat gevoel van het tegelijkertijd warm en koud te hebben gemist. Wat had ze dit landschap en de zomerzussen gemist. Als kind had het haar niet snel genoeg kunnen gaan, nu genoot Yella van elke meter die haar nog van de zee scheidde. De straffe bries blies de muffe verwarmingslucht weg die zich tijdens de Berlijnse winter in elke porie van haar lijf had gevreten.

De fles water in haar handtas klotste zacht met elke beweging. Stap na stap veranderde het uitzicht, de grond waarop ze liep, de temperatuur. Een paar bomen en een beschutte kuil in het zand die de koude lucht weghield en meteen voelde ze de behoefte om de rits van haar jas open te doen, om een paar meter verderop de volle kracht van de wind weer te voelen. Het landschap dat voor haar lag was aan eeuwige verandering onderworpen. Uit het stuifzand ontstonden witte en grijze duinen, met duinpannen die binnen de kortste keren werden ingenomen door bodembedekkers en grassen. Naast heide en brem overleefden onder deze vijandige omstandigheden alleen de weerbarstigste planten.

Yella bleef even staan en liet haar koude vingers over het helmgras gaan, fotografeerde de piepkleine bloemetjes op de grond. Ze luisterde, rook en voelde het verlaten landschap, met elke ademhaling werd het rustiger in haar hoofd en ze vond de weg naar haar lichaam terug. Wandelen scheen goed te zijn om in alle rust te kunnen nadenken. Hier in de duinen lukte het Yella op wonderbaarlijke wijze om de malende gedachten te verdringen over wat er achter de uitnodiging zat. Rondom haar ging de wind tekeer, binnen in haar was het voor het eerst op deze dag stil. Stap voor stap liep ze door de golvende duinen, terwijl ze haar blik vrijuit over het landschap liet dwalen. Weg van de werkplek die haar overdag gevangenhield, ver van het gezinsleven met alle grote en kleine zorgen en ver weg van de grote stad waarin iedereen altijd haast had, kon je vrijer ademen.

Ze was nog een kind geweest toen ze deze weg voor het laatst aflegde. Sinds ze de brief had gekregen had ze zich afgevraagd hoe het zou voelen om terug te keren naar deze beladen plek.

Het huis van haar moeder in Keulen voelde niet meer vertrouwd, Berlijn was voor altijd de nieuwe stad, waar ze nog steeds verkeerd kon rijden en lopen, maar hier vond ze tot haar verbazing voor het eerst in jaren een gevoel terug dat ze al lang verloren had gewaand. De zilte zeelucht smaakte naar thuis. Ze was zo bang geweest om hier terug te keren. In haar stoutste dromen had ze niet verwacht dat dit landschap haar een thuisgevoel zou kunnen geven. Ze had niet vermoed hoezeer ze diep vanbinnen naar dit toevluchtsoord had verlangd. Yella pakte haar telefoon en stuurde een paar foto's naar David. Ik ben aangekomen, tikte ze. Daar was geen woord van gelogen.

6

Eerste!

Al van ver hoorde Yella het geruis van de golven. Nog honderd meter en ze was op haar bestemming. Het paadje kwam uit op het geasfalteerde fietspad, om een klein stukje verderop, halverwege een helling, abrupt te eindigen in goudgeel zand. Dit laatste duin was het eindstation voor fietsers. Yella's adem stokte toen ze de blauw-gele fiets van Amelies Instagramstory ontdekte. Haar hart maakte een sprongetje, tot ze zich realiseerde dat er van dit opvallende model tig exemplaren ronddreden. Kennelijk waren die leenfietsen van de NS mateloos populair.

Teleurgesteld wilde ze verder lopen toen vanuit het niets een donkere schaduw naast haar opdook.

'We zien elkaar boven,' fluisterde een stem in haar oor.

Ze draaide zich abrupt om en herkende verrast haar zusje Helen, die haar grijnzend aankeek.

'Hoe kom jij hier nou?' riep ze blij uit.

'Vertel ik je boven!' riep Helen, en in hoog tempo en zonder haar nog een blik waardig te keuren haalde ze Yella in.

Ook zij herinnerde zich dus nog het oude gezinsritueel om na aankomst eerst een blik op de zee te werpen. En bij voorkeur natuurlijk als eerste van de vier zomerzussen.

'Pak me dan!' riep Helen vrolijk.

Het verbaasde Yella altijd weer hoe volwassen haar zus overkwam. De wind gooide haar korte ponykapsel in de war, dat haar een ongenaakbaar coole en androgyne uitstraling gaf. Van kleur, rokken, make-up en modieuze toestanden hield Helen niet. Ze droeg haar kleding als een uniform. Ook nu droeg ze onder haar rechte, openhangende blazer het gebruikelijke spierwitte herenoverhemd, en een smalle zwarte broek die de blik vrijgaf op perfect gevormde enkels en dure veterschoenen.

Yella verzamelde haar laatste krachten om Helen in te halen.

'Dat is niet eerlijk,' riep ze.

Verwoed worstelde ze zich tegen de wind in, maar in het zachte zand was elke stap moeizaam en uitputtend. Het was domweg onmogelijk om je af te zetten tegen de wegzakkende en oneffen ondergrond. Het zachte zand zoog alle energie uit Yella en slokte haar voeten op, terwijl Helen ogenschijnlijk moeiteloos de helling op rende.

'Daar was ik niet op voorbereid,' riep Yella haar na. 'En bovendien heb ik een dubbele handicap. Ik heb twee kinderen gebaard.'

Helen lachte alleen maar: 'Dat is juist een voordeel. Je bent gewend om achter iemand aan te rennen.'

Ineens werd Yella gegrepen door zusterlijke competitiedrang. Of misschien herinnerden haar spieren zich domweg aan vroegere wedstrijdjes. Een paar kinderen die hun tegemoetkwamen sprongen geschrokken opzij en keken hen stomverbaasd na.

Yella maakte een snoekduik. Ze kreeg Helens voet te pakken. Haar zus verloor haar evenwicht en sleurde Yella in haar val met zich mee. Samen rolden ze een stuk omlaag en belandden ter hoogte van de meisjes. De kinderen staarden hen sprakeloos aan. Kennelijk hadden ze nog nooit in hun leven twee zo kinderachtige volwassenen gezien. Yella stak haar tong naar hen uit. De meeuwen boven hun hoofd lachten haar uit.

'Spelbreker!' zei Helen verontwaardigd.

'Dat is niet eerlijk,' hijgde Yella lachend. 'Rode kaart voor jou.'

'Je speelt vals,' zei Helen.

Haar zus kwam als eerste overeind. Maar het zand was meedogenloos. Helen viel voorover, klauwde in het zachte zand, krabbelde weer op. Haar voet gleed weg en Yella kreeg een lading zand midden in haar gezicht. Ze hoestte, proestte, hijgde en zocht naar het waterflesje. Helen ging zitten en wachtte tot ze het zand uit haar mond had gespoeld.

'Sorry, het spijt me. Dat was niet mijn bedoeling.'

Maar Yella nam alweer een aanloop. Ze was nu duidelijk in het voordeel. Helen kwam meteen overeind, wilde achter haar aan gaan maar bleef met haar voet in het zand steken. Yella lachte. Een seconde later vloog er een elegante halfhoge schoen langs haar hoofd, toen een tweede. Helen had het opgegeven.

Met haar laatste krachten bereikte Yella de top. Zwaar ademend liet ze haar blik ronddwalen. Het uitzicht overweldigde haar zo dat het haar bijna de adem ontnam. De zich tot in het oneindige uitstrekkende Noordzee, de woeste golven die met hun schuimkronen stuksloegen op het goudgele strand, ontroerden haar elke keer opnieuw. Slechts een dunne lijn scheidde het diepe blauw van de zee van het blauw van de hemel, die bespikkeld was met tere witte wattenbolletjes. Ergens daar in de verte versmolten water en lucht met elkaar.

De wereld lag aan haar voeten, en tegelijkertijd voelde ze zich een zandkorreltje in het universum. Een behaaglijk gevoel nam bezit van haar, alsof iemand een kruik op haar buik had gelegd. Was het de bijzondere kleur van de hemel, die in Holland weidser leek dan waar dan ook ter wereld, was het de specifieke geur van de zee, het geruis van de golven of het gefluister van de wind die onophoudelijk door het ruige helmgras streek? Licht als een veertje en weerbarstig tegelijk zorgde het gras ervoor dat het stuk duin waarop ze stond niet wegwaaide.

Naast haar plofte Helen in het zand.

'Je hebt gewonnen,' zei ze. 'Gefeliciteerd.'

Haar taal was even koel en efficiënt als haar kleding. Lang bleven ze stil naast elkaar zitten, zwijgend de omgeving in zich opnemend, die zoveel herinneringen herbergde. Onvermoeibaar spoelde de westenwind golven aan het strand die helemaal vanuit Engeland kwamen aanklotsen.

Twintig jaar lang had Yella deze plek gemeden als de pest, en gedurende de lange reis had ze zich gevoeld als een konijntje dat zich vrijwillig overleverde aan de slang, maar nu stroomde er een melancholiek gevoel van welbehagen door haar heen. Wat zou ze dit vluchtige moment graag vangen, als een scheepje in een fles. En als alles dan weer eens verkeerd ging zou ze de fles ontkurken en eraan snuffelen. Yella kreeg geen genoeg van de golven, die, opgestookt door de wind, ver weg op zee in elkaar schoven, aanzwollen, samenvloeiden met steeds grotere exemplaren en uiteindelijk met veel geraas het strand op rolden. In haar jeugd had de zee al een magische aantrekkingskracht op Yella uitgeoefend. Weer noch wind had haar er ooit van kunnen weerhouden om na een gehaast ontbijt het pad door bos en duinen te nemen om op het strand schelpen, roggeneieren, haaientanden, zeesterren, bonte glasscherven en mysterieuze schatten te verzamelen die de golven die nacht in de vloedlijn voor haar hadden achtergelaten. De vondsten sierden de kastelen en slotgrachten die ze met haar zussen in het zand bouwde, verfraaiden het geïmproviseerde museum dat ze elke zomer voor hun stacaravan openden en gingen in een leeg ijsbakje mee terug naar Keulen, waar ze onder haar bed stof lagen te vangen tot ze op een dag door haar moeder werden opgeruimd. De magie van de plek kon niet worden meegenomen. Er kwamen beelden bij haar boven van hoe ze bij een watertemperatuur van vijftien graden leerde zwemmen, vliegers liet opstijgen of, gewikkeld in een van de dikke badhanddoeken die elk jaar speciaal voor de vakantie in Nederland tevoorschijn werden gehaald, zich in een kuil in het zand nestelde om dikke boeken te verslinden.

'Waarom heeft het zo lang geduurd voordat we hier weer durfden te komen?' vroeg Yella ontroerd.

Nergens smaakte de lucht zo naar zout en kinderjaren. Of waren het de tranen die onophoudelijk over Yella's wangen stroomden? Ze had vakanties aan de Adriatische Zee doorgebracht, gebackpackt langs de Golf van Thailand, gezwommen in de Zwarte Zee en de stranden aan de Oostzee verkend. Niets was te vergelijken met de ruwe schoonheid van de Noordzee. De aanblik deed pijn, omdat ze meteen aan David en de kinderen moest denken. Wat had ze haar geluk graag gedeeld met de drie mensen die het dichtst bij haar stonden. Yella was gewoon niet meer gewend om als autonoom wezen alleen voor zichzelf na te denken. Hoe kon ze het voor elkaar krijgen om deze tunnel- en moedervisie, die permanente fantoompijn, van zich af te schudden? Dat was het gekke aan kinderen hebben: vanaf het moment dat op de kraamafdeling het natte bundeltje dat Leo heette op haar buik werd gelegd, klopte haar hart buiten haar eigen lichaam. Zonder haar zoontjes voelde ze zich geamputeerd. In haar studententijd was ze op eigen houtje naar Italië gegaan en met een Interrail-ticket heel Europa door gereisd. Een en een met David was vier, maar nu voelde ze zich in haar eentje minder dan één. Haar blik viel overal op dingen die ze graag met haar beide jongens had gedeeld, alsof de mooie momenten in het leven alleen telden als ze Leo en Nick bij zich had. Het beeld voor haar ogen vervaagde.

'Ik had niet verwacht dat je daadwerkelijk alleen op pad zou gaan,' zei Helen.

'David was graag meegekomen,' zei Yella, alsof ze verplicht was om met een excuus te komen. 'Maar het ging niet vanwege de kinderen.'

Dat was een genadeloos understatement. De discussie rond de uitnodiging en haar moeder was uitgegroeid tot dagenlange onenigheid. Als boksers hadden ze zich, ieder in een eigen hoek, voorbereid op de volgende ronde van hun echtelijke ruzie. De lucht was nog niet geklaard, maar Yella had besloten om haar relatieproblemen niet met de familie te delen. Ze staarde naar de golven, alsof die al haar aandacht opeisten.

'Ik heb het niet eens aan Paul gevraagd,' zei Helen. 'Ik vind het wel genoeg als een van de twee alle plannen moet omgooien.'

Yella was altijd weer onder de indruk van Helens duidelijkheid. Terwijl zij zich continu in allerlei bochten wrong om het iedereen naar zijn zin te maken, verkondigde Helen klip en klaar haar mening, hoe impopulair die ook was. Hoewel ze zeventien minuten jonger was dan de eeuwig naar harmonie strevende Amelie, en dus de benjamin van het gevarieerde kwartet, werd ze als kind al als de meest onafhankelijke van de zussen Thalberg beschouwd. Haar werk bood haar weliswaar meer vrijheden, maar Helen had een hekel aan verrassingen en programma's die op het laatste moment werden omgegooid. Haar zusje hield van orde, planningen en betrouwbaarheid. Ze ergerde zich mateloos als iemand anders ongevraagd over haar tijd beschikte. Zelfs, en vooral, als diegene haar moeder was.

Helen staarde haar recht aan, alsof ze van haar gezicht wilde aflezen wat ze echt dacht. Yella vreesde de analytische blik en scherpe vragen van haar jongste zus. En dat terwijl de introverte en zwijgzame Helen alle vragen naar haar eigen leven uit de weg ging.

'Ze is een vampier,' verweet Dora haar vaak. 'Ze zuigt iedereen leeg en geeft zelf niets prijs.'

Helemaal ongelijk had ze niet. Helen had Paul pas aan de familie voorgesteld toen ze al twee jaar samen waren. Yella was bijna van haar stoel gevallen toen ze haar vroegere studiegenoot onder de kerstboom van haar moeder zag zitten. En dat terwijl ze erbij was geweest toen Paul, met wie Yella architectuur had gestudeerd, Helen op een feestje in haar Berlijnse studentenhuis had ontmoet. Hij had op de dansvloer gestaan als een duur maar misplaatst meubelstuk. Terwijl de anderen in een uitgelaten polonaise door alle kamers slingerden, was hij naar het kleine balkon bij de keuken gevlucht, waar hij zich bij de fervente niet-danser Helen voegde die bij haar zus op bezoek was. 'Mijn knieën zijn niet geschikt voor ritmische bewegingen,' beweerde hij nog altijd. 'Die aanblik wil ik niemand aandoen.'

'Onze moeder zal teleurgesteld zijn dat hij niet is meegekomen,' zei Yella. 'Soms denk ik dat ze gekker op Paul is dan op ons.'

Henriette Thalberg was inderdaad een groot fan van Helens vriend. Hoe vaak had Yella, die haar studie nooit had afgemaakt, dat riedeltje niet al moeten aanhoren? 'Mijn schoonzoon is zo begaafd, zo succesvol, een echte doorzetter, hij geeft nooit op.'

Net als Yella was Helen niet getrouwd, maar kennelijk had David de titel schoonzoon in de ogen van haar moeder nog niet verdiend. Voor Yella voelden de lofzangen op Paul als kritiek op haar eigen persoon. Paul had alles bereikt wat haar moeder voor haar dochter wenste, en hij was ook nog eens degene die alle contacten onderhield. Terwijl Helen zich niet in de kaart liet kijken, was Paul de lieveling van de familie. In tegenstelling tot Helen was de in duurzaam bouwen gespecialiseerde architect erg communicatief en oprecht geïnteresseerd in het wel en wee van de familie Thalberg en het leven van de zussen. Een begenadigd danser was hij dan misschien niet, maar wel erg sympathiek. Jammer dat hij er niet bij was.

'Wat denk jij dat het is? Iets leuks of iets vervelends?' pakte Yella de draad van het WhatsAppgesprek weer op.

'Geen idee,' zei Helen.

'Wat denk je?' Yella stond erop antwoord te krijgen. 'Wat zegt je gevoel?'

'Je kent onze moeder,' zei Helen cryptisch.

Gesprekken met haar zusje konden uitgesproken moeizaam verlopen, want Helen deed principieel niet aan smalltalk, geroddel en erop los speculeren.

'Ik haat het als ze ons zo commandeert,' barstte ze ineens uit. 'We hebben niets in te brengen. Niet wat de datum betreft, noch de plek. En met een beetje pech moeten we haar uiteindelijk ook nog eeuwig dankbaar zijn.'

Yella stond te kijken van de woede die zo onverhoeds uit

haar zusje ontsnapte. Verbluft stond ze Helen aan te kijken.

'Onze moeder leidt haar leven, ik het mijne. We spreken elkaar niet zo vaak,' sloot ze haar tirade af.

'Amelie zegt dat ze ons juist daarom allemaal weer eens bij elkaar wil hebben,' hield Yella vol.

Helen zweeg.

'Ze zal wel een goede reden hebben om ons hierheen te laten komen,' ging Yella door.

'Onze moeder heeft zelden ergens goede redenen voor,' zei Helen.

Ze durfde uit te spreken wat Yella vaak probeerde weg te stoppen. Helen maakte er geen geheim van hoe moeizaam haar band met haar moeder was.

'Waarom ben je dan eigenlijk gekomen?' riep Yella geërgerd uit.

'Ze is onze moeder,' zei Helen.

Juist met wat ze wegliet zei ze meer dan met elk woord dat ze had kunnen uitspreken. Yella werd vaak gek van haar moeder, maar in Helen laaide de woede regelrecht op. Haar zus sprong abrupt overeind en klopte driftig het zand van haar kleren.

'Ik weet al waarom ik geen zin heb om in het verleden te wroeten,' zei ze. 'Ik heb geen zin om mijn leven te verspillen aan boos zijn.'

'Laten we er maar het beste van maken,' zei Yella.

'Het ongeluk was het verschrikkelijkste wat me in mijn leven is overkomen. Ik heb er jaren over gedaan om eroverheen te komen. Ik heb geen zin om te zwelgen in herinneringen aan die dag. Wat heeft het voor zin om in het verleden te blijven hangen?'

Yella slaakte een zucht. Het gesprek was een voorproefje van wat haar de komende dagen te wachten stond. Hoe ingewikkeld zou het wel niet worden als iedereen er was? Misschien had ze beter in Berlijn kunnen blijven, bij haar drie mannen.

'Laten we maar naar het huis gaan,' zei ze. Ze was uitgeput.

7

Netjes wachten!

'Daar zijn jullie eindelijk!' riep Amelie.

Ze rende over het tuinpad naar haar zussen toe. Yella omhelsde Amelie, die bijna verdween in haar armen. De knielange trui die ze over haar jurk had aangetrokken verhulde nauwelijks hoe dun ze was. Zelfs met een paar lagen over elkaar leek ze nog tenger, terwijl Yella zich naast haar een Michelinmannetje voelde. De wind speelde met Amelies lange blonde haar. Haar lichte winterteint, haar grote ogen en ranke figuur maakten haar jonger en breekbaarder dan in haar Instagramfilmpjes; een prachtig porseleinen popje dat elk moment door de wind omver kon worden geblazen. Zelfs haar stem klonk zo zacht alsof die zo kon worden meegenomen door een windvlaag. Geen wonder dat haar zusje altijd een hele schare aan zelfverklaarde beschermers van zich af moest slaan.

'Wat jammer dat Leo en Nick er niet zijn,' zei Amelie met een blik op de zandbak en de schommel in de tuin. 'Ik had me er zo op verheugd om kuilen te graven met mijn neefjes.'

Vreemd was dat: zodra je kinderen had verdween je automatisch naar het tweede plan. Davids ouders zagen haar vooral als taxichauffeur die hun kleinkinderen regelmatig naar Potsdam vervoerde. Ook haar eigen moeder vroeg tijdens hun sporadische telefoongesprekken eerder naar de jongens dan naar Yella's eigen welbevinden.

'We kwamen tot de conclusie dat het allemaal veel te druk zou zijn voor die twee. En voor mij,' zei Yella. 'Ik wilde gewoon meer tijd voor jullie hebben.'

Dat klonk alsof ze samen hadden besloten dat zij in haar eentje naar Nederland ging. Tot dan toe had Yella zich op de vlakte gehouden met betrekking tot David en de jongens. Op de een of andere manier had ze zelf niet willen geloven dat David ook echt zou volharden in zijn weigering om mee te komen. Tot op het laatst had ze stiekem gehoopt, verwacht zelfs, dat hij zich zou bedenken en zou inbinden. Misschien had ze moeten zeggen dat er iemand ziek was geworden? Een verkoudheid zou logischer hebben geklonken en pijnlijke vragen in de kiem hebben gesmoord.

Gelukkig stelde Amelie geen verdere vragen maar wendde ze zich tot Helen, die haar tweelingzus met een onbeholpen handdruk begroette, alsof ze een verre tante was.

'Kom eerst even binnen,' zei Amelie verward.

Typisch voor Nederland kon je door de reusachtige ramen heen vanaf de straat tot achter in de tuin kijken. De overgang tussen binnen en buiten was vloeiend.

'Je valt hier met de deur in huis,' stelde Helen vast.

Vanuit het kleine halletje belandde je vrijwel meteen in de grote woonruimte. Links lag een open keuken met een raam dat uitkeek op tuin en het bos, rechts, aan de straatkant, de woonkamer, in het midden een open haard. Beide woongedeeltes waren verbonden door een lange zware eikenhouten tafel met daaromheen een stijlvol allegaartje van stoelen. Het huis was ingericht in warme aardetinten, eenvoudig maar behaaglijk en, constateerde Yella, jaloersmakend netjes. Geen legokunstwerken over de hele vloer, geen rondslingerend speelgoed, geen schoolspullen, geen lege flessen, geen strijkgoed, geen ontbijtspullen die nog moesten worden afgeruimd. Zelfs het imposante zeelandschap in olieverf dat de muur in de woonkamer sierde oogde rustgevend. Op tafel stond een enorme bos tulpen, het rook naar thee.

'Ik zit al uren op jullie te wachten,' zei Amelie.

Enthousiast leidde ze de nieuwkomers door het huis. Naast het aanrecht lag een zijkamer met grote openslaande deuren die uitkwamen op een verscholen terras. In de opkamer bevond zich de badkamer. Onder de enorme hanenbalken lagen nog drie vertrekken, een daarvan een in pasteltinten ingerichte kinderkamer. De kleur van de muren deed Yella in de verte denken aan de Dr. Oetker-vanillepudding waar haar jongens zo gek op waren.

'Mama zit in een hotel,' vertelde Amelie. 'Het huis is alleen voor ons, de kinderen. Het werd haar te druk.'

Terug op de begane grond bleef Helen beduusd bij de tafel staan, waar Amelie haar meegebrachte foto's had uitgespreid en gesorteerd. Met een ondoorgrondelijk gezicht staarde ze naar de opgedoken kiekjes.

'Ik kan me zo weinig herinneren,' zei Amelie. 'Misschien helpt het mijn geheugen op gang als ik de plekken kan thuisbrengen waar we vroeger zijn geweest.'

Helen schudde haar hoofd. 'Je kunt de dingen geen nieuw leven inblazen. Een oude liefde niet, maar ook je familiegevoel niet.'

Yella en Amelie wisselden een samenzweerderige blik. Helen was nog ontoegankelijker dan normaal.

'Deze is in elk geval op de camping genomen,' zei Yella, en ze wees naar een foto van haar moeder voor de stacaravan.

'Mama was best een hottie,' zei Amelie. 'Jammer dat ik daar zo weinig van heb meegekregen.'

Dat kon Yella alleen maar beamen. Zelfs op de camping had Henriette Thalberg vroeger een glamoureuze uitstraling gehad. Ze zag er fantastisch uit in haar kleine koraalrode bikini.

'En dat been links is van mij,' riep Yella. 'En daarachter in het kinderbadje, dat moeten jullie zijn.'

Op de onscherpe achtergrond was de tweeling hooguit vaag te herkennen.

Op een volgende foto keek Henriette Thalberg plagerig tussen de zomerse badlakens met de karakteristieke silhouetten van Jip en Janneke door. Nog nostalgischer dan de oude handdoeken die elke vakantie weer waren meegekomen was de kokette blik van hun moeder waarmee ze naar de camera knipoogde. Het was de blik van een zelfverzekerde vrouw die zich thuis voelde in haar lijf en zich bewust was van het effect dat ze op anderen had.

'Sexy,' zei Yella.

'Zou onze vader haar zo spannend gefotografeerd hebben?' vroeg Amelie. 'Er spreekt zoveel bewondering en liefde uit die foto.'

Yella kon zich deze zinnelijke jonge vrouw, die zo onbezorgd oogde alsof niets haar geluk kon bedreigen, niet herinneren. Na de dood van Johannes Thalberg was ze al het speelse kwijtgeraakt. Henriette Thalberg ging een paar weken na het ongeluk alweer aan het werk, geholpen door een coöperatieve baas, die haar eerst een baan in zijn makelaardij aanbood, vervolgens zijn schouder en uiteindelijk zijn hand. Samen veroverden zij de Keulse beursvloer en de wereld: dinnerparty's, chique etentjes bij invloedrijke investeerders, theateravondjes, wellnessweekendjes met de tennisdames, de Rotaryclub, de carnavalsvereniging, een golfvakantie zonder de kinderen. Allemaal activiteiten die bij haar moeder onder het begrip 'netwerken' vielen. In plaats van zich in het Hollandse prutweer op de camping te vermaken ging ze als de ene helft van het nieuwe Keulse powerpaar voor status en nouveau-richevrienden. Henriette Thalberg genoot met volle teugen van de maatschappelijke waardering die ze kreeg, was goed in haar werk en slecht in het troosten van haar dochters. De hardheid die ze van zichzelf eiste straalde af op haar kinderen. 'We moeten doorgaan,' werd haar lijfspreuk. Vooral geen moeilijke onderwerpen aansnijden. Zwijgen was het middel tegen alle kwalen.

'Ze zouden er toch allang moeten zijn,' verbrak Amelie ineens de stilte.

Er hing een merkwaardige sfeer in de kamer. Yella had het gevoel dat ze bij de tandarts zat, angstig wachtend op het moment dat ze aan de beurt was. Krampachtig zocht ze naar een minder heikel gespreksonderwerp.

'Wanneer hebben jullie mama voor het laatst gezien?' vroeg Helen.

'Twee maanden terug,' zei Amelie.

Ze scrolde door de foto's op haar telefoon, tot ze bleef steken bij een recent portret van hun moeder, dat in de woonkamer was genomen.

'Haar haar zit anders,' constateerde Helen, die een feilloos oog voor detail had. 'En ze heeft opgeruimd.'

'Ze is aan één stuk door aan het opruimen. Eerst de zolder, nu beneden. Ze heeft al haar kleding uit de tijd van de makelaardij weggegeven.' Met haar tweede huwelijk was ook haar carrière in het bedrijf van haar man voorbij geweest.

'Ze ziet er niet ziek uit,' constateerde Yella.

'Ik vond haar erg druk,' zei Amelie.

Yella scrolde verder en schrok van een foto van het graf van haar vader, die zijn laatste rustplaats had gevonden in het Thalbergse familiegraf op het Keulse Melaten-Friedhof. Voor de monstrueuze gedenksteen strekte zich een bont tulpentapijt uit.

'Ik heb een tulpenveldje voor hem aangelegd,' was Amelies uitleg. 'Dan heeft hij altijd een stukje Holland bij zich.'

Yella moest slikken.

'Zijn ouders zouden zich omdraaien in hun graf als ze dat rommeltje konden zien,' zei ze in een poging tot een grapje.

Het idee dat Amelie boven op het graf van haar strenge grootouders, wier tuin eruit had gezien alsof die op de tekentafel was ontworpen, een anarchistisch tulpenveld had gecreeerd, amuseerde haar.

'Ik kan me zijn ouders nauwelijks herinneren,' zei Amelie droevig.

'Daar heb je niets aan gemist. Ze hadden weinig op met hun zoon, en ook niet met ons,' mengde Helen zich ineens in het gesprek.

'Maar waarom is hij dan in het familiebedrijf gaan werken?' vroeg Amelie.

'Omdat hij nooit heeft durven doen wat hij écht wilde: alleen maar schilderen,' zei Yella.

Sinds begin vorige eeuw een groep kunstenaars zich in het nog jonge dorp had gevestigd, gefascineerd door het unieke landschap en het bijzondere licht, oefende Bergen een bijzondere aantrekkingskracht uit op schilders, schrijvers en architecten. En op hun vader, die er tot aan zijn dood van had gedroomd om de kost te verdienen als kunstschilder. Jaar na jaar bezocht hij de Hollandse kust om bij te komen van het eeuwige broeden op eindeloze cijferreeksen, dat zijn leven binnen het familiebedrijf in medische hulpmiddelen onverdraaglijk maakte. De hele zomer was hij met papier en verf op pad om zich verder te bekwamen.

Er kwam een nieuwe melding binnen op Amelies telefoon. Waar zit je? Ik heb verdomme de hele avond op je telefoontje zitten wachten.

Ongewild las Yella de naam van de afzender, die haar niet bekend voorkwam. Max? Wie was Max? En waarom was hij zo boos op Amelie? Was dat dezelfde man die de laatste keer toen ze Amelie sprak op de achtergrond als een dolle had staan aanbellen? Amelies vereerders waren doorgaans zeer vasthoudend.

'Iemand mist je,' zei Yella betrapt en ze gaf de telefoon aan Amelie terug.

'Mijn mannen zijn altijd een beetje té. Te bezitterig, te onbetrouwbaar, te egoïstisch, te getrouwd. Max breekt alle records. Die is alles bij elkaar.'

Helen trok haar wenkbrauwen op. Al jaren mochten de zussen Thalberg meegenieten van de liefdesproblemen van Amelie. 'Mijn probleem is timing,' zei Amelie. 'Ik heb alle varianten al gehad: de juiste persoon op het verkeerde moment, het juiste moment met de verkeerde partner, een oude liefde met nieuwe problemen of een nieuwe liefde en oude problemen.'

'Heb je het al eens als single geprobeerd?' vroeg Helen.

Misschien was het makkelijker geweest om alleen met Amelie te zijn. Helen was zo rechtlijnig en oplossingsgericht dat er geen lol aan was om eens lekker te zwelgen in anekdotes en de alledaagse chaos.

Amelie negeerde Helens steek onder water. 'Mijn droom is dat ik iemand tegenkom die me niet doet denken aan iemand met wie het al een keer is misgegaan,' zei ze vermoeid.

Helen sprong op van de bank. 'Ik begin alvast met het avondeten,' zei ze.

Ze hield er niet van haar tijd te verdoen met wachten en kletsen.

'Ik heb ravioli gekocht. Zoals altijd de eerste avond,' zei ze. 'Maar deze keer echte.'

Yella kreeg een warm gevoel bij de gedachte aan het klassieke welkomstmaal waarmee vroeger altijd de zomervakantie op de camping werd ingeluid. Voor haar was de gebruikelijke ravioli uit blik goed genoeg geweest, maar Helen hield van gezond eten. Yella hielp haar met de voorbereidingen en was blij dat ze wat te doen had: sla schoonmaken, tomaten snijden voor de saus, uien, knoflook en kruiden hakken. Maar het grootste deel van de tijd waren ze in de onbekende keuken op zoek naar het een of ander: een scherp mes, de slakom, zout, de knoflookpers, het lichtknopje, de gebruiksaanwijzing voor het gasfornuis, lucifers, een ongevaarlijk gespreksonderwerp.

'Was Max degene aan wie Doro je wilde koppelen?' vroeg Yella.

'Ja en nee.'

Yella lachte. Amelies liefdesleven was even grillig als de takken van de kromme eiken in het bos en kende slechts twee seizoenen: net verliefd of net uit elkaar. Dat gold zowel voor de mannen als voor haar baantjes.

'Jij werkt bij een start-up, ik ben er een,' zei ze vrolijk. 'Ik heb geen bank, geen tafel en geen vaste baan, maar ik ben wel wereldkampioen in goed beginnen.'

'Is het die Tinderdate van laatst?' vroeg Yella.

'Die is allang verleden tijd,' zei Amelie. 'Het is die blind date over wie ik je heb verteld.'

'Ik maak het vuur aan,' zei Helen.

Haar mondhoeken bewogen, alsof ze nog iets wilde zeggen, maar ze slikte haar commentaar in. Yella wist dat Helen het gefladder van haar tweelingzus maar moeilijk kon begrijpen. Ook Yella lukte het amper om het overzicht te bewaren. Het maakte niet uit wie haar partner van dat moment was, nooit waren haar relaties ongecompliceerd.

'Doro had het afspraakje geregeld,' giechelde ze, 'en ik heb het gewoon gepresteerd om de verkeerde mee naar huis te nemen.'

Helen keek vragend op van het hout dat ze in de haard legde.

'O, mijn god,' zei Yella lachend.

'Ik was misleid door zijn T-shirt. WORLD CHAMPION OF NOTHING stond erop. Ik dacht dat hij mijn date was.'

'Nou ja, als hij aardig was.'

'Was hij niet. Maar hij wist in elk geval niks van Doro's leugens. Die had mijn blind date wijsgemaakt dat ik yogadocente ben.'

'Wat is daar zo erg aan?' vroeg Helen.

'Ik was bang dat we tijdens onze eerste date seks zouden hebben en het hem zou opvallen dat ik helemaal niet lenig ben. Ik was enorm opgelucht dat hij me daar niet op aansprak. Pas de volgende ochtend bij Starbucks kwam ik erachter dat hij niet Doro's kandidaat was. De naam op de koffiebeker had ik nog nooit gehoord. Ramses. Wist jij dat er mensen bestaan die Ramses heten? Ik dacht dat het een kunstenaarsnaam was, maar hij heette dus werkelijk Ramses. Ramses Bauer. Het beste aan hem was dat hij er zo snel vandoor ging: *Ik ga een krant kopen. Wacht maar niet op mij, het kan even duren.* Dat is in elk geval eerlijk.'

Yella wist best dat Amelie alleen maar zo uitgebreid over haar rampzalige date vertelde om het niet over andere dingen te hoeven hebben. Over hun moeder, de last van de herinneringen en de problemen die ze van thuis hadden meegenomen.

'Ik heb dates gehad waarop de beste gesprekken die met de ober waren. Maar ik heb gewoon geen zin meer om de enige te zijn die kookt, opruimt, de was doet, geld verdient en de vakantie regelt. Ik wil ook weleens een keer lekker achteroverleunen.'

Amelie sprong van de hak op de tak. En checkte en passant haar Instagramaccount, waar vreemde dingen gebeurden. Het filmpje dat ze op het terras van het café had gemaakt werd verrassend goed ontvangen. Vooral bij Nederlanders. Merkwaardig.

Amelie kletste verder, alsof ze zich had voorgenomen om de afstand tussen hen met woorden te vullen.

'Ik ben het zat om zoveel mogelijkheden te hebben in mijn leven. Soms kom ik thuis, dan ga ik stofzuigen en vraag ik me af wat de zin van mijn leven is.'

'Ik heb geen voorbeeld. Ik weet niet hoe een man hoort te zijn met wie je een gezin kunt stichten.'

'Misschien ontbreekt het me domweg aan een vaderfiguur.'

'Ik denk dat alles anders wordt als ik een eigen gezin heb. Dan kan ik eindelijk het verleden afsluiten.'

Ineens richtte ze zich rechtstreeks tot Yella.

'Hoe heb jij dat gedaan? Hoe wist je dat David de ware voor je was?'

Yella kromp ineen. Ze had geen zin om het over David te hebben.

'Zijn jullie gelukkig?' vroeg Amelie zo op de man af dat Yella ervan schrok.

Ze wist niet precies wat ze daarop moest antwoorden. In de dagelijkse sleur gingen hun levensvragen vooral over kleine dingen als 'Wat eten we vanavond?', 'Haal jij de kinderen op?', 'Heb je eraan gedacht om de verzekering te betalen?' of 'Wie brengt de auto naar de garage voor de apk?'

Sinds de jongens er waren was hun stormachtige relatie veranderd in een permanent crisisoverleg, waarbij ze aan één stuk door onderhandelden over kinderopvang, boodschappen, huishouden en de was. En sinds kort ook over de omgang met haar moeder.

'Ja, natuurlijk zijn we gelukkig,' zei Yella. 'Anders zouden we toch niet meer samen zijn.'

Het gesprek liep dood. Amelie was eindelijk uitgeraasd. De salade stond klaar, de dressing was gemaakt en de pastasaus stond te pruttelen op het fornuis. Terwijl buiten de hemel donker kleurde, knapperde er een behaaglijk vuur in de open haard. Amelie stak alle kaarsen aan. Het had gezellig kunnen zijn als die olifant in de kamer er niet was geweest. De vraag waarom ze hiernaartoe hadden moeten komen drukte zwaar op hen.

'Eind vorige maand hadden we een afspraak, maar onze moeder zegde af omdat ze naar de dokter moest,' verbrak Helen de stilte.

'Ze had pas toch ook al een onderzoek,' zei Amelie. 'Vanwege dat verhaal met haar maag.'

'Daar weet ik dan weer niets van,' antwoordde Helen, minstens zo verbaasd.

'Ik dacht dat het haar bronchitis was die niet wegging,' loog Yella voorzichtig.

Ze zwegen beduusd toen ze zich realiseerden dat hun moeder verschillende versies had verteld. Er spookte van alles door Yella's hoofd. Misschien had haar moeder niets laten horen omdat ze gezondheidsproblemen had? Waarom had ze zich zo kinderachtig en beledigd gedragen in plaats van de telefoon te pakken? Yella's slechte geweten overlaadde haar met verwijten.

'Wat heeft ze jou precies verteld?' vroeg Helen. Haar strenge, onverbiddelijke ogen raakten haar onverwachts.

Yella pakte haar theekopje om nog wat tijd te winnen en brandde meteen haar mond.

'We hebben elkaar al een tijdje niet gesproken,' zei ze eerlijk. 'We hadden een klein meningsverschil.'

De waarheid was dat ze al twee maanden niet meer met elkaar hadden gepraat. De herinnering aan de laatste afspraak met haar moeder lag als een steen op haar maag. Hun ontmoeting was uitgelopen in een ruzie.

'Heeft dat iets met jullie bezoek in Keulen te maken?' vroeg Helen.

Yella knikte. 'Het was een erg slecht idee om met David mee te gaan naar zijn cursus. Werk en familie kun je maar beter gescheiden houden.'

Terwijl David zijn cursus gaf aan de kunstacademie, was zij met de jongens naar haar moeder gegaan. Ondanks zijn waarschuwingen dat hij niet wist hoelang de workshop precies zou duren en hij daarna vermoedelijk een hapje zou gaan eten met de studenten, had haar moeder per se flink willen uitpakken. Henriette Thalberg had het goede servies uit de kast in de woonkamer opgediept, een sneeuwwit tafelkleed over de tafel gelegd en stoffen servetten gevouwen.

'Nu jullie er toch zijn kunnen we er net zo goed iets gezelligs van maken,' zei ze.

Helaas was het verre van gezellig geweest. Het ingewikkelde diner gaf haar moeder meer stress dan ze wilde toegeven. In plaats van tijd door te brengen met Yella en haar kleinkinderen hing ze aan de telefoon met Doro om haar voor de zoveelste keer om tips en aanwijzingen voor de bereiding van de Spaanse paella te vragen.

'Het moet iets heel speciaals worden,' legde ze met een vuurrood gezicht uit.

Ondertussen deed Yella haar best om haar jengelende en hongerige jongens in de woonkamer te vermaken terwijl het buiten goot van de regen. Terwijl ze in haar zak naar een speentje voor de huilende Nick zocht, klom Leo op de berg kussens op zijn stoel (haar moeder was bang dat de meegebrachte tafelhangstoel krassen zou maken op het dure hout) en hengelde wankelend naar het witbrood.

'Dat is voor later,' zei Henriette waarschuwend en ze tikte hem op de vingers. 'Netjes wachten!'

'We kunnen toch alvast zonder David beginnen,' stelde Yella voor.

'Ik kan niet alles drie keer opwarmen,' zei haar moeder, om meteen een sneer uit te delen.

'Heeft Nick nog altijd een speentje?' vroeg ze, nogal overbodig. 'Op die leeftijd had je hem dat allang moeten afwennen.'

Zonder een antwoord af te wachten verdween ze weer naar de keuken.

'Ik heb dat recept pas al een keer voor Helen gemaakt,' riep ze. 'Paul heeft drie keer opgeschept. Heb je al iets van zijn wedstrijd gehoord?'

Dat had ze, minstens zes keer voor haar gevoel. Haar moeder liet geen kans onbenut om haar favoriete schoonzoon de hemel in te prijzen.

'Vraag toch eens aan Paul of hij geen werk voor je heeft bij hem op kantoor.'

'Ik heb werk!' riep Yella.

Sinds haar moeder een foto van haar baas had gezien, een drieëntwintigjarige computernerd in een verbleekte grijze hoody, beschouwde ze Yella's werk als uiterst dubieus. En dat terwijl haar bedrijf zeer succesvol mobiele betaalsystemen voor kleine bedrijfjes ontwikkelde en als gelijkwaardige partner met alle grote banken aan de onderhandelingstafel zat.

'Vier dagen in de week,' zei haar moeder geringschattend. 'Daar kun je geen grote stappen mee zetten.'

Dat ze het belangrijker vond om tijd met haar kinderen door te brengen kwam in het waardestelsel van haar moeder niet voor. Nog afgezien van het feit dat Yella voor geen goud zou overstappen naar de financiële wereld van Frankfurt.

'Ik ben tevreden,' zei ze. 'We redden ons prima.'

'Misschien kan Paul je tips geven of je met die halve studie architectuur van je toch nog iets zinnigs kunt beginnen,' riep haar moeder uit de keuken. 'Dat zogenaamde bureau waar je werkt, dat kan toch niet goed gaan.'

De innerlijke snelkookpan was een heel eind op weg richting de onvermijdelijke explosie. Leo huppelde vrolijk in het rond. Met elke stap rammelde het dure Chinese porselein in de glazen vitrine. Ineens leek alles in het huis van haar moeder breekbaar en ernstig in gevaar. Yella zwaaide uitnodigend met haar telefoon. Normaliter vermeed ze het om Leo te sussen met beeldschermen, maar dit was noodweer. Leo rende enthousiast haar kant uit, struikelde over de opbollende rand van een Perzisch tapijt en klapte languit tegen een sierlijk opengewerkte bloemenstandaard. De orchidee stond nog even besluiteloos te wiebelen alvorens in slow motion om te kiepen en het porseleinen beeldje op het bijzettafeltje mee te nemen in haar val. Leo, oprecht geschrokken, probeerde zijn fout te herstellen en krabde aarde en scherven bij elkaar op de lichte vloerbedekking, voordat zijn grootmoeder hem hardhandig wegtrok aan zijn bovenarm.

'Ben je gek geworden?' vloog ze hem aan. 'Die pierrot is nog van mijn grootouders geweest.'

Leo schrok zo van de scherven dat hij begon te huilen, waar Nick op zijn beurt van wakker werd, die vervolgens luidkeels begon te blèren.

'Je moet je zoon eens op ADHD laten testen,' ging haar moeder tekeer. 'Normaal gesproken weten kinderen op die leeftijd zich te gedragen.'

'Normaal gesproken gaan ze om deze tijd naar bed,' diende Yella haar zwakjes van repliek.

'Ik kan er toch ook niets aan doen dat David zo laat is?' snauwde Henriette.

'We hoeven niet op hem te wachten,' zei Yella bits terug. 'Dat heb ik toch al gezegd.'

Hun discussie werd overstemd door het geluid van de rookmelder. Uit de keuken kwam een zwarte rookwolk.

Het was de opmaat voor de grote confrontatie.

'Dank je, ik hoef niets, we hebben al met de studenten gegeten,' zei hij bij wijze van verklaring toen ze een uur later eindelijk compleet waren en haar moeder in een mengeling van verwijt en stil leed het verkoolde vlees opdiende op een bedje van gortdroge rijst, overgare groente en uit elkaar gevallen vis.

'Ach, kom nou, een beetje kan altijd,' zei haar moeder gepikeerd en ze schepte ruimhartig zijn bord vol.

'Ik eet nooit op dit tijdstip,' zei David. 'Als ik nu nog wat warms eet krijg ik last van mijn bloedsuiker.'

'Het spijt me als mijn eten niet naar je smaak is,' zei haar moeder.

'Ik hoef ook niets,' riep Leo met een panische blik op de verschrompelde reuzengarnalen.

'Geen wonder met die hoeveelheden brood die hij heeft weggewerkt,' zei haar moeder. 'Nou ja, zelf weten.'

Ze lachte, maar haar ogen flikkerden vervaarlijk. Haar onderlip beefde zachtjes.

'Smaakt geweldig,' zei Yella flauwtjes. 'Doro moet me echt het recept geven.'

De rest van de maaltijd verliep in een dodelijk zwijgen. In haar hoofd zocht Yella tevergeefs naar een vrolijke anekdote waarmee ze het gesprek op neutraal terrein kon brengen, terwijl Nick oververmoeid en overprikkeld op zijn stoel zat te wiebelen.

'Zit nu toch eens stil,' zei Yella boos tegen haar zoon.

Nick begon geschrokken te huilen.

'En, hoe gaat het met je roman?' Haar moeder begaf zich in het ultieme crisisgebied.

'Prima,' zei David.

'Nog altijd dat verhaal over die hypochondrische arts?' vroeg haar moeder.

'Als het af is ben je de eerste die het mag lezen,' antwoordde hij.

Henriette Thalberg staarde hem aan. Maar David weigerde elke verdere uitleg.

'In mijn leesclub kunnen ze niet geloven hoelang zo'n tweede roman kan duren.'

Op dat moment viel de huilende Nick van de stapel kussens. Yella slaakte een geschrokken kreet. David begon te lachen.

Haar moeder keek hem ontsteld aan. Vind je dat grappig? zei haar blik.

'Laten we naar het hotel gaan,' zei Yella uitgeput voordat de bel de volgende ronde zou inluiden.

En deze keer was haar moeder het met haar eens. Ze stond al bijna bij de deur toen Henriette haar nog even apart nam om vier Tupperware-bakjes met paella te overhandigen.

'Mag ik je een kleine tip geven?' begon ze aarzelend.

'Nee,' zei Yella bars. Ze haatte die zin. In deze situatie kon ze van alles gebruiken, maar geen moederlijke adviezen of opvoedingstips.

'Je weet dat ik me nooit ergens mee bemoei,' zei haar moeder. 'Maar ik maak me zorgen om je, Yella. Je bent zo lichtgeraakt. Geen wonder dat je kinderen zo druk zijn.'

Yella voelde zich compleet verslagen, uitgeput, vertwijfeld. Ze vermoedde dat elk mogelijk antwoord nieuwe vermaningen met zich mee zou brengen.

'Heb je al eens overwogen om je problemen met dokter Deniz te bespreken?'

De neiging van haar moeder om haar als een patiënte te behandelen maakte haar woedend. Ze redde het al jaren fantastisch zonder de hulp van de psycholoog die Doro haar ooit had aangeraden in een moeilijke levensfase. Ze was er überhaupt maar een paar keer naartoe gegaan. En toen maakte Yella de volgende fout. In plaats van meteen lucht te geven aan haar irritatie perste ze er een zwak 'Dank je wel' uit.

'Graag gedaan,' zei haar moeder vriendelijk. 'Je weet dat je altijd bij me terechtkunt als je advies nodig hebt. Ik help graag.'

Daarna hadden ze elkaar niet meer gesproken.

Henriette Thalberg, aan wie een docente verloren was gegaan, gaf zelfs toen ze al met pensioen was beoordelingen van alles wat Yella deed. Het gevoel om voortdurend onvoldoendes te krijgen knaagde aan Yella. Het meest nog ergerde ze zich aan het feit dat ze zich ergerde. Waarom was ze op haar drieëndertigste nog altijd niet immuun voor de lompe meningen van haar moeder? Henriette was dominant, David compromisloos. Niet zo vreemd dus dat elke keer dat die twee elkaar zagen uitliep op gedoe tussen Yella en David. Aan de gigantische ruzie met David in het hotel die was gevolgd, ingeleid met de fraaie woorden 'Je moet eindelijk eens leren om tegen je moeder in te gaan', wilde ze niet eens denken.

Yella kropte haar ergernis op en ze vergat niet. Met elke dag dat ze niets van zich liet horen groeiden de verwijten, daar was ze van overtuigd. Haar moeder verwachtte waarschijnlijk dat ze haar excuses aanbood. Evenals David. De uitnodiging om naar Nederland te komen had nieuwe brandstof geleverd voor het smeulende conflict.

Yella zuchtte diep. 'Waar zal ik beginnen?'

Ze was zo opgegaan in haar herinneringen aan het desastreuze etentje dat ze even was vergeten waar ze was. Helen en Amelie staarden haar sprakeloos aan.

'Was de paella zo vies?' vroeg Helen.

Twee lichtbundels schenen recht in haar gezicht. Yella dacht even dat ze in een kruisverhoor was beland, tot ze zich realiseerde dat het licht van buiten kwam. Ze hoorde een auto remmen, toen het geluid van een autodeur.

Amelie sprong meteen op van haar stoel: 'Eindelijk!'

8

De orkaan die Doro heet

Yella kwam met gemengde gevoelens overeind. Al weken lag de ruzie met haar moeder haar zwaar op de maag. Het werd tijd om dit conflict eindelijk uit de weg te ruimen.

Aarzelend volgde ze haar zussen naar buiten. Doro's fameuze zilveren Rimowa-koffers in diverse formaten blokkeerden de weg. Als Yella met het gezin op reis ging gebruikte ze een arsenaal aan samengeraapte koffers en tassen. Bij Doro paste alles bij elkaar. Vele stickers getuigden van de reislust van haar grote zus. De taxichauffeuse, een kleine pezige vrouw met een indrukwekkende zwarte krullenbol en een glanzende donkere huid, stond nog steeds kreunend en steunend bagage uit te laden, alsof Doro van plan was een paar maanden te blijven in plaats van vijf dagen.

Vanachter de taxi kwam Doro tevoorschijn. Automatisch begon Yella aan haar uitgelubberde trui te plukken, die betere tijden had gekend. Altijd als ze haar grote zus zag kromp ze ineen en werd ze meteen onzichtbaar. Als klein meisje had ze Doro mateloos bewonderd, wat waarschijnlijk wilde zeggen dat ze zichzelf niet zo geweldig vond. Wat was ze blij geweest als Doro zich verwaardigde om met haar te spelen, of haar zelfs mee te nemen naar een van haar afspraakjes.

Doro droeg een enkellange geruite mantel in opvallende groentinten, waaronder nog net een smal toelopende spierwitte broek te zien was. Op indrukwekkend hooggehakte koningsblauwe schoenen balanceerde ze over de hobbelige klinkers, waartussen aangewaaid zand zich ophoopte. Noch aan haar perfecte witblonde bobkapsel, noch aan haar make-up was te zien dat ze een lange reis achter de rug had. 'Ik ben een wandelend visitekaartje,' zei ze altijd. 'Het is mijn werk om gezien te worden. Als ik bij niemand blijf hangen heb ik mijn werk niet goed gedaan.'

Als een magneet trok Doro alle aandacht naar zich toe, ze was meteen het middelpunt van hun gezelschap. Ze veranderden weer in de band van toen: *Doro en de rest*. Als elektronen dansten ze rond hun kern. Zelfs de taxichauffeuse probeerde Doro's aandacht te krijgen, maar dan vooral om haar de rekening te overhandigen. Doro zag haar niet staan. Ze omhelsde Amelie, die Doro's outfit in alle toonaarden prees.

'Ben je alleen?' vroeg ze.

'Lucy had vandaag nog iets op school,' zei Doro. 'Ze komt later, samen met Ludwig.'

'En waar is onze moeder?' vroeg Helen, die veel minder onder de indruk was van Doro's theatrale opkomst.

'Henriette komt ook pas morgen, dat had ik toch doorgegeven,' zei ze. 'Ludwig neemt haar mee.'

Ze konden het er niet eens over eens worden hoe ze hun moeder aanspraken. Terwijl Doro al lang op *Henriette* was overgestapt, bleef Amelie bij het kinderlijke *mama*, Helen bezigde een koel *onze moeder*, dat de afstand tussen hen benadrukte, en Yella schipperde tussen de drie benamingen.

'Je hebt ons helemaal niets doorgegeven,' zei Helen.

'Ik heb Yella gebeld, tussen al mijn afspraken door,' hield Doro vol. 'Heeft ze dat niet gezegd?'

'Misschien wilde je iets doorgeven,' zei Yella verontwaardigd. 'Maar je was veel te druk met je veren en kikkers.'

'Dan heb je gewoon niet goed geluisterd,' zei Doro. 'Ik had je speciaal gebeld.'

'Je hebt niets verteld,' zei Yella boos.

'Dan vertel ik het nu. Henriette komt morgen pas. Ze moest nog langs de huisarts. Een routinedingetje dat ze was vergeten.'

'Een doktersafspraak?' vroeg Amelie gealarmeerd.

'Kunnen we nu alsjeblieft eerst naar binnen gaan?' riep Doro theatraal. 'Ik heb een helse dag achter de rug, ik ben kapot.'

Ze draaide zich om. 'Kun jij dat met de taxi even afhandelen?' vroeg Doro op vermoeide toon aan Amelie. 'Mijn telefoon is leeg. En cash heb ik al sinds corona niet meer op zak.'

Amelie bleef in haar eentje achter. Weifelend ging ze van de ene voet op de andere staan. De wind speelde met haar lange blonde haar.

'Coole schoenen,' zei ze, terwijl ze met haar handen haar haar in bedwang probeerde te houden.

De jonge taxichauffeuse droeg dezelfde gebloemde Dr. Martens als zij, maar dan gecombineerd met een hip uniseks pak van dik katoen dat rechtstreeks afkomstig leek uit het rijk van Mao.

'Die van jou ook,' antwoordde ze, minstens zo verlegen.

De deur viel achter de zussen in het slot. Er daalde een hemelse stilte neer. Zelfs de nachtegaal durfde weer te zingen.

De taxichauffeuse grijnsde brutaal naar Amelie. 'Ze is geweldig,' zei ze. 'Ze zouden de eerstvolgende orkaan naar haar moeten noemen.'

'Mijn zus heeft stress,' zei Amelie verontschuldigend.

De taxichauffeuse knikte. 'Dat zou ik ook hebben als ze mijn dertienjarige dochter op school met een flesje bier hadden betrapt, de energierekening van het atelier zoek was waardoor de belastingaangifte niet gedaan kon worden, mijn echtgenoot de telefoon niet opnam en ik tegelijkertijd een kikker aan het zingen moest zien te krijgen.'

Amelie keek haar verbluft aan.

'Ik weet ook niet hoe ze dat met die kikker wil gaan doen,' vervolgde de taxichauffeuse. 'Hier in Holland kwaken ze eigenlijk eerder dan dat ze zingen. Maar als ik haar nog een keer in mijn auto heb kom ik ook daar nog wel achter.'

'Heeft ze je dat allemaal verteld?' vroeg Amelie.

'Niet aan mij natuurlijk,' zei de jonge taxichauffeuse. 'Maar ze heeft de hele weg van Schiphol tot hier non-stop zitten bellen. Ik weet alles. Ook van haar klachten met haar cyclus en Ludwigs beklemde nekwervel na een wilde sessie op de naaitafel.'

'Dat meen je niet,' zei Amelie.

'Het ding is gewoon ingestort,' giechelde de taxichauffeuse. 'Hoeveel weegt die man eigenlijk?'

'Dat kan ook aan mijn zus liggen,' verdedigde Amelie haar zwager. 'Die heeft nu eenmaal iets meer energie dan andere mensen. Maar ze kan echt aardig zijn. Het komt er alleen niet zo van om het te laten zien.'

'Ik weet het,' zei de taxichauffeuse. 'Ik heb haar echt in mijn hart gesloten.'

Door het grote raam keken ze naar de felverlichte woonkamer, waar Doro zich op de bank liet vallen. Helen overhandigde haar een drankje.

'Is ze beroemd?'

'Een beetje.'

'Wauw,' zei de jonge vrouw onder de indruk. 'Wat doet ze? Comedy?'

Amelie lachte.

'Jullie mogen wel naar onze open mic komen,' zei ze. 'We zoeken altijd mensen die aan één stuk door praten en ook nog grappig zijn.'

Amelie staarde de jonge vrouw verdwaasd aan. Ze had nog nooit iemand als deze taxichauffeuse ontmoet.

'Ik zal het doorgeven,' stamelde ze geamuseerd.

'Tachtig euro,' antwoordde de jonge vrouw.

'Entree? Of honorarium?'

'De taxi.'

Bedremmeld liep Amelie naar binnen om haar portemonnee te halen. '22 euro 37,' telde ze uit.

De taxichauffeuse begon hard te lachen. 'Geef me je nummer.'

'Mijn telefoonnummer?'

'Ik stuur je een Tikkie,' zei de vrouw.

'Een Tikkie?' vroeg Amelie.

De taxichauffeuse keek op van haar telefoon: 'Waar kom je eigenlijk vandaan?' vroeg ze.

'Vandaag – of in het algemeen?'

De jonge vrouw lag opnieuw dubbel. 'Dus jullie komedianten zijn familie van elkaar?'

'Zussen.'

'Allemaal?'

'Allemaal.'

'Alle vier?'

'Ja.'

'In één huis?'

'Ja.'

'OMG.'

Ze leek zich kostelijk te amuseren om alles wat Amelie zei. Misschien had ze iets te veel geblowd. Of zou ze altijd zo zijn? Praten met haar was net een potje tennis. In hoog tempo vlogen de woorden over en weer.

'Heeft Tikkie iets met kietelen te maken?' vroeg Amelie. Dat leek haar nog het meest voor de hand te liggen, gezien de vrolijkheid van de jonge vrouw.

'Hollanders hebben het niet zo op cash,' zei ze giechelend. 'Die betalen liever met een app. Als je mij je nummer geeft, kun je het geld eenvoudig overmaken...'

Amelie tikte haar telefoonnummer rechtstreeks in op de telefoon van de jonge vrouw. Eigenlijk zou nu alles gezegd en afgehandeld moeten zijn.

'Als je een keertje weg wilt...' begon de taxichauffeuse. Ze keek weer naar binnen. 'Ik weet hoe moeilijk zulke bijeenkomsten zijn. Ik kom zelf ook uit een gezin.'

Amelie lachte. Op een of andere manier haalde de ontspannen, ironische manier van doen van de taxichauffeuse de druk van de ketel.

'Ik heb drie broers,' zei de jonge vrouw. 'Je slaat elkaar een keer op de bek en dan is de ruzie bijgelegd. En ik heb een zus, die voelt zich altijd door iedereen beledigd.'

Ze haalde een flyer uit de zak van haar pak. 'Vraag naar Philomena, dan krijg je voor elke zus een gratis drankje van me.'

'*Secret comedy*,' las Amelie hardop. 'Is dat een theater? Er staat geen adres bij.'

'We zijn een geheime comedyclub zonder vast podium en zonder vooraf aangekondigd programma. Je koopt een kaartje online, en dan krijg je een uur voor het begint een adres doorgemaild.'

Haar blik ging weer naar binnen, naar Doro.

'Eén ding kan ik je beloven,' zei ze nog. 'Bij ons zit je gegarandeerd in de luwte.'

'Klinkt goed,' zei ze.

Amelie stopte het briefje in haar zak. Ze had het onbestemde gevoel dat ze het adres nog weleens nodig zou kunnen hebben.

9

Vette hap

'Mama komt morgen pas? Waarom vertel je ons dat niet eerder?' vroeg Helen.

Doro bleef staan en keek Helen aan: 'Wat maakt het uit? Dan hebben we een avondje alleen met de zussen.'

'Wat maakt het uit? Ik kom om in het werk. Als ik dat had geweten was ik vanavond pas vertrokken.'

Yella had nu het liefst thuis op de bank gezeten. Er was een reden waarom de bloemiste bij haar in de straat haar bloemen altijd alleen per drie, vijf of zeven stuks verkocht. 'Even getallen brengen ongeluk,' beweerde ze. Met z'n vieren waren de zussen Thalberg nog instabieler dan met z'n drieën. Terwijl Helen zich kwaad maakte, wilde Yella er niet eens over nadenken dat ze de activiteit op de kinderopvang voor niets was misgelopen.

'De wereld draait ook wel door als Helen Thalberg een keer een dagje vrij neemt,' zei Doro provocerend en zonder een greintje slecht geweten. 'Relax.'

'Ik voel me prima. Maar ik bepaal graag zelf wat ik met mijn tijd doe,' zei Helen.

'Mijn leven is één grote chaos,' zei Doro. 'Nog meer verwijten trek ik niet vandaag. Ik had een horrordag. Wees blij dat ik er ben.'

Amelie, die net van buiten kwam, was meteen een en al medelijden: 'Kom eerst maar even tot rust,' zei ze.

'Kunnen we niet gewoon gezellig bij elkaar zitten en een hapje eten? Ik sterf van de honger,' zei Doro.

'Ik zet de ravioli op,' antwoordde Helen. 'Al het andere is al klaar.'

Doro stond op, glipte uit haar pumps en zwaaide met een plastic tasje, zo te zien afkomstig van snackbar De Klomp. 'Hoeft niet. Ik heb al gekookt,' riep ze.

Ze spreidde een groot stuk aluminiumfolie uit op tafel.

'Geen borden, net als vroeger.'

Doro kiepte alles op tafel. 'Patat met mayo, kaassoufflés, bitterballen, frikandellen, vlammetjes, loempia's,' zei ze.

De frituurlucht vulde de woonkamer. Naast friet met dikke klodders mayonaise lagen met hete kaas gevulde deegbuideltjes, knapperige balletjes met een ondefinieerbare zachte vleesvulling en miniloempiaatjes met zoet-pittige dipsaus, met en zonder vlees. Verrukt nam Yella een frikandel, een delicatesse die niets met Duitse *Frikadellen* te maken had. Ze hadden de langgerekte vorm van een worst, zonder dat je zou kunnen zeggen waarvan ze gemaakt waren, en ze smaakten naar kinderjaren.

'Allemaal gefrituurd. Ik heb alles gekocht wat op de kaart stond,' zei Doro gelukzalig. Ze dipte een bitterbal in de mosterd en verbrandde zoals altijd haar mond aan de gloeiend hete vulling.

'Jullie hebben geen idee hoe ik dat heb gemist. Gewoon een keer heerlijk ongezond eten,' zei Doro.

Amelie had tranen van ontroering in haar ogen toen ze de kipspiesjes ontdekte. 'Kipsaté met pindasaus. Zoiets heb ik in geen jaren meer gegeten.'

Helen keek besluiteloos naar de ravioli die klaarstond. Yella trok haar zus naar de tafel.

'Die eten we morgen,' zei ze. 'Dat geeft toch niet.'

Zuchtend zette Helen in elk geval salade en borden op tafel.

Doro hield haar blikje bier op naar Helen.

'Dat is toch veel fijner zo, zonder onze mannen. Wanneer waren we voor het laatst met z'n vieren bij elkaar, zonder aanhang?' riep ze.

Iedereen praatte door elkaar. De onderwerpen wisselden elkaar in hoog tempo af en gingen van *Alice in Wonderland* naar Ludwigs rugproblemen, ingestorte tafels, Yella's zandbakbelevenissen, Amelies mannen en Lucy's schooldrama's. Terwijl Helen zwijgend zat te luisteren lieten de zussen alle familieleden de revue passeren, tot ze onvermijdelijk bij David belandden.

'En? Hoever is hij met zijn tweede roman?' vroeg Doro.

'Hij vordert,' zei Yella terloops.

'Ik verheug me zo op het verhaal. Misschien komen wij er wel in voor,' zei Amelie.

Doro was haar belangstelling alweer verloren, maar Helen liet Yella niet wegkomen met vage uitspraken.

'Ben je weleens bang dat dat levenswerk van hem nooit afkomt?' vroeg ze botweg.

'Nee,' zei Yella. 'Ik zie toch met hoeveel passie hij eraan werkt.'

Terwijl ze er zelf niet zeker van was of het woord *passie* wel echt van toepassing was. David gedroeg zich eerder als een gokverslaafde in het casino, die hoopte dat hij zijn kansen met één perfecte worp kon keren. Hij had al zoveel jaar in de roman gestoken dat opgeven geen optie meer was. Hij wilde niet toegeven dat hij wellicht op het verkeerde paard had gewed en op een project zat te kauwen dat hij niet tot een einde kon brengen.

'Het happy end is in zicht,' herhaalde Yella de familiemantra waar ze zelf zo graag in wilde geloven.

In Helens ogen las ze dat ze niet overtuigend had geklonken. Haar zus hoefde haar twijfels niet uit te spreken. Yella vermoedde wat ze echt dacht: Zei je dat pas niet ook al? En twee jaar geleden?

Ze voelde zich niet geroepen om de anderen te vertellen over Davids schrijfproces, dat hij grotendeels voor zichzelf hield. Iets anders dan een optimistische prognose voelde voor Yella aan als verraad. Tenslotte zag ze elke dag hoe hard hij aan zijn boek werkte. Ze schermde David af waar ze maar kon: van de vermoeienissen van alledag, van al te luidruchtige en veeleisende kinderen, van alles wat hem zou kunnen afleiden, van vragen van vrienden en kritiek van de familie. Door Helens sceptische blik veranderde Yella automatisch in Davids woordvoerster, die probeerde om dat wat zich achter hun voordeur afspeelde zo rooskleurig mogelijk aan de buitenwereld te verkopen. Sinds een paar maanden draaide de pr-afdeling overuren.

'De helft van onze auteurs in het theater heeft een burn-out,' zei Doro.

'Hij heeft geen burn-out, hij is bezig met een historisch onderwerp,' zei Yella. 'Er gaat enorm veel tijd in de research zitten.'

Ze had zeker wat geïrriteerd geklonken, want Doro dook er meteen bovenop: 'Trouble in het Berlijnse paradijs?'

Alle ogen waren ineens op Yella gericht, alsof ze verplicht was om zich te verantwoorden. De vragen die haar zussen op haar afvuurden spookten al maanden steeds heviger door haar eigen hoofd. Stel dat de roman nooit afkwam? Stel dat zijn beloften voor eeuwig in de lucht bleven hangen? Doorgaans was de woordvoerster erg daadkrachtig, maar onder Doro's scherpe opmerkingen en Helens kritische blik zweeg ze verbeten.

'Alles gaat prima,' zei ze.

'Mama heeft me over jullie dinertje verteld,' zei Doro.

Yella zakte in elkaar. De familietamtam functioneerde uitstekend.

'Wat heeft ze precies verteld?' vroeg Yella zo terloops mogelijk.

Doro gaf geen antwoord. In plaats daarvan dipte ze geconcentreerd een frietje in de dikke mayonaise die je alleen hier kon krijgen.

'Iets zal ze toch wel verteld hebben, anders zou je niet vragen hoe ons bezoek in Keulen was,' drong Yella aan.

'Ze vroeg me wat ik ervan vond als ze voor een tijdje naar Berlijn zou gaan om je wat te ondersteunen.'

'Dat meen je niet,' zei Yella verdwaasd.

'Ik denk dat mama zich gewoon zorgen maakt,' mengde Amelie zich in het gesprek.

Yella huiverde. 'De laatste keer dat ze er was heeft ze mijn keukenkast opnieuw ingericht en Davids badkamerlaatje gemariekondood.'

Kennelijk beschouwde haar moeder het als teken van oververmoeidheid als je je sokken niet rechtop en gesorteerd volgens de kleuren van de regenboog opborg, maar ze in twee kartonnen Ikea-dozen mikte. Haar eigen systeem werkte perfect: links de complete paren, rechts de losse exemplaren die nog op een geschikte partner wachtten. Het laatste waar ze op zat te wachten was een paar weken moeten doorbrengen met haar moeder, die haar met goedbedoelde adviezen terzijde stond.

'Maak je geen zorgen, ik heb je op alle vlakken verdedigd,' suste Doro. 'Ik heb gezegd dat je altijd een beetje chaos om je heen nodig hebt.'

Yella kreunde.

'Kom, laten we Henriette een foto van ons met z'n allen sturen!' riep Doro.

Ze haalde haar telefoon uit haar zak.

'Misschien kun je me dan meteen het geld overmaken,' zei Amelie. 'Ik zit een beetje krap bij kas.'

'Hoeveel?' vroeg Doro.

'Tachtig euro,' zei Amelie.

Doro stopte met eten: 'Veertig, hoogstens, eerder minder.'

'Op de rekening staat tachtig,' zei Amelie voorzichtig.

'Ze probeert je te flessen,' zei Doro. 'Welke idioot betaalt er tachtig euro voor een taxi?'

Amelie haalde hulpeloos haar schouders op. 'Ik ben die idioot. Omdat jij me vroeg om af te rekenen.'

'Wat een kul,' zei Doro. 'Alsof ik tachtig euro voor een taxi zou betalen. Als je een beetje nadenkt snap je zelf ook wel dat dat een woekerprijs is.'

'Mij lijkt het een logisch bedrag voor die afstand,' zei Helen.

'Ik ga afwassen,' zei Yella en ze sprong op.

'Ik help je wel,' riep Amelie, blij met een gelegenheid om onder de discussie uit te komen.

Het gekletter van het serviesgoed kwam nauwelijks boven het gekibbel uit dat op de achtergrond voortraasde. Doro kon er maar niet over uit dat Amelie echt tachtig euro van haar wilde hebben.

'Ze is gestrest,' nam Amelie het op voor haar grote zus. 'Die kalmeert vanzelf wel weer.'

'Ik wou dat ik jouw geduld had,' zei Yella.

'Bel die taxichauffeuse op, ze heeft je een oor aangenaaid,' zei Doro tegen haar jongere zus.

'Het is halfelf,' verdedigde Amelie zich zwakjes.

'Nou en? Om halfelf kun je nog prima bellen. Vooral als je bent opgelicht,' stelde Doro.

Amelie zuchtte. Ze pakte haar telefoon, die onophoudelijk piepte.

'568 likes in een paar uur tijd,' zei ze verbluft. 'En het ene na het andere commentaar. Ik krijg de hele tijd de vraag waar je zo'n oranje jas met YOU'LL NEVER WALK ALONE erop kunt krijgen.'

Ze onderbrak zichzelf en trok bleek weg.

'Wat is er?' vroeg Doro.

De plotselinge stilte was oorverdovend. 'Wat is er gebeurd?' vroeg Yella.

'Een berichtje van onze huisarts,' zei Amelie. 'Mama is niet naar haar afspraak gekomen. Of ze even naar de praktijk wil bellen.'

De toon van de mail klonk opzettelijk neutraal, maar alleen al het feit dat de vrouw op zo'n laat tijdstip nog naar Amelie mailde had iets zeer verontrustends. Levensgroot hing de vraag in de kamer: hoe zat het in hemelsnaam met deze merkwaardige uitnodiging? Misschien was het gezamenlijke weekend helemaal geen nieuw begin? Misschien markeerde de brief het begin van het einde?

'Heeft die ooit van zwijgplicht gehoord?' vroeg Helen verontwaardigd.

'Uit oude verbondenheid met jullie familie,' citeerde Amelie op hese toon.

Als een ballon die werd doorgeprikt verdween in één klap alle lucht uit het vertrek. Yella had het gevoel dat haar keel werd dichtgesnoerd. De cryptische mededeling was voldoende om alle spookbeelden wakker te maken.

'Denken jullie dat er een verband is tussen die doktersafspraak en ons weekend samen?' vroeg Amelie met bibberende stem.

'Misschien is het ook wel iets leuks,' zei Doro op geforceerd optimistische toon. 'Ik zou me niet al te veel zorgen maken.'

'Weet jij meer?' vroeg Helen argwanend.

'Wacht nou maar af,' diende Doro haar van repliek.

'Als je meer weet zou het aardig zijn als je ons ook op de hoogte stelt,' drong Helen aan.

'Ik zweer op alles wat me heilig is: ik weet net zo weinig als jullie,' zei Doro.

Helen zag er niet uit alsof ze haar grote zus geloofde.

'We hebben morgen een lange dag voor de boeg,' zei Doro. Ze stond op en begon even abrupt als terloops de decoratie van het vakantiehuis naar haar eigen smaak te reorganiseren.

'Ik ga naar bed,' zei Helen gedesillusioneerd.

'Hoe doen we het met slapen?' vroeg Amelie.

'Ik neem de grote kamer met het balkon,' zei Doro. 'Ik moet nog wat werken voordat Lucy en Ludwig komen, en ik wil jullie in geen geval storen.'

Helen verdween naar de kloostercelachtige kamer met het eenpersoonsbed op de eerste verdieping, Amelie naar de kamer naast de keuken.

Alle energie vloeide uit Yella weg. Opeens voelde ze alleen nog een loodzware vermoeidheid. 'Ik neem de kinderkamer wel,' zei ze, alsof ze een keuze had.

10

Vier op een rij

Zuchtend keek Yella om zich heen in de pastelkleurige kamer. De eerste avond was niet zo gelopen als ze had gehoopt: de opgefokte sfeer, de eeuwige discussies met Doro, de zorgen om haar moeder. Waarom was alles altijd zo ingewikkeld als ze bij elkaar waren? Zomerzussen, laat me niet lachen. Als stukken op een gigantisch schaakbord gleden ze binnen de kortste keren naar hun vaste posities: Doro, geflankeerd door Amelie als haar eeuwige fanclub, zette de toon, Helen trok zich zonder de ruimte te verlaten zwijgend terug en stelde af en toe een indringende vraag. En zijzelf zat daar ergens tussenin, met haar hoofd half in Berlijn.

In de kast stond één spel op een plank: Vier op een rij. Uitgerekend dat! Er waren zat constellaties waarbij het cijfer vier precies goed was. Viermansverdediging op het voetbalveld, het Vierschansentoernooi, klavertjesvier. Je had vier seizoenen, vier maanfasen, vier elementen, vier adventszondagen. En als ze zich samen met Leo, Nick en David in een fotohokje perste spuugde de automaat een strookje met vier fotootjes uit, voor ieder eentje. Vroeger bij hen thuis lagen de zaken gecompliceerder. De zussen Thalberg navigeerden door het leven als een vrouwen vier-zonder. Iedere zus roeide in haar eigen tempo met haar eigen aantal slagen per minuut in haar eigen richting, en geen van hen wist waarheen ze onderweg waren. Als ze naar zichzelf en haar zussen keek, begreep ze meteen waarom in de muziek de vierkwartsmaat als de onvolmaakte, aardse werd beschouwd, terwijl de driekwartsmaat als de volmaakte maatsoort werd bejubeld. Drie was het getal van God en de drie-eenheid.

Yella vouwde zichzelf op en kroop onder in het stapelbed. Vanuit de badkamer klonken de gedempte stemmen van de zussen, buiten huilde de wind om het huis en liet de takken van de bomen kraken. Het beddengoed rook heerlijk fris. Toch had ze het gevoel dat ze in een grafkist lag. Ze verhuisde naar het bovenste bed en constateerde dat ze stijf was geworden. Ze moest weer meer gaan sporten, maar wanneer? Toen ze de paddenstoelvormige lamp uitknipte vlamden rond haar bed fluorescerende eenhoorns op, in een universum van groen oplichtende sterren. De regenboogdiertjes maakten van haar weer het bange meisje van dertien. Net nog was ze dodelijk vermoeid geweest, nu gingen haar gedachten wild alle kanten uit. Haar zussen, de doktersafspraak, de smeulende ruzie.

Ik mis jullie, schreef ze aan David. De volgende keer moeten jullie echt meekomen. Die laatste zin haalde ze weer weg. Ze wilde niet dat hij het gevoel had dat ze hem onder druk zette. Ooit zal ik jullie Bergen laten zien. Ook dat was geen goed begin. Veel plezier vandaag op de verjaardag, schreef ze, maar ook die zin haalde ze weg. Was het conflict om haar moeder meer dan iets tijdelijks? Wanneer was het tussen hen zo ingewikkeld geworden dat ze zich bij elk woord afvroeg of David het niet verkeerd zou opvatten?

Hier bij ons is het weer eens kerst, schreef ze uiteindelijk. Iedereen doet vreselijk zijn best, maar uiteindelijk loopt iedereen alleen maar te stressen. Ze wachtte tevergeefs tot de witte vinkjes blauw werden. Haar berichtje bleef ongelezen.

Yella probeerde Doro's optimisme en Helens nuchtere manier van kijken mee te nemen in haar slaap. Zolang er geen zekerheid bestond over het waarom van de familiebijeenkomst, hoefde ze haar tijd niet te verdoen met spookbeelden. Ze had gelezen dat de meeste dingen waar mensen bang voor waren nooit gebeurden.

'We moeten accepteren dat niet alles in het leven zo gaat als we willen,' had dokter Deniz altijd gezegd. 'Dat is de eerste stap om onze angsten te overwinnen. We kunnen niet alles in de hand hebben.'

Helen had gelijk: wat had het voor zin om bang te zijn terwijl je nog niet eens wist waarvoor? Ze kon duizend keer tegen zichzelf zeggen dat er ongetwijfeld een goede verklaring was voor het raadselachtige gedrag van haar moeder, maar het gevoel te stikken in haar eigen gedachten bleef. Stel dat ze ernstig ziek was en er geen tijd meer was om alle misverstanden uit de weg te ruimen?

Vanaf de Noordzee blies de westenwind onophoudelijk herinneringen aan lang overwonnen gewaande conflicten aan land. Yella staarde naar de fluorescerende eenhoorns en herinnerde zich ineens hoe Doro ooit midden in de nacht haar kamer was binnengeslopen, haar vertrokken gezicht verlicht door het zwakke, groenige schijnsel van een zaklamp, om haar met verdraaide stem de stuipen op het lijf te jagen: 'Ik zie eruit als je zus, maar ik ben eigenlijk een spook,' had ze gekrast, woest met haar ogen rollend. Haar grote zus had als klein meisje al van die theatrale neigingen gehad, en Yella trapte er steeds weer in.

Volwassen zijn leek vooral een theoretisch concept. Als in een matroesjka zat binnen in haar nog altijd de Yella verborgen die ze voor de komst van Leo en Nick was geweest. En voor David. Was haar leven op drijfzand gebouwd? Sinds ze David had leren kennen was ze altijd onderweg geweest. Ze had zoveel haast dat ze er niet eens aan toe was gekomen om zich af te vragen of ze gelukkig was. In haar relatie, haar werk. Ze had gehoopt in Nederland wat te kunnen ontspannen, energie te tanken, misschien zelfs uit te slapen, maar in plaats daarvan borrelden herinneringen als luchtbelletjes op, alsof ze alleen maar hadden gewacht op het moment dat ze naar het oppervlak mochten drijven. De kinderen gaven haar leven structuur, richting, een doel, een taak, maar bovenal zin. Ze vond het heerlijk om moeder te zijn. Als een jurk vlijde die rol zich warm om haar lijf en beschermde de kwetsbare kern. Wie was ze als dat allemaal wegviel en ze weer veranderde in een dochter en zus? Zelfs in bed had Yella nog het gevoel dat ze op een hellend vlak balanceerde. De uitnodiging van haar moeder had alles om haar heen op losse schroeven gezet. Ze had geen idee gehad hoe wankel de grond was waarop ze stond. Eén enkele brief was genoeg geweest om het verleden naar boven te laten drijven en het houvast kwijt te raken. Zonder het houvast van haar eigen gezin, zonder David en haar jongens, was ze verloren.

De lucht in het kleine vertrek was muf, alsof hier al lang niemand meer had geslapen. Yella was doodop, maar het lukte niet om in slaap te vallen.

Ze ging rechtop zitten en liet zichzelf van het bovenste bed glijden. Toen ze het raam opengooide zag ze buiten iets bewegen. In het licht van een flikkerende straatlantaarn herkende ze een donker geklede gestalte, die zo te zien stond te telefoneren. Het vakantiehuis lag aan het eind van een doodlopend weggetje. Wie het ook was die zich daar buiten ophield, hij of zij kon alleen dit huis als bestemming hebben. Yella staarde ingespannen in het donker. Iets kwam haar vreemd vertrouwd voor: het lange slungelige postuur, de manier van bewegen, de opgewonden gebaren tijdens het praten. Was dat haar vader? Yella wankelde. Ze wist dat haar fantasie met haar op de loop ging. Ze had haar vader met eigen ogen in de kist zien liggen. Vreemd wit en bleek, als een wassen beeld. Zijn hoofdwonden waren provisorisch bedekt met een kussen. Zonder zijn karakteristieke haarlijn en de bril zag hij eruit als een ver familielid en helemaal niet meer als haar papa. Jarenlang had het beeld haar geteisterd, jarenlang had ze zichzelf verweten dat ze hem niet had durven aanraken. In plaats van afscheid van hem te nemen en een laatste keer zijn hand te strelen had ze naar zijn naar binnen gedraaide voeten staan staren, die als de punt van een dak tegen elkaar rustten, als een omgekeerde V. Met die kromme voeten kon hij nooit van zijn leven daar buiten onder een lantaarnpaal lopen.

De man draaide zich om en liep naar de poort. Het automatische licht sprong aan. Yella's adem stokte toen ze de lange persoon herkende. Voor het eerst viel haar de gelijkenis tussen beide mannen op. Dat was haar oude studievriend Paul, de vriend van Helen!

Zijn wat hoekige manier van bewegen, zijn overdreven rechte houding en elegante verschijning waren niet te missen. Yella had haar zwager in al die jaren nog nooit in spijkerbroek en T-shirt betrapt. Gekleed in pak, met stropdas en een dikke hoornen bril leek Paul altijd een beetje een anachronisme. Je zou hem zo in een foto van de Bauhaus-architecten van begin vorige eeuw kunnen monteren zonder dat hij al te erg zou opvallen.

Wat deed hij daar in hemelsnaam? Midden in de nacht? Had Helen niet gezegd dat ze hem niet eens had gevraagd of hij mee wilde? Paul hield zijn telefoon tegen zijn oor gedrukt, schudde zijn hoofd, gebaarde opgewonden en verdween onverrichter zake in de nacht. Er was duidelijk iets niet in orde tussen die twee, en zoals gewoonlijk had Helen geen woord losgelaten over haar persoonlijke problemen. Wat wist ze toch weinig over haar zusje. 'Iets met bloed en reageerbuisjes', verder kwam ze niet als ze Helens werk zou moeten beschrijven. Yella zuchtte. Er was zoveel wat ze morgen beter kon doen.

11

Prosecco en kikkers

Yella gaf het op. De slaap wilde maar niet komen. Voorzichtig zette ze haar blote tenen op de krakende houten trap, in de hoop dat ze onderweg naar beneden niemand wakker zou maken. Toen ze de woonkamer betrad realiseerde ze zich dat ze niet de enige was die zich slapeloos door de nacht worstelde. Doro was nog altijd wakker, ze zat met gebogen hoofd aan de lange eettafel met voor zich papier, potloden en laptop. Het beeld kwam haar erg vertrouwd voor. Hoeveel avonden had Doro niet op deze manier aan de keukentafel gezeten, geconcentreerd schilderend en knutselend, met op de achtergrond een hoorspel op de cd-speler. Doro tekende, verfrommelde het vel papier en slingerde het weg. Uit de zee van papierproppen kon je opmaken dat ze niet tevreden was. Plotseling keek ze op naar Yella.

'De kikker dreigt uit de show te stappen.'

'Ik kan onmogelijk zingen in een condoomkostuum. Dat ding drukt op mijn longen,' imiteerde ze een kwakende stem. 'Hij wil dat ze me eruit gooien.'

'Simon Carlson?' zei Yella verbluft. 'De acteur?'

'De soapie wil een sexy kikker zijn. En de regisseur wil dat hij blij is. Per slot van rekening moet hij het televisiepubliek naar het theater lokken.' Ze huiverde verontwaardigd. 'Nog nooit op een podium gestaan, maar meteen een grote waffel. Heb je ooit een sexy kikker gezien?'

Yella keek haar verrast aan. 'Vanmorgen vond hij je nog helemaal fantastisch,' zei ze verbaasd.

'De repetitie ging dramatisch. Hij was zo nerveus dat hij elk lied verpestte, en natuurlijk is het dan de schuld van het kostuum. Als ik morgenochtend geen nieuw ontwerp heb, gaat de opdracht naar iemand anders. Ik heb weken aan die kostuums gewerkt. En nu moet ik in één nacht alles omgooien.'

Yella schudde haar hoofd. Erg betrouwbaar leek het er in Doro's wereld niet aan toe te gaan. Ze had dit verhaal al in duizend varianten van Doro gehoord. Geen wonder dat ze altijd zo gespannen was.

'Hoe hou je het uit met dat soort mensen?' vroeg Yella.

'Het is net als in het golfslagbad: soms zwem je boven, dan weer onder water, in beide gevallen duurt het nooit lang,' grapte Doro, maar in haar ogen glinsterden tranen. De anders altijd zo sterke en pittige Doro leek ineens kwetsbaar en zwak. Yella schoof een stoel naar de tafel en wierp een snelle blik op Doro's schetsen.

'Ik zie hem ook liever niet als kikker,' zei ze.

'Dank je, daar heb ik echt wat aan,' zei Doro mat. 'Ik geef je het nummer van de regisseur wel, dan kunnen jullie het er samen over hebben.'

'Mag ik?' vroeg Yella, en ze pakte het notitieblok.

'Die sukkel kan geen teksten onthouden. Ze hebben hem alleen maar ingehuurd omdat hij de jeugd naar het theater moet krijgen. En nu is het mijn schuld, omdat hij niets kan.'

Yella beschouwde dat maar als een ja, en ze begon in Doro's notitieboek met de stofstalen, schetsen en ontwerpen te bladeren.

'Ik trek even wat anders aan,' zei Doro.

Ze bond haar haar in een staart, veegde de make-up van haar gezicht, verwijderde de nepwimpers en schoot in een joggingoutfit die eruitzag alsof hij veel geld had gekost. Toen ze naar de tafel terugkeerde zag ze er veel meer uit als de grote zus dan als het kunstobject waar ze elke dag in veranderde. Ze zwaaide met een fles prosecco.

'Ik dacht, die kunnen we soldaat maken als er iets te vieren valt. Maar we kunnen net zo goed nu al met de festiviteiten beginnen.'

Ze giechelde toen de kurk knalde. 'Ik ben altijd maar onderweg en weet nooit of ik wel in de juiste richting ren,' zei ze.

'Volgens mij hebben we daar allemaal last van,' zei Yella.

'Op de juiste richting,' antwoordde Doro.

'Op de omwegen,' zei Yella.

'Goede reis!'

Ze proostten, de glazen klonken tegen elkaar. Doro sloeg haar glas in één teug achterover en schonk meteen weer in.

'Ik heb wel een pauze verdiend,' zei ze.

Het tempo waarin Doro dronk was verontrustend, vond Yella.

'Wat zou je veranderen als je de tijd kon terugdraaien?' vroeg Doro.

'Geen idee,' jokte Yella.

Terwijl ze heel goed wist wat ze zou doen. Ze zou hemel en aarde bewegen om te verhinderen dat haar vader tijdens de storm in de auto zou stappen. Ze zou alles anders doen op die noodlottige dag.

‘Ik kijk vooruit, niet achterom,’ zei ze ontwijkend.

‘Maar wat nou als de start verkeerd was? Wat als we allemaal een valse start hebben gehad en we daarom sowieso geen kans hebben om te winnen?’

Yella zweeg.

‘Sorry, Yella,’ zei Doro. ‘Soms herken ik mezelf niet meer.’

Yella voelde de tranen weer opkomen. Sinds haar eerste zwangerschap moest ze om het minste of geringste huilen. De zwangerschap had haar hormoonhuishouding voor altijd door elkaar geschud. Kerstreclames, sentimentele YouTube-filmpjes over terugkerende Amerikaanse soldaten, romcoms, bruiloften, nieuwsberichten over vluchtelingenkampen, prijsuitreikingen: bij elke gelegenheid kon ze moeiteloos in tranen uitbarsten. Helaas ook bij opvoeringen op de opvang. Onlangs nog had ze zichzelf onsterfelijk belachelijk gemaakt toen Nicks leidster met zwangerschapsverlof ging en de kinderen een ontroerend afscheidslied voor haar zongen.

‘Ik sta stijf van de stress,’ bekende Doro. ‘Dan gooi ik er dingen uit die ik helemaal niet bedoel. En dan doe ik zelfs de mensen pijn van wie ik het meeste hou. Vraag maar aan Ludwig.’

Yella had gezien hoe de magere decorbouwer een zware man was geworden die je zo snel niet omver kreeg. Dat dikke pantser had hij nodig om Doro’s uitbarstingen op af te laten ketsen. Zelf was ze niet zo stressbestendig.

‘Je mag het gerust ook aan mij vragen,’ zei Yella.

‘Was ik heel erg?’

‘Altijd al,’ flapte Yella eruit.

‘Ik wil het niet horen,’ onderbrak Doro haar lachend. ‘Niet nu. Niet vandaag. Eigenlijk helemaal nooit.’

Doro schonk weer bij.

‘Weet je nog, die ene keer, toen je midden in de nacht met de zaklamp...’ begon Yella.

'Nee,' kapte Doro haar af nog voordat ze bij de pointe was aangekomen. 'Dat kan ik me niet herinneren.'

De familieanekdote was zo vaak verteld dat ze na een halve zin al wisten waar het over ging.

Yella lachte.

'Midden in de nacht kwam je naar me toe en deed je alsof je een spook was.'

'Dat was Helen.'

'Dat was jij. En het bleef niet bij één keer. Je vond het enorm grappig om me zo te laten schrikken.'

'Of Amelie. Amelie heeft wat met spoken.'

Yella schudde haar hoofd.

'Je mag Amelie wel dankbaar zijn,' volhardde Doro in haar versie van het verhaal. 'In het theater zijn zulke ervaringen goud waard. Zonder trauma heb je niks te vertellen. Hele generaties theatermakers leven van de drama's uit hun jeugd.'

'Maar ik ben geen dramaturg,' zei Yella. 'En dat was jij, met die zaklamp.'

'Maar ik wou dat het iemand anders was geweest,' zei Doro bedrukt. 'Dat is toch ook wat waard?'

'Nee,' zei Yella resoluut.

'Als ik de tijd kon terugdraaien zou ik bij je in bed komen liggen en dan zouden we samen spoken verjagen,' zei Doro.

Yella had nog niet veel vertrouwen in de wapenstilstand.

'Ik was altijd een beetje jaloers op je,' bekende haar zus aarzelend. 'Ik kan dan misschien beter tekenen, maar jij had iets te vertellen. Weet je nog, die pinguïnstripjes die je tekende?'

'Dat is eeuwen geleden,' zei Yella.

Ze pakte de fles, er vielen nog slechts een paar verweesde druppels in haar glas. Doro sprong op en trok een tweede fles open.

'En hoe gaat het echt met je, Yella?' vroeg ze. Haar directe vraag ontwapende Yella.

'Ik weet het niet precies,' gaf ze uitgeput toe. 'Het is allemaal zo onoverzichtelijk.'

'David?' vroeg Doro.

Yella knikte alleen maar. De brok in haar keel werd ineens zo groot dat ze geen woord meer kon uitbrengen.

'Het is allemaal ook zo snel gegaan bij jullie,' zei Doro. 'Niet zo gek dat je het niet kunt bijbenen.'

Yella wist dat Doro gelijk had. Ze had David ontmoet toen ze er erg slecht aan toe was. Na de dood van haar vader was haar leven steeds verder ontspoord. Ze was pas dertien toen haar vader verongelukte, maar ze zou het trauma nooit meer kwijtraken. Begin twintig trok ze slapeloos door de Berlijnse nachten, werd verliefd op onbereikbare mannen en sliep met de bereikbare, voor wie ze niets voelde. Ze dronk te veel, liep vast in haar studie architectuur, die met vakken als statica en constructieleer wiskundiger was dan ze had gehoopt, en had geen idee waarheen haar leven haar leidde.

Het verdriet om de dood van haar vader was uitgegroeid tot een zwerende wond waar ze bijna aan dood was gegaan. Toen ze begin twintig was had ze geen idee wie ze was en, nog dramatischer: ze wist niet eens wie ze wilde zijn en of ze überhaupt wilde leven. In al te donkere nachten wenste ze dat zíj in Nederland haar einde had gevonden langs de kant van de weg, en niet haar vader.

'David heeft me gered,' zei Yella.

'Ik dacht dat het dokter Deniz was,' lachte Doro. 'Zonder hem was je David nooit tegengekomen.'

Doro had Yella destijds naar een therapeut gesleept die de helft van de theatermensen met wie ze op dat moment samenwerkte behandelde. Dokter Deniz probeerde Yella niet eens uit te leggen dat het leven de moeite waard was om door te gaan. Hij bevestigde haar in haar uitzichtloosheid en gaf haar de opdracht om haar eigen in memoriam te schrijven: '*De mortuis nil nisi bene*,' legde hij haar uit. 'Van de doden niets dan goeds. Een positief in memoriam schrijven helpt om scherper te kijken naar wat je hebt bereikt en milder te oordelen over je eigen biografie.'

Yella had totaal geen trek gehad in die morbide opdracht. 'Ik wil niet terugkijken. Mijn verleden is aanwezig genoeg in mijn leven. Ik wil er liever vanaf dan dat ik me er nog verder mee bezighoud.'

'Uw mislukte jeugd hoort bij u, of u dat nou wilt of niet,' was zijn antwoord geweest.

Yella had niet de behoefte om zich te verdiepen in de dood van haar vader en de crisisjaren daarna. In een krant had ze iets over een traumatherapie gelezen waarbij je door bepaalde oogbewegingen pijnlijke herinneringen kon wissen. Helaas was dokter Deniz een therapeut van de oude stempel. 'Zolang u zich niets wilt herinneren, zal het verdriet u van binnenuit opvreten,' had hij gewaarschuwd. 'Als u het niet hardop in mijn praktijk wilt uitspreken, schrijft u het dan op. Alleen voor uzelf.'

Yella was niet verder gekomen dan de aanschaf van een schandalig duur notitieboekje met leren omslag en een mooie pen, die zacht over het papier gleed toen ze haar naam voorin zette. Daarna was de schrijfflow tot stilstand gekomen. Misschien, had ze destijds gedacht, kwam het doordat het woord niet haar medium was. Yella hield ervan om met haar handen te werken. Ze sausde muren, timmerde, boorde, bouwde meubels en naaide overtrekken. Zolang ze in beweging was ging het goed met haar. Het probleem waren de nachten, als ze niets te doen had.

Omdat Yella geen idee had waar ze moest beginnen, raadde een vriend haar Davids schrijfcursus aan. De jonge schrijver kreeg voor elkaar wat haar therapeut tevergeefs had geprobeerd. Hij liet haar het verleden vergeten. Ze werd verliefd op zijn slimme geest, de klank van zijn stem, de manier waarop hij zich tijdens de cursusuren door het vertrek bewoog, en de mooie zinnen waarmee hij haar uitlegde dat alles goed en prima was. Hij bleef voor haar tafeltje staan en zag hoeveel moeite het haar kostte om ook maar een enkel woord op papier te krijgen. Ze verdronk in zijn mooie donkere diepzeeogen, die Leo van hem had. Ze vond het mooi om te zien dat zij hem duidelijk ook van zijn à propos bracht. Ze wist niet meer hoelang het moment had geduurd, maar lang genoeg om haar leven een nieuwe richting te geven. Na de eerste cursusavond besloten ze af te spreken.

'Iets drinken?' had Yella gevraagd.

'Ontbijt. Een keertje?' was zijn antwoord geweest.

'Morgen,' stelde Yella voor.

'Dan heeft het bijna geen zin meer om vandaag nog afscheid te nemen.'

Zo was alles begonnen.

Met David naast zich vond ze slaap en het geluk om weer in een toekomst te geloven. Ze had het notitieboek waarin ze was begonnen dichtgeklapt, de rest van de therapie schriftelijk afgezegd (*Heel erg bedankt voor uw hulp. Het gaat al veel beter met me*) en had zich halsoverkop in een leven samen gestort. Alleen de piepkleine tatoeage op haar bovenarm, met de sterfdatum van haar vader, getuigde van oude wonden. Binnen de kortste keren was ze zwanger, ging ze samenwonen met David en ter overbrugging, tot hij zijn tweede roman af zou hebben, ging ze buitenshuis werken. Nummer twee werd geboren en toen David niet verder kwam met zijn boek ging ze meer uren werken. Zijn ideeën over hun leven samen begonnen allemaal met de halve zin: 'Als ik mijn roman af heb, dan...' Hij had rust nodig en een dag zonder afspraken om in het verhaal te komen. Alleen al de mededeling dat er 's middags een pakketje zou worden bezorgd kon hem tot wanhoop drijven en zijn werkdag ruïneren. 'Waarom moet je me dat van tevoren vertellen?' vroeg hij woedend. Het samenwonen bleek lastig, en elke storing, hoe klein ook, was aanleiding voor een nieuwe ruzie. Corona en de lockdowns hadden al die conflicten op scherp gezet, haar moeder bracht ze tot ontploffen.

'We hebben fikse ruzie gehad,' bekende Yella.

'Waar ging het over?' vroeg Doro.

'Over mama,' zei ze. 'Over de uitnodiging.'

'En? Wat doen we nu weer verkeerd?' had David op bijtende toon gevraagd toen ze de brief opende.

Hij ergerde zich groen en geel aan de gewoonte van zijn schoonmoeder om hen per post van ongevraagd advies te voorzien. In de oudpapierdoos in de gang bevonden zich al een artikel over de gevaren van suiker en kleurstoffen voor kinderen ('Hyperactief door winegums?'), uitlaatgassen in Wedding ('*So krank macht die Berliner Luft, Luft, Luft*', het liedje zat nog weken in zijn hoofd), de positieve effecten van kinderkoren ('Zingen is krachtvoer voor het kinderbrein'), het verband tussen vaccinaties en autisme ('De verzwegen waarheid') en een artikel over omscholingsmogelijkheden voor kunstenaars, waar David heel erg boos om was geworden ('Cyber voor schrijvers: de tweede carrière').

'In de ogen van mijn moeder doe ik alles verkeerd,' kreunde Yella.

'Je weet dat ik me nooit ergens mee bemoei...' imiteerde Doro de stem van haar moeder. 'Maar heb je gezien wat Lucy aanheeft? Doro, je stuurt je dochter toch niet serieus met blote buik naar school, Doro, je werkt te veel, Doro, je moet meer eten, Doro, je moet minder eten. Als ik je een tip mag geven, Doro... Trek het je niet aan, Yella. Zo is ze nu eenmaal. Ze bedoelt het goed.'

'Dat is misschien nog wel het ergste,' zei Yella.

'Op goedbedoelde adviezen,' zei Doro, waarna ze in één teug haar glas half leegdronk.

'Jij laat dat allemaal zomaar van je afglijden?' vroeg Yella. 'Hoe doe je dat?'

'Ik ben ontzettend goed in mislukken,' zei Doro. 'En voor al het andere heb ik de juiste man gekozen. Iedereen zou een Ludwig moeten hebben.'

Doro had de zwijgzame Beierse beer als decorbouwer bij een theater in München ontmoet en meteen weggekaapt voor haar eigen atelier. De liefde groeide evenredig met zijn toewijding aan haar werk. In zijn grote handen, waarmee hij alles kon repareren, had hij steevast een kop zwarte koffie of een sigaret, terwijl hij de medewerkers van de studio geduldig uitlegde wat Doro bedoelde als ze weer eens liep te razen en te tieren.

'Ludwig is er altijd als er iets misgaat. Voor hem wordt het pas interessant als het piept en kraakt,' zei ze lovend.

'David is de juiste man,' zei Yella. 'Hij heeft alleen een bijzonder beroep.'

'Je hoeft hem niet altijd te verdedigen,' zei Doro. 'Je mag best een keer aan jezelf denken.'

'Mama en David zijn gewoon niet *compatible*,' zei Yella.

En dat was nog zachtjes uitgedrukt. Als David Yella tijdens een ruzie een 'Je klinkt net als je moeder' naar het hoofd slingerde, was dat nooit als compliment bedoeld. De grote dooddoener was de favoriete en meteen ook kortste weg naar heviger discussies.

En toen gooide Yella alles er in één keer uit. Kennelijk had haar innerlijke woordvoerster per direct ontslag genomen. Het deed goed om eindelijk eens hardop uit te spreken wat er was gebeurd. Davids reactie op de uitnodiging was namelijk even duidelijk als radicaal geweest: 'Zeg het af,' had hij geëist. Maar zo eenvoudig was dat niet. Niet voor Yella.

'Ik heb mijn uiterste best gedaan om hem ervan te overtuigen dat het maar een paar dagen zijn. En zijn ouders zouden op de jongens kunnen passen,' vertelde ze.

'Misschien is het iets ergs,' was haar argument geweest.

'Vijf dagen met Henriette zijn erg genoeg,' was zijn antwoord geweest. 'Ook zonder dat er een aanleiding voor is.'

'Hij heeft de cursus,' legde ze aan Doro uit. 'Maar die had hij eventueel kunnen verzetten.'

'Je klinkt als een eigenwijze kleuter,' had Yella David verweten.

Zijn reactie was even bot uitgevallen: 'Henriette hoeft maar te gillen en je springt al,' had hij geklaagd, waarna hij de brief bij het oud papier had gegooid. 'Je moet eens leren je te verweren tegen dat impertinente gedrag van haar.'

'Ze is mijn moeder,' had Yella gezegd.

'Sinds wanneer?' vroeg hij.

David kende alle ins en outs van de Thalbergse familiegeschiedenis. Hij wist hoe eenzaam Yella zich na de dood van haar vader had gevoeld. Als tiener had ze het zwaar gehad met Henriettes tweede man, die veel te snel bij hen was ingetrokken, de aandacht van haar moeder voor zichzelf had opgeëist en haar vier dochters allerlei regels oplegde. 'Ik weet precies wat jullie vader voor jullie zou hebben gewild,' beweerde hij. Terwijl hij Johannes Thalberg alleen kende uit de verhalen van hun moeder. In de fase van haar leven waarin Yella het meest behoefte aan een vertrouwenspersoon had gehad, koesterde Henriette Thalberg zich in het geluk van een nieuwe liefde. En toch maakte het Yella keer op keer razend als David uitsprak wat ze zelf al duizend keer had gedacht. Yella vermoedde dat er een kern van waarheid school in Davids genadeloze analyse, maar dat gaf hem nog lang niet het recht om zijn bevindingen luidkeels te verkondigen. Hun moeder was net zo getraumatiseerd geweest als de vier zussen. Alleen daarom had ze zich zo snel met de verkeerde man ingelaten. Ze had het even zwaar als de rest van het gezin. Hoe haalde hij het in zijn hoofd om zo hard over haar moeder te oordelen? Ze bedoelde het echt goed. Hij kende haar toch amper. Yella haatte het als David haar dwong te kiezen tussen hem en haar moeder.

'Ze doet je geen goed,' had David gezegd, nu iets milder. 'Je bent elke keer supergestrest als we bij haar op bezoek gaan.'

'En wat moet ik mijn moeder als reden geven waarom je niet meekomt?' had Yella gevraagd.

'Kan mij het schelen. Ze luistert toch niet.'

Yella zuchtte een keer diep en vertelde Doro letterlijk wat David haar allemaal naar het hoofd had geslingerd. 'Zeg gewoon de waarheid,' had hij voorgesteld. 'Ik ben niet meegekomen omdat ik haar niet kan uitstaan. Ik heb een ernstige schoonmoederallergie.'

Doro lachte uitbundig.

'Niets zo vermoeiend als schoonfamilie,' bevestigde ze giechelend. 'Ik weet er alles van. Die van mij is zo Beiers dat ik er geen bal van versta als ze iets tegen me zeggen. Die zijn ervan overtuigd dat ik niet kan praten, omdat ik nooit op het juiste moment antwoord geef.'

De eerlijkheid gebood Yella te zeggen dat ze het net zo moeilijk had met Davids ouders, die zich gedroegen alsof hun zoon per ongeluk met Assepoester was thuisgekomen. Een Assepoester die hun zoon veel te vroeg met twee kinderen had opgescheept en hem er op die manier van weerhield om zijn ware literaire bestemming te vinden. Terwijl ze niet alleen hun gezin, maar ook zijn artistieke ambities financierde.

'Schoonmoederallergie,' proestte Doro weer. 'Die is goed.'

Haar lachbui had iets bevrijdends. 'Volgens mij heeft vijftig procent van de mensheid daar last van,' zei ze. 'Het is een plaag.'

Wat deed het goed om woorden te geven aan je angsten en innerlijke strijd en je ergernissen weg te lachen. Misschien had Doro wel gelijk en kon je jezelf en alle anderen maar beter niet al te serieus nemen.

'Daar moet op gedronken worden,' zei Doro.

Yella knikte. Dit glas, wist ze, was te veel. Maar het voelde zo goed om zo vertrouwelijk met Doro te praten.

Yella was Doro dankbaar voor haar luisterend oor en haar pittige humor. Ze schaamde zich er een beetje voor dat ze zo slecht over haar zus had gedacht. Ruzie tussen zussen viel kennelijk op te lossen in alcohol en Bergen was de mooiste plek ter wereld. Misschien zelfs de enige plek op deze aarde waar je meningsverschillen met familieleden achter je kon laten en elkaar opnieuw kon vinden. Als volwassen vrouwen onder elkaar.

'Ik heb een idee voor je,' zei Yella plotseling. 'Wat betreft die kikker.'

Ze pakte het notitieboek weer op dat nog altijd voor hen

op tafel lag, en zocht de zachte fluwelen stalen in groen- en bruintinten op die ze eerder had gezien.

'Deze stof voelt goed aan,' zei Yella.

'Dat is het gordijn,' zei Doro droog.

'Nou en,' zei Yella.

'Ik zou Simon in het gordijn kunnen wikkelen,' zei Doro. 'Dan valt het niet meer op dat hij niet kan zingen.'

'Waarom laat je het kostuum niet zitten?' suggereerde Yella.

'Omdat ik ervoor betaald word om iets op maat voor hem te maken,' zei Doro. 'Ik kan hem moeilijk bloot laten spelen in de musical.'

Yella dacht aan het pandapak dat ze onlangs op het allerlaatste moment nog voor het zomerfeest bij Nick op de crèche had bedacht. In plaats van een masker droeg haar zoontje zwart-witte kleren en een paraplu waarop ze grote pandaogen had geplakt. Wat goed was voor Nick was hopelijk ook goed genoeg voor een acteur die carrière had gemaakt als nepdokter.

'Je kleedt hem heel normaal aan, als een dandy. Dan draagt hij daar een paraplu bij met kikkerogen. Dan heeft hij meer bewegingsvrijheid en herkennen de mensen hem.'

Doro keek haar verbluft aan: 'Dat heeft niets meer met zijn rol te maken.'

'Niet met de kikker, maar alles met de acteur. De sexy dokter van afdeling 17 komt overal mee weg.'

'Hij kan niet zingen.'

'Geeft toch niet,' zei Yella. 'Kijk maar naar Pierce Brosnan in *Mamma Mia*. Zolang hij er sexy uitziet kan het niemand schelen hoe hij zingt.'

Doro zei niets meer. Ze pakte het potlood en schetste een flitsend herenpak. Ernaast tekende ze een soort paraplu, waarop tientallen enorme, rood oplichtende kikkerogen haar demonisch aanstaarden. Yella keek bewonderend naar de vaardige hand waarmee haar zus Nicks kinderkostuum in een magische podiumversie veranderde. Ze wist Yella's droge woorden om te toveren tot iets wat de potentie had om een gigantische theaterzaal te vullen.

Doro maakte foto's van haar werk. Drie seconden later klonk het karakteristieke geluid van een uitgaande mail.

'We zijn een goed team,' zei ze ontroerd en met hese stem. 'Altijd al geweest.'

De ochtend schemerde al boven de duinen toen Yella ietwat aangeschoten, maar vol goede moed in bed kroop.

'Tot morgen, zusje,' zei Doro zachtjes voordat ze de deken over Yella heen trok. 'Wat er ook gebeurt, we hebben altijd elkaar nog. We blijven de zomerzussen.'

'Beloofd,' zei Yella, al half in slaap. 'Voor altijd en eeuwig.'

12

Gekke koeien

'Yella, kom je nog?'

'Yella, slaapkop!'

'Yella, wil je koffie?'

De ochtend begroette Yella met klokgelui, een fikse kater en de geur van net opgebakken broodjes.

'Nog een paar minuten,' mompelde ze en ze draaide zich nog een keer om. Toen ze weer op haar telefoon keek zag ze geschrokken dat het al tien uur was geweest. Was haar comateuze toestand te wijten aan de ongewone stilte, de prosecco of haar chronische slaapgebrek? Wanneer had ze voor het laatst zo lang geslapen? Ze had zes berichtjes van David, die paniekerig vroeg waar ze het cadeautje voor Penelope had gelaten. En een zevende waarin stond dat hij al iets anders had geregeld.

Haar hoofd protesteerde tegen elke beweging toen ze zich vanuit het stapelbed op de grond liet zakken. Wankel klampte ze zich vast aan de trapleuning en liep voorzichtig treetje voor treetje naar beneden. In de keuken stootte ze met haar voet tegen een lege proseccofles, die naar de hoek rolde en tegen zijn soortgenoten botste. Haar hoofd bevestigde haar angsten. Hadden ze echt drie hele flessen leeggedronken? Onmogelijk. Ze dronk nooit.

'We hebben om halftwaalf met mama afgesproken in het Pannenkoekenhuis,' zei Helen. Ze stoof door de keuken en raapte handtas en autosleutels bij elkaar.

'Waar zijn Amelie en Doro?' vroeg Yella.

Haar tong plakte zwaar en droog in haar mond.

'Zwemmen,' zei Helen. 'Dat wil zeggen, Doro wilde zwemmen en Amelie is mee om haar aan te moedigen. Die gaat de zee pas in als die badwatertemperatuur heeft.'

'En waar ga jij heen?'

Helen zwaaide. 'We zien elkaar bij het Pannenkoekenhuis,' zei ze.

Yella had een vaag vermoeden dat haar plannen iets met Pauls nachtelijke actie te maken hadden. Voordat ze door kon vragen was Helen het huis al uit gestormd.

Halftwaalf? Yella checkte de afstand op haar telefoon. Volgens Google Maps lag het restaurant zo'n twee kilometer verderop, dat kon ze makkelijk halen. Snel spatte Yella een handvol water in haar gezicht, poetste twee keer haar tanden om de nare smaak van de alcoholische nacht uit haar mond te spoelen, schoot haar spijkerbroek van gisteren aan en een nieuwe trui die die naam niet verdiende.

Dat kan nog weleens een mooie dag worden, zei ze tegen zichzelf. Toen ze de deur van het vakantiehuis opendeed kwam haar een aangenaam koele zeebries tegemoet. Boven haar hoofd joegen wolken langs de hemel, op weg naar een onbekende bestemming, de wind blies een paar regendruppels in haar gezicht. Een ware weldaad na de lange nacht. Ze ging op pad en luisterde al lopende haar voicemailberichten nog een keer af.

'Ik heb gisteravond helemaal alleen spaghetti gemaakt,

mama,' vertelde Leo. 'Met rode saus. Het heeft maar een klein beetje op de muur gespetterd, maar papa heeft twee keer opgeschept. En Nick heeft drie appels gegeten. Nick, wil je met mama praten?'

Op de achtergrond hoorde Yella het vrolijke gegiechel van haar jongste zoon, die zo te horen heel veel lol had.

'Nick heeft geen tijd,' zei Leo droog. 'Die zit YouTubefilmpjes te kijken met papa. Doei, mama.'

Yella haalde diep adem. David redde zich met gemak een paar dagen met de jongens. Haar eigen vader had nauwelijks een rol gespeeld in het dagelijks leven van het Keulse gezin. Als tegenprestatie voor eindeloos lange zomervakanties liet hij zich de rest van het jaar opslokken door zijn eigen vader en het gehate werk in het familiebedrijf. Gelukkig maakte David deel uit van een generatie mannen die niet alleen vakantiepapa speelden, maar er ook waarde aan hechtten om tijdens de schoolperiodes veel tijd met de kinderen door te brengen. David was een geweldige vader, die er altijd voor zijn kinderen was. Haar drie mannen amuseerden zich uitstekend zonder haar. Misschien was het ook wel goed, probeerde Yella zichzelf ervan te overtuigen, dat David zo fel had geweigerd om met haar mee te gaan. Zonder de stoorzender die haar de ene na de andere ongemakkelijke waarheid in het oor fluisterde, leek de omgang met haar eigen familie een stuk makkelijker. Om nog maar te zwijgen van het feit dat de jongens haar nauwelijks de gelegenheid zouden hebben gegeven om ongestoord een gesprek te voeren.

Na een paar meter verliet Yella het pad van de vorige dag. Linksaf ging je naar het strand, rechtsaf naar het Pannenkoekenhuis. Yella vroeg zich af waarom hier tegenwoordig alles omheind was. Ze had al haar kracht nodig om de zware houten toegangspoort open te duwen. Een paar honderd meter verderop begreep ze in één klap waarom het gebied van zulk stevig hekwerk was voorzien. Misschien had ze even de tijd moeten nemen om het bord met bezoekersinformatie te bestuderen dat ze bij de ingang van het natuurgebied achteloos links had laten liggen. Midden op het pad stond een dampend rund te grazen, reusachtig, roodbruin, met warrige vacht en imposante horens. Yella hield van dieren, in elk geval theoretisch. Als kind had ze altijd een hond gewild, een kat, een konijntje of op z'n minst een hamster. Naar een koe had ze nog nooit verlangd. Wel verlangde ze op dit moment vurig naar afstand of een hek, bij voorkeur een glazen wand zoals in de dierentuin, of een machine die haar rechtstreeks naar het Pannenkoekenhuis beamde. Ondanks de imposante horens zag het beest er zo heerlijk wollig uit dat je het zou willen knuffelen. Een controlerende blik op het onderstel van het dier leverde het onomstotelijke bewijs dat ze hier met een stier van doen had.

Ineens hoorde ze geritsel en gehijg achter zich en ze dook geschrokken ineen. Tussen de struiken door kwam een in het roze geklede vrouw aanrennen.

'Als je rustig blijft en afstand houdt doen ze niks,' zei ze in het voorbijgaan.

De mensen hier waren gewend aan toeristen. Toen ze de niet-begrijpende blik op Yella's gezicht zag, schakelde ze meteen over op Duits.

'Schotse hooglanders zijn niet gevaarlijk,' riep de hardloopster haar toe. 'Ze doen niets, zolang je maar afstand houdt en het moederdier met rust laat.'

Zonder ook maar een seconde te aarzelen vervolgde de fitnessfreak gehaast haar weg langs het rund, dat de joggende barbiepop geen blik waardig keurde en verder vrat.

Yella giechelde hysterisch. Wat deden deze hooglandbeesten in het duingebied, waar de hoogste bult nauwelijks boven de vijftig meter uit kwam? Moesten die imposante beesten uitgerekend hier, en op dit moment, de biodiversiteit in stand houden? En wat was voldoende afstand?

Voorzichtig schuifelde ze dichterbij, eerst één stap, toen twee. Als ze echt gevaarlijk waren zouden ze toch niet vrij rondlopen, hield ze zichzelf bemoedigend voor. Helaas wist Yella uit ervaring dat alleen al haar aanwezigheid een negatief effect op alle soorten huisdieren had. Op schoolreisje naar de ponymanege kreeg ze een trap van een minipaard, de mopshond van de buren hapte steevast naar haar kuiten, en zelfs de pluizige kantoorkat stribbelde tegen als ze hem alleen maar probeerde te aaien. Een snelle blik op internet leerde haar dat de duinrunderen doorgaans eerder vluchtten dan aanvielen.

'Hallo koe,' zei ze luid, in de hoop dat het monster een vriendelijke benadering zou weten te waarderen.

Het dier ontwaakte uit zijn lethargie en staarde haar uit vochtige runderogen aan. Er hingen nog plukjes gras uit zijn bek, alsof hij model stond voor een kalender.

Voorzichtig glipte Yella langs de harige kolos en vervolgde het slingerende pad. Achter de volgende bocht loerde nieuw ongemak. Voor haar, op niet meer dan een paar meter afstand, stonden twee moederdieren met hun jongen. Achter haar draafde de stier haar kant op. Haar hartslag, die al sinds de uitnodiging permanent te hoog was, bereikte onmetelijke hoogten. Ze keek om zich heen om haar vluchtopties te checken. Rechts lag een stekelige bramenhaag, links dicht struikgewas met een zoom van kniehoge brandnetels. Een van de moederdieren, vast van plan haar jong te verdedigen, kwam dreigend dichterbij. Van onder een veel te lange pony keken vastberaden koeienogen haar aan. Geen twijfel mogelijk: dit monster kon haar met een enkele snelle beweging van de weg rammen, op de horens nemen of zelfs doodtrappen. Ze zoomde in op het gele oormerk en appte de foto naar het thuisfront. Mocht haar iets overkomen, dan kon David de boosdoener laten oppakken. Het dier liet zijn hoofd zakken. De horens wezen haar kant uit.

Met een panische sprong dook Yella de bosjes in. Ze vertrok haar mond van de pijn toen ze in de brandnetels terechtkwam, sprong over een omgevallen boom, liep dwars door stekelig struikgewas, stak het ruiterpad over en bereikte een olifantenpaadje dat na enkele meters uitkwam op een splitsing. Het gebied werd doorkruist door talloze wandel- en fietspaden die naar steeds nieuwe knooppunten leidden en dan weer in verschillende richtingen verdergingen. Waar waren de wegwijzers gebleven?

Yella had zich heilig voorgenomen om het lange weekend met haar moeder te laten slagen. Ze wilde goedmaken wat er de laatste keer was misgegaan tussen hen beiden. Ze stond met één-nul achter. Minstens. Als ze niet opschoot zou ze te laat komen. Na drie keer lukraak afslaan wist Yella niet eens meer of ze eigenlijk wel de goede kant op liep. Vroeger had ze het gebied op haar duimpje gekend. Alles zag er zo anders uit. Angst was een slechte raadgever en paniek een desastreuze. Elke weg is goed, herhaalde ze in gedachten de woorden van dokter Deniz, de verkeerde duurt alleen een beetje langer. Toch was ze opgelucht toen ze eindelijk de wegwijzer met PANNENKOEKENHUIS tegenkwam. Daaronder stond haar vonnis. Nog 2,4 kilometer.

13

Katerontbijt

WAAR HEB JE TREK IN? Yella zuchtte opgelucht toen ze eindelijk het grote bord bereikte dat al sinds decennia bezoekers vanaf de hoofdweg naar het in het bos verscholen restaurant lokte. Boven de eindeloze lijst met pannenkoeken in alle variaties bungelde een rond houten bord, dat eenieder die het wilde weten meedeelde dat het restaurant vandaag dicht was vanwege een 'besloten bijeenkomst'. Hongerige en dorstige wandelaars konden evenwel bij de kiosk terecht voor ijsjes, iets te drinken en diverse versnaperingen. Ernaast wezen pijlen de weg naar de speeltuin, de kinderboerderij en de midgetgolfbaan. Het minipretpark was al in de tijd van de zomerzussen een bijzonder geliefde bestemming voor het hele gezin geweest. Ontroerd keek Yella om zich heen. De tijd was hier stil blijven staan. Het Pannenkoekenhuis, een donkergroen houten gebouw dat meer op een schuur leek dan op een restaurant, lag nog even sprookjesachtig tussen de donkere bomen als vroeger. Dezelfde bonte lampionnen die schommelden in de wind, dezelfde eenvoudige picknickbanken, dezelfde felgekleurde Ola-parasols. Hoe vaak had ze niet samen met haar zussen op de speeltoestellen in de speeltuin geklauterd en geschommeld, of gelukzalig de konijntjes in de ren geaaid terwijl ze op hun pannenkoeken wachtten? Hoe vaak waren ze hier niet 's avonds heen gegaan voor een potje midgetgolf?

Voor de voordeur stond een imposante figuur, omringd door de enorme rookwolk van zijn e-sigaret: Ludwig. Yella durfde niet op de klok te kijken. Ze wist ook zo wel dat ze te laat was. Haar zwager omhelsde Yella met zoveel onverholen vreugde dat ze bijna geen lucht meer kreeg. Yella kon zich niet aan de indruk onttrekken dat hij nog weer iets was aangekomen sinds de laatste keer dat ze elkaar hadden gezien. Ze verdween bijna in zijn omhelzing en de geur van zaagsel en motorolie die in zijn leren jas hing.

'Fijn dat je ons hebt gevonden,' zei hij zonder een spoortje ironie.

Doro, die Ludwig gezelschap hield bij het roken, was minder vreedzaam gestemd.

'Daar ben je eindelijk,' zei ze bars.

Hoe deed Doro dat toch? Na haar ochtendduik in de Noordzee zag haar grote zus er op en top verzorgd uit. De korte nacht, de stress en alle alcohol hadden totaal geen sporen op haar gezicht achtergelaten. Terwijl Yella snel een T-shirt en een spijkerbroek had aangeschoten, leek Doro op een van haar theaterpersonages. Overdressed in een uitbundige gele tulen jurk met grote pofmouwen, perfect opgemaakt, haar strakke bob zorgvuldig glad achterovergekamd, was ze het stralende middelpunt. Hoe heette hun band vroeger ook alweer zo typerend? *Doro en de rest*! Yella wilde dat Doro's talent om zichzelf te presenteren iets meer op haar zou afstralen.

'Het spijt me,' stamelde ze, 'maar ik liep een van die koeien tegen het lijf. Ken je die langharige beesten, die lopen los rond...'

'Kom nou maar naar binnen, Yella,' onderbrak Doro haar geïrriteerd. 'Iedereen zit op jou te wachten.'

Yella zweette, haar hoofd gonsde, ze voelde zich een beetje duizelig toen ze het restaurant binnenliep. Dicht op elkaar aan een lange rustieke tafel zat haar familie. Haar blik bleef steken bij haar moeder, die aan de kopse kant van de tafel troonde. Bijna had ze de vrouw in de pastelkleurige jurk niet herkend. Door haar haar, dat in een krullende bob op haar schouders viel, werd pijnlijk duidelijk hoelang ze elkaar niet hadden gezien. Na de dood van Johannes Thalberg had haar lange haardos plaatsgemaakt voor een streng kort kapsel en een nog strenger gezicht. Haar tweede echtgenoot zag haar het liefst in een klassiek pak en gedekte kleuren. Nu ze bijna zeventig was leek ze ineens weer op de jonge vrouw in de koraalrode bikini. Had Doro haar onder handen genomen? Was haar moeder bezig om zichzelf opnieuw uit te vinden? Had ze zich herinnerd wie ze ooit was geweest? Yella moest toegeven dat de zachtere look haar geweldig stond. Henriette Thalberg, die in een opperbest humeur was, flirtte ongegeneerd met de ober. Ze giechelde, koerde en gedroeg zich als een tiener.

'Ik heb altijd al een zwak voor Nederlandse mannen gehad,' verkondigde ze en ze keek de man met fonkelende ogen aan.

'Hebben jullie gezien hoe hij loopt?' zei ze koket. 'En die handen van hem. Ik hou van grote sterke handen.'

Haar stem klonk iets te hoog, te gemaakt en verried haar spanning. Ineens viel Henriettes blik op de ingang. Haar mond plooide zich in een glimlach.

'Mijn tweede kind moet altijd apart uitgenodigd worden,' zei ze. 'Die moest bij haar geboorte al met de tang worden gehaald.'

Iedereen lachte.

In een flits werd Yella ingehaald door beelden uit het verleden. De oude zwart-witfoto's aan de muren, de ouderwetse inrichting, het gelach van haar zussen, het pijnlijke gevoel dat je voor een heel gezelschap te kijk wordt gezet. Ineens wist Yella het weer: ook op de dag van het ongeluk hadden ze hier gezeten, en zij was het mikpunt van de familie geweest omdat ze onderweg van het strand had lopen treuzelen en vervolgens was verdwaald.

'Als je verdwaald bent, moet je terug naar de plek waar je de verkeerde afslag hebt genomen,' had haar vader geroepen. 'Maar dat geldt niet voor Yella. Die blijft gewoon staan wachten tot iemand haar komt halen.'

In tegenstelling tot Amelie, die het geweldig vond om terug te keren naar deze plek uit haar jeugd, had Yella er de afgelopen jaren alles aan gedaan om vroeger te vergeten. Vooral die laatste zomer, waarin alles anders was geweest. Ze zag het allemaal weer glashelder voor zich. Misschien waren ze wel nooit het gelukkige gezin geweest dat ze zich zo graag wilde herinneren? Ook voor het ongeluk niet. De laatste dag met haar vader was verre van harmonieus verlopen. Ze huiverde en riep zichzelf tot de orde. Ze wilde niet in het verleden duiken. Ze had genoeg te stellen met het heden. Ze had zich heilig voorgenomen om alle misverstanden tussen haar en haar moeder uit de weg te ruimen. Ze wilde goedmaken wat er mis was gegaan bij het etentje in Keulen. Maar in Henriette Thalbergs woordenboek kwam het lemma verjaring niet voor.

'Jullie lachen nu wel,' zei haar moeder, de spot drijvend met Yella's late komst. 'Maar ik heb tien dagen aan het infuus gelegen, zoveel bloed, zweet en tranen heeft Yella's eerste optreden me gekost. Maar je bent er, en dat is wat telt.'

Enthousiast sprong ze op om Yella te begroeten, alsof er nooit iets van onenigheid tussen hen was geweest. Yella zuchtte opgelucht. In haar nachtmerries had ze een gebroken vrouw voor zich gezien, die haar familie met een dodelijke diagnose confronteerde. De onbevangen manier waarop Henriette Thalberg haar verwelkomde kalmeerde haar fladderende zenuwen. Wie zo lachte bracht geen slecht nieuws. Wie zo lachte koesterde geen wrok meer over een mislukt familie-etentje.

Haar moeder omhelsde haar zwijgend. De subtiele geur van haar parfum omhulde haar. Ze rook een beetje naar citrusvruchten, bergamot met een fruitig accent. De mannen aan haar zijde wisselden elkaar af, haar parfum bleef altijd hetzelfde. Mitsouko betekende 'geheim' in het Japans: Henriette spoot de geur op haar kleding, gordijnen, op meubels, zelfs op vakantie sprayde ze een vleugje op het vreemde beddengoed. Mitsouko rook naar thuis.

Even was Yella's wereld in orde. Alle last viel van haar schouders. Haar moeder maakte een uitgelaten en vrolijke indruk. Misschien had Amelie gelijk met haar theorie en was het zogenaamde geheim niet meer dan een slinks trucje om de hele familie op korte termijn een keertje rond de tafel te krijgen.

Opgelucht nam Yella plaats aan de kopse kant, precies tegenover haar moeder en Doro. Ietwat somber constateerde Yella dat alleen David en haar jongens ontbraken in het gezelschap. Naast haar was haar dertienjarige nichtje Lucy verveeld in de weer met haar iPhone, links van haar hadden Helen en Amelie plaatsgenomen, rechts Ludwig en Paul. Haar zwagers waren een soort komisch duo. De een was excentriek, imposant en weinig spraakzaam, de ander intellectueel, welbespraakt en elegant. Terwijl Ludwig rustig voor zich uit zat te kijken, staarde de architect nerveus richting Helen, in een krampachtige poging haar blik te vangen. Haar zus negeerde hem demonstratief en deed alsof ze in beslag werd genomen door het glas water dat ze inschonk. Yella wist zeker dat die twee de vorige avond ruzie hadden gehad, en ook nu kon ze zich niet aan de indruk onttrekken dat er meer tussen hen speelde dan alleen wat spanning. Yella begreep Helens penibele situatie maar al te goed. Als ze haar relatieproblemen niet live en ten overstaan van haar familie wilde uitvechten, had ze geen andere keuze dan voor de duur van het diner mooi weer te spelen wat betreft Pauls verrassende aanwezigheid in Bergen. Als die twee iets op te lossen hadden samen, dan was dit daar de verkeerde plek en de verkeerde tijd voor. Nog fascinerender echter was de gedekte plaats tussen Paul en Ludwig. Was die stoel voor David bedoeld? Verwachtte haar moeder nog een gast?

'Heb ik iets gemist?' vroeg Yella gespeeld opgewekt.

Niemand antwoordde. Yella ving de gespannen en oververhitte stemming op toen ze haar blik over haar zussen liet glijden.

'Kom eerst maar even op adem,' zei haar moeder.

Amelie keek haar medelijdend aan, Helen schoof een verfrissingsdoekje haar kant uit, wat geen goed teken was.

'Kunnen we wat water krijgen?' riep Doro de kelner toe, alsof ze de leiding had over het evenement.

Henriette Thalberg tikte tegen haar glas om het woord te nemen. 'Ik weet dat ik jullie heb overvallen. Des te dankbaarder ben ik dat jullie gehoor hebben gegeven aan mijn uitnodiging.'

Haar stem klonk wat wiebelig, maar haar wangen gloeiden van opwinding. Ze maakte zich op voor een lange toespraak.

'Ik kan me levendig voorstellen dat jullie veel vragen hebben. Maar we zijn hier vooral bijeen om te vieren. We hebben veel te weinig gevierd de afgelopen jaren.'

Doro draaide zich om en gaf een seintje aan de keuken. Meteen daarop verscheen de ober met een dienblad vol glazen en een fles prosecco. Ze weet wat er aan de hand is, realiseerde Yella zich. Doro was zoals altijd uitstekend op de hoogte en had er geen enkel belang bij om anderen deelgenoot te maken van haar soevereine kennis. De theatrale eed van de vorige avond ontpopte zich als één grote leugen.

'Doro, Yella, Amelie, Helen,' begon haar moeder plechtstatig terwijl ze hen een voor een aankeek. 'Ik weet dat ik niet altijd een goede moeder voor jullie ben geweest. Ik zou willen dat ik er in de moeilijke jaren meer voor jullie had kunnen zijn. Daarom ben ik ook zo blij dat jullie hier zijn. Ik zou willen dat dit stukje aarde, waarop we de zwaarste uren van ons leven hebben beleefd, een plek wordt waar voor ons als gezin een nieuwe tijdrekening aanbreekt.'

Yella voelde een brok in haar keel. Amelie veegde een traan uit haar ooghoek. Doro gaf Lucy een por om haar uit haar socialmediawereld te halen. Haar nichtje richtte de camera op haar oma, alsof ze heel goed wist dat er zo meteen iets belangrijks zou gebeuren dat het leven van hen allen zou veranderen.

'Maar eerst eten we wat,' zei Henriette.

Lucy liet de camera zakken. Yella verlangde hevig naar David, naar iemand om tegenaan te leunen. Verward sloeg ze de prosecco achterover. De alcohol viel niet goed op haar nuchtere maag. Alleen al bij het zien van het voorgerecht dat ineens voor haar neus stond raakten haar ingewanden in paniek.

Vroeger hadden ze hier pannenkoeken met appel of spek gegeten of, lekker exotisch, met ananas, maar altijd met een dikke laag stroop en poedersuiker. Nu werd ze vanaf haar bord aangestaard door een minuscuul felgroen pannenkoekje. Bovenop dreef rood glanzende kaviaar op een bruingroen bedje.

'Is dat zeewier?' vroeg Amelie verrukt en ze nam een foto van het voorgerecht, voor Instagram. Sinds het verrassende succes van haar story met het oudere stel op het terras had ze heel wat nieuwe volgers gekregen.

Yella's neus ving de geur op van zout, zeewater en zilt zeewier. Ze had de voordelen van een katerontbijt nooit goed begrepen. Terwijl de anderen vol lof waren over het minipannenkoekje, dat, zoals ze begreep, daadwerkelijk van vers geoogst Noordzeewier was gemaakt, probeerde ze haar opstandige maag tot de orde te roepen.

No way, sputterde die tegen. *Echt niet. Mag ik eerst een kop koffie? Of een aspirientje?*

Ze voelde hoe haar gezicht begon te gloeien. David had er geen enkele moeite mee om als ontbijt de koude spaghetti van de dag ervoor weg te werken, een restje schnitzel of een boterham met kaas en jalapeño's. Zelf beperkte ze zich 's morgens liever tot de korstjes brood met Nutella die ze van de borden van haar zoons pikte terwijl ze door de keuken rende.

Het voorgerecht werd verbaal ontleed. Vol enthousiasme stortte het gezelschap zich op de details.

'En moet je dat zeewier eerst afspoelen voordat je het verwerkt?' vroeg amateurkok Ludwig geïnteresseerd.

Gewoonlijk zweeg de Beierse boeddha gedurende de Thalbergse familiebijeenkomsten, maar nu kwam hij tot leven. Niet voor niets was hij lid van een Keulse mannenkookclub. Waarschijnlijk ook om het overschot aan vrouwen in zijn familie te compenseren kwam hij eens per maand met zijn vrienden bijeen om, ongehinderd door vrouwelijke bemoeienis, de meest gecompliceerde gerechten uit te proberen. Ludwigs overdreven interesse in de bereiding van zeewier maakte duidelijk dat de hartstochtelijke liefhebber van de mediterrane keuken Nederland tot dan toe als culinair ontwikkelingsland had beschouwd.

Yella begreep maar al te goed dat het in feite om iets anders ging. Haar familieleden overtroefden elkaar in hun lofzang op het voorgerecht om met woorden de spanning die in de lucht hing te verjagen. Alleen Paul keek ietwat sceptisch naar zijn bord. Dat had, vermoedde Yella, niet met het zeewier te maken, maar met de onoverzichtelijkheid van het gerecht. Al tijdens zijn studie hield de fervente purist zich ver van tierlantijnen en overbodige decoratie. Zowel in zijn ontwerpen als op zijn bord. Zijn voorliefde voor een eenvoudige, traditionele keuken was legendarisch. 'We hebben nu eenmaal een gebakkenaardappelenrelatie,' had Helen ooit gezegd. Maar zijn aangeboren beleefdheid gebood hem om ook bij het zeewiergerecht zonder commentaar toe te tasten. Pauls maag was vast sterker dan die van haar.

'Ik wacht nog even,' zei ze, als antwoord op Doro's aansporende blik.

Waarom een voorgerecht, waarom het moment van de grote openbaring nog verder uitstellen? Waarom moesten ze überhaupt eten? Sinds de brief in haar bus was gedwarreld leefde ze in een permanente staat van paniek. Ze wilde geen verfijnd voorgerecht, ze wilde alleen nog weten waar het om ging.

'Probeer het nou maar, Yella,' zei haar moeder op de toon waarmee je eigenwijze kinderen tot snot gekookte groente probeert aan te bevelen. 'Yella was altijd al een moeilijke eter,' zei Henriette lachend tegen de anderen.

Yella slikte haar ergernis weg. Was je een moeilijke eter als je een normaal ontbijt wilde? Bij Berliner Beans bij haar in de straat slurpten haar hippe buren graag met blauw zeewierpoeder gekleurde 'ocean latte'. Yella dronk het liefst doodgewone filterkoffie. Door de opmerking van haar moeder trok ze ongewild de aandacht.

Voorzichtig prikte Yella met haar vork in het groene deeg, voordat de minipannenkoek een halszaak zou worden. Het wier lilde als drilpudding op haar bord. Toen ze opkeek zag ze dat de ogen van alle aanwezigen op haar gericht waren. Van alle kanten regende het aanmoedigingen.

'Je weet niet wat je mist,' zei Amelie.

'Ik heb Lucy van het begin af aan geleerd om alles uit te proberen,' verkondigde Doro. 'Bram heeft zich zo uitgesloofd voor het menu.'

Bram? Hoe wist Doro de naam van de kok? Waarom sprak ze die naam uit alsof het de normaalste zaak van de wereld was? Wat voor spelletje werd hier gespeeld?

'Je kunt er maar het beste meteen aan wennen,' zei Helen. 'Dat spul is het eten van de toekomst. Zeewier groeit sneller dan de wereldbevolking, en zonder de aarde uit te putten.'

Inmiddels zat iedereen alleen nog maar te wachten tot ze een hap van haar voorgerecht nam. Zelfs de kaviaaroogjes grijnsden haar vol verwachting toe. De welopgevoede Lucy benutte het moment om haar bord om te ruilen met het lege van Ludwig, die enthousiast en zonder commentaar aanviel, alsof ze deze manoeuvre al duizend keer samen hadden uitgevoerd. Geen wonder dat hij steeds dikker werd. Ludwig was niet eens de biologische vader van Lucy, maar hij zorgde vol toewijding voor de dertienjarige. Haar nichtje deed wat van haar verwacht werd en bekwaamde zich in stilzwijgende opstandigheid. Waarom had ze nou niet gewoon haar mond gehouden? Na de ergernis vanwege haar late aankomst wilde ze niet weer verantwoordelijk zijn voor een slechte sfeer. Vastberaden prikte ze het pannenkoekje aan haar vork, stak het in haar mond, spoelde voordat haar smaakpapillen wakker werden het vissige, glibberige spul weg met de ijskoude prosecco, slikte en stak haar duim op.

'Heerlijk,' zei ze. 'Geweldig.'

Haar maag, die nog druk bezig was de alcohol van de avond daarvoor te verwerken, protesteerde. Waren koolzuur en vis eigenlijk een goede combinatie?

'Goed,' zei ze, terwijl ze krampachtig het drukkende gevoel in haar maagstreek probeerde te negeren. 'Waarom zijn we hier?'

Haar vraag werd beantwoord met een plotselinge en oorverdovende stilte. Henriette draaide zich in slow motion om en gaf het personeel een teken. De ober kwam naar de tafel lopen en ruimde de borden af. Erg veel haast leek hij daar niet mee te hebben, maar zo te zien amuseerde dat Henriette juist. Ze leek van elke seconde van de tijdrovende procedure te genieten. Yella onderdrukte iets van ergernis. Zat haar moeder nu serieus met de ober te flirten terwijl haar dochters vol verlangen op antwoorden zaten te wachten? Wat was dat voor een merkwaardig machtsspel? Hoelang was haar moeder nog van plan hen aan het lijntje houden?

Pas toen de bediening met het allerlaatste bord naar de keuken was verdwenen, kwam Henriette Thalberg overeind. Nu pas viel het Yella op hoeveel gewicht ze was kwijtgeraakt. Onder de zorgvuldig opgebrachte laag make-up rond haar ogen tekenden zich donkere kringen af. Haar trillende vingers verrieden haar nervositeit toen de volledige aandacht van alle aanwezigen op haar gericht was.

'Ik weet natuurlijk dat jullie je suf hebben gepiekerd over mijn uitnodiging,' begon ze op ingetogen toon. 'Maar ik heb natuurlijk niet zomaar voor Bergen gekozen.'

'Maak het nou niet zo spannend, mama,' barstte Helen ongeduldig uit.

'Jullie zijn hier omdat jullie vader dat zo heeft gewild,' legde Henriette plechtig uit. 'Twintig jaar na zijn dood heeft hij mij een laatste cadeau gegeven.'

Yella werd duizelig. Amelie had dus gelijk gehad. Het had met hun vader te maken. Yella voelde zich nu al misselijk worden. Henriette Thalberg haalde een groot, plat pakket onder de tafel vandaan. Het dikke rode inpakpapier was verbleekt en op veel plekken gescheurd.

'Wie van jullie wil?' vroeg hun moeder met haar meest ceremoniële stem, alsof ze kinderen onder de kerstboom waren. Gezamenlijke cadeaus waren in huize Thalberg altijd al een probleem geweest. Alleen al de vraag wie mocht uitpakken leidde per definitie tot discussies, geschreeuw en ten slotte tranen. Uiteindelijk werd elk cadeau een twistappel. Maar ze waren geen kinderen meer. Doro, die anders altijd graag voordrong, leunde genietend achterover, alsof ze het geheimzinnige voorwerp zelf had ingepakt. Haar moeder overhandigde het pakket aan Amelie, die het dichtst bij haar zat. Had ze Helens uitgestoken hand niet gezien?

Amelie draaide het cadeau om en om in haar handen, betastte het en snuffelde er voorzichtig aan.

Yella wilde het pakket het liefst uit de handen van haar zusje trekken. Waarom moest in deze familie altijd overal zo'n toestand van gemaakt worden? Waarom kon haar moeder niet gewoon zeggen wat er aan de hand was?

Nog verbaasder was ze toen er uit het papier een zwarte lijst tevoorschijn kwam. Op de achterkant prijkte een handgeschreven notitie: *Wordt afgehaald door J. Thalberg.* Eronder stond de noodlottige datum die ook de grafsteen van hun vader sierde. Was dat een van zijn wolkenschilderijen? Amelie slikte moeizaam. Yella probeerde van haar gezicht af te lezen wat ze zag. Ze zag ontroering, ze zag tranen. Helen keek ernstig mee over haar schouder, toen gaf ze het schilderij door aan Doro, die het zonder er een blik op te werpen doorschoof naar Ludwig en Paul. Haar desinteresse was de laatste aanwijzing dat Doro op de hoogte was van haar moeders plannen. Voor haar gevoel duurde het een eeuwigheid voordat Yella eindelijk aan de beurt was. Ze schrok toen ze in haar eigen dertienjarige gezicht keek. Samen met haar zussen poseerde ze voor een soort fotobehang met een absurd kitscherig Alpenpanorama.

Op de foto was nauwkeurig vastgelegd hoe verschillend de zussen destijds al waren geweest. Doro stak een kop boven de andere drie uit. Het zelfgenaaide matrozenpak met het enorme decolleté dat ze droeg was nooit in de mode geweest, maar wel ultrakort en provocerend. Yella herinnerde zich dat Doro de look van een oude ansichtkaart van een pin-upgirl uit de jaren twintig had nagebootst. Ook haar glanzend zwarte pagekapsel met de superkorte pony paste in het beeld. De tweeling daarentegen leek onschuldig klein. Amelie droeg een korte roze broek en een T-shirt van de Spice Girls, Helen een veel te groot rood-wit voetbalshirt, waarop in reuzenletters de naam van een bank en, iets kleiner, AJAX AMSTERDAM stond. Alleen Yella, in spijkerbroek, T-shirt en met een praktische paardenstaart, was qua stijl niet echt veranderd sinds die tijd.

Yella herinnerde het zich meteen weer. De foto stamde uit de donkere hoekjes van haar jeugd. Nadat Doro en Yella zich tijdens hun laatste zomer in Holland succesvol hadden verzet tegen een bezoek aan de dierentuin, waar de fotograaf hen jaar na jaar had gekiekt, had hun vader in de buurt van de Albert Cuypmarkt, de oudste Amsterdamse straatmarkt, een fotostudio gevonden waar het traditionele zussenportret moest worden gemaakt.

'Ik weet nog hoe exotisch ik die winkel vond,' zei Helen. 'Het rook er vreemd. Een mix van ontwikkelvloeistof en vreemde kruiden.'

'Dat weet je nog?' vroeg Amelie verbaasd.

'De eigenaar vertegenwoordigde allerlei culturen,' vervolgde Helen. 'Hij kwam oorspronkelijk uit Hongkong, was toen verder getrokken naar een van de Nederlandse koloniën in Zuid-Amerika en uiteindelijk in Amsterdam beland.'

'Iets is er misgegaan toen we in de buik zaten,' zei Amelie. 'Ik herinner me niets, jij herinnert je alles.'

'Yella ziet er op de foto uit alsof ze buikpijn heeft,' zei Lucy, niet vermoedend dat ze de spijker op de kop sloeg.

Yella herinnerde zich de fotograaf noch waar hij vandaan kwam, maar de ruzie met haar vader kon ze zich nog wel goed heugen. Het was de eerste en de laatste zomer geweest. De eerste zomer waarin het gezin zich een vakantiehuis kon veroorloven, de eerste zomer waarin de grote zussen zich sterk gingen afzetten tegen de kleintjes. Op hun dertiende en zestiende waren ze echt te oud voor olifanten, leeuwen, stokstaartjes en dierentuinfoto's voor een stenen gorilla. De eerste zomer waarin de vrienden bij de surfschool belangrijker waren dan tijd doorbrengen met hun ouders. Het was de zomer waarin Yella leerde hoe snel de goedkope wijn van Albert Heijn (met bonuskaart *drie voor de prijs van twee*) bij zomerse temperaturen naar je hoofd steeg. Haar lippen smaakten zout toen ze achter de surfschool voor het eerst die van Frenkie raakten. Toen ze dronken van verliefdheid en rode huiswijn eindelijk de weg terug naar huis vond, werd ze opgewacht door haar woedende vader, die haar eerst opdroeg in zijn gezicht te blazen en haar vervolgens huisarrest gaf. En dat tijdens de vakantie!

'Ik ben enorm teleurgesteld in je,' had haar vader boos en met trillende stem gezegd.

Op de achtergrond stond Doro, die de vermoorde onschuld speelde. Tot op de dag van vandaag vroeg Yella zich af hoe het haar grote zus – voor alle surfers het middelpunt van alle strandfeestjes – was gelukt om zowel op tijd als onopgemerkt het vakantiehuis binnen te sluipen en zodoende haar straf te ontlopen. Anders dan Doro, die met haar creativiteit de grote trots van haar vader was, anders dan de tengere Amelie, die erg aan haar vader hing, en anders dan Helen, die als kind al een onafhankelijke indruk maakte maar altijd zijn respect wist te winnen, voelde Yella die laatste zomer een niet te overbruggen afstand tussen hen beiden. Het was de eerste zomer waarin ze continu met elkaar botsten, en de laatste zomer van haar vader. Hun ruzie had een open wond achtergelaten die niet meer kon genezen.

Van de foto kon ze de stille woede aflezen die haar herinnerde aan wat ze het liefst wilde vergeten. Het leven was niet perfect. Zelfs voor het ongeluk niet. Ze had absoluut geen zin gehad in dat fotomoment. Waarom moest ze voor die ouderwetse achtergrond poseren? Als ze dan toch niet naar de surfschool mocht, was ze veel liever over de markt gaan slenteren, op zoek naar nieuwe kleren. Op twintig jaar afstand herkende ze direct hoe bijzonder het vale portret was en de fotograaf die haar vader had gevonden.

'De foto's van Lee To Sang hebben inmiddels een cultstatus,' legde Doro uit. 'Tegenwoordig vind je niemand meer die de retoucheermethodes uit de negentiende eeuw beheerst.'

Yella staarde naar de ingelijste foto die zo vreemd op haar

overkwam, zonder dat ze er vat op kon krijgen wat haar stoorde aan het geheel.

'We zijn naar Nederland gekomen om naar een oud familieportret te kijken?' vroeg ze verbaasd.

Haar moeder lachte helder. 'Natuurlijk niet.'

'Waar komt die foto ineens vandaan?' vroeg Helen.

Haar moeder wees naar Helen. 'En daarom is Helen de slimste van de Thalberg-vrouwen. Omdat ze de juiste vragen stelt. Dat is precies waar het om gaat. Dat is precies het wonder dat ik met jullie wil delen.'

Op dat moment kwam het hoofdgerecht uit de keuken.

14

Boter bij de vis

De kaviaar en het zeewier in Yella's maag waren niet al te blij met het gezelschap van in boter gebakken schol, witte bietjes en aardappelen. Yella vocht een strijd op vele fronten. Geluiden en gesprekken gingen als in een roes langs haar heen. Ze voelde zich net als voor aanvang van een klassiek concert, wanneer alle musici tegelijkertijd hun instrument stemden. Een onbestemd gevoel van spanning en verwachting vulde het vertrek. De klanken die zo dadelijk te horen waren zouden haar leven kunnen veranderen. Yella moest gedurende het hele hoofdgerecht nog geduld hebben, tot haar moeder opnieuw begon te praten.

'Uiteindelijk komen alle losse eindjes samen,' zei Henriette Thalberg. 'Jullie vader heeft me een geschenk uit de hemel gezonden. En daarom zijn we op de plek waar Johannes zijn gelukkigste dagen heeft doorgebracht. Zo kan hij toch een beetje bij ons zijn.'

'Zo kan het wel weer, mama,' zei Helen geïrriteerd. 'Je hebt nu lang genoeg om de hete brij heen gedraaid.' Haar geduld met haar moeder was op. 'We hebben al zo lang zitten gissen.'

'Jullie waren aan mijn zijde in slechte tijden,' zei hun moeder. 'Nu wil ik jullie aan mijn zijde hebben als we de goede tijden vieren. Als getuigen bij mijn huwelijk.'

Het woord sloeg in als een bom. Yella begreep niet waar het over ging. Iedereen praatte door elkaar.

'Getuigen? Wie heeft er getuigen nodig?' zei Amelie.

'Ga je trouwen?' vroeg Helen zakelijk.

'Waarom wil je trouwen?' vroeg Yella verward.

'Met wie?' voegde Amelie daaraan toe.

Yella had een weeïg, zuur gevoel in haar maag. En dat kwam niet alleen door het vissige eten dat heen en weer klotste in de prosecco in haar maag. De zussen wisselden onbegrijpende blikken met elkaar uit. Amelies overdreven gegiechel galmde door Yella's hoofd.

'Laat haar nu eens uitpraten,' bemoeide Paul zich ermee, wat hem meteen op een boze blik van Helen kwam te staan, die het hem niet in dank afnam dat hij zich met de interne aangelegenheden van de Thalberg-clan bemoeide. Doro gebaarde met haar wijsvinger naar Lucy dat ze de camera de andere kant op moest draaien. Yella volgde haar blik.

Lucy richtte haar camera op de ober, die net de keuken uit kwam. Yella kromp ineen. Niet weer! Alsjeblieft niet. Nog een gang? Ze kreeg geen hap meer naar binnen. En zeker geen volgende ronde vis. Ze ademde opgelucht uit toen ze zag dat het kennelijk tijd voor het toetje was. IJs met sterretjes. Hij zette het bord op tafel, deed zijn schort af, vouwde het zorgvuldig op en overhandigde het aan de grijnzende eigenaar van het restaurant, die even rond en dik was als zijn pannenkoeken. Hij ging achter de stoel van haar moeder staan en legde in een intiem gebaar zijn hand op haar schouder.

'Met groot genoegen stel ik jullie voor aan Thijs,' zei Henriette Thalberg ontroerd.

Pardon? Was hij dat? De toekomstige man van hun moeder? Yella staarde naar het gezicht van de onbekende, die ze tot dan toe slechts vaag had waargenomen, op de achtergrond. Hij was duidelijk jonger dan hun moeder en had wat je noemt een karakteristieke kop. De diepe rimpels in zijn gezicht vormden met elkaar een zonderling landschap en lieten in het midden of ze door lachen of groot verdriet waren veroorzaakt. Misschien wel allebei.

'Dit is Thijs,' herhaalde hun moeder, alsof de naam alleen iets verklaarde.

Yella was zo overrompeld dat ze amper kon reageren.

De man glimlachte beminnelijk naar het gezelschap. '*Ich freue mich, euch alle endlich kennenzulernen*,' zei hij met een duidelijk Nederlands accent. '*Ich muss gestehen, ich war ein bisschen nervös*.'

Hij slikte de eind-n'en in, zijn s neigde naar een sj, zijn l was vet en hij rekte zijn ee's uit. Hij klonk als Rudi Carrell, naar wie ze als kind op tv mochten kijken, of als Hape Kerkeling die de vroegere koningin Beatrix nadeed. Misschien was het allemaal één grote grap. Een verblindend flitslicht ontnam Yella de gelegenheid om vast te stellen hoe de rest van de familie op de verrassende openbaring reageerde.

'Thijs heeft jullie foto bij toeval ontdekt, in de opslag van een winkel voor teken- en schilderbenodigdheden. Jonkmans, in het centrum van Bergen, dat weten jullie nog wel. Hij heeft de rekening voor het inlijsten betaald en is vervolgens op zoek gegaan naar mij,' legde hun moeder uit. 'Eerst hebben we gemaild, toen geappt, later gebeld. Een paar weken geleden kwam Thijs naar Keulen om de foto hoogstpersoonlijk te overhandigen. En toen ging alles snel.'

Yella voelde zich danig in de war, ronduit van haar stuk

zelfs. Deze echtgenoot kwam letterlijk uit de lucht vallen. Hoezo had ze geen flauw idee van wat er zich in het leven van haar moeder afspeelde? Wisten haar zussen ervan?

Henriette nam hun de wind uit de zeilen. 'Ik had geen trek in overhaaste meningen, geruchten en verhalen, ik wilde dat jullie Thijs leerden kennen. Allemaal tegelijk.'

Ze schonk haar toekomstige echtgenoot een smachtende blik, alsof ze bevestiging van hem wilde krijgen.

'De foto was een vingerwijzing van het lot,' zei ze. 'Een soort teken dat Johannes mij uit het hiernamaals stuurde. Ik weet zeker dat hij het zo gewild zou hebben.'

'Mijn moeder trouwt voor de derde keer. En ik maar denken dat ik eindelijk eens een keertje aan de beurt zou zijn,' zei Amelie verbijsterd.

Haar moeder zuchtte diep. Nu pas begreep Yella hoeveel kracht deze onthulling haar gekost moest hebben.

'Getuigen,' herhaalde Helen, die altijd graag alle feiten op een rijtje had. 'Dus jullie gaan trouwen?'

'Jullie zijn mijn getuigen,' pakte Henriette de draad weer op. 'Tenslotte hebben jullie vieren ons bij elkaar gebracht.'

'Overmorgen,' zei Thijs.

Yella hapte naar adem. Het was niet voor het eerst dat haar moeder zich halsoverkop in een huwelijk stortte. Na het ongeluk was Henriette Thalberg kopje-onder gegaan in haar eigen pijn, niet in staat om het gezin bij elkaar te houden. In plaats van te troosten liet ze zich troosten. Nog geen negen maanden na de begrafenis werden de vier meegesleept naar het gemeentehuis, om er getuige van te zijn hoe Henriette in het huwelijk trad met Bernhard Seitz, die ze niet lang na de dood van hun vader had ontmoet. Geen van de vier meisjes kon de man, die zich als plaatsvervangende vader opwierp, uitstaan.

Het huwelijk hield geen stand en het gezin viel uiteen. Doro pakte de dag na haar achttiende verjaardag haar koffers, Yella veranderde in een losbandige, rebellerende tiener en trok een tijdlang in bij welwillende vrienden, de tweeling ging tijdelijk naar een internaat. Tijdelijk duurde echter tot het eindexamen, de scheur in het gezin was tot op heden blijven bestaan. En nu kwam Henriette met de volgende verrassingsechtgenoot op de proppen?

'Ik ben zo blij voor je, mama,' zei Amelie.

Terwijl haar zusje deed alsof ze dolgelukkig was, wist Yella niet wat ze moest voelen. De opluchting dat ze niet met een vreselijk geheim werd geconfronteerd vermengde zich met een snufje teleurstelling. Ze wilde blij zijn voor haar moeder, maar hoe kon ze iets voor deze onbekende man voelen? Op een of andere manier had ze gehoopt dat haar moeder deze vakantie had geregeld om tijd met haar dochters door te brengen, om samen in herinneringen te zwelgen en de verscheurde gezinsstructuren te lijmen. Ze voelde teleurstelling, verbijstering en ergernis, en dan was daar ook nog haar kater.

Het kersvers verloofde stel leek vertrouwd met elkaar, ze konden niet wachten om hun gezamenlijke verhaal te vertellen. Henriette en Thijs maakten elkaars zinnen af, vielen elkaar in de rede en maakten een vrolijke indruk. Uit het grappige koeterwaals van twee stemmen, talen en versies kwam een deel van Thijs' biografie aan het licht.

'Er was wel een pandemie voor nodig om het onmogelijke mogelijk te maken,' begon haar moeder.

'Voor corona kwam ik om in het werk, ik had de tijd niet gehad om me bezig te houden met een gevonden foto,' vulde Thijs haar aan. 'Mijn klusbedrijf had een vast contract met de camping. En ineens bleven de toeristen weg.'

'Anders had hij ook helemaal niet naar Keulen kunnen komen,' onderbrak Henriette hem.

De twee praatten nu druk door elkaar.

'Ik verveelde me zonder werk, en daarom ben ik op zoek gegaan.'

'We zijn een coronaliefde. Het is alsof eerst alles moest instorten voordat we elkaar konden vinden.'

'Geluk en ongeluk liggen zo dicht bij elkaar, in ons en daarbuiten,' zei Thijs. 'Zonder lockdown hadden we elkaar nooit ontmoet.'

Aan tafel heerste verbijstering, sprakeloosheid en vrolijkheid, tot Amelie haar glas hief. Doro negeerde haar jongere zus, stond op en nam bruusk het woord.

'Mama, beste Thijs,' ze knikte hem toe. 'Wij hadden al eerder het genoegen, en ik ben blij dat ik eindelijk van de last van mijn medeweten ben bevrijd. Wat mannen aangaat kunnen wij ons meten met de koningshuizen. Tot nog toe was geen man goed genoeg voor onze moeder. Maar Thijs heeft het me makkelijk gemaakt om hem aardig te vinden, en wij zussen zullen hem graag als erelid van de zomerzussen begroeten.'

Haar kennelijk voorbereide toespraak eindigde in een vrolijk 'Welkom in de familie Thalberg, Thijs!'

Yella's hoofd gonsde. Hoe durfde Doro voor hen allemaal te spreken? Ze wilde helemaal geen man bij hun team. Ze wist niet eens of de zomerzussen überhaupt nog bestonden.

De vis in haar buik danste de chachacha met het zeewier. Haar voorhoofd werd warm. Ze nieste en sprong op. Ze herkende de voortekenen meteen. Yella sprintte naar buiten, nog net voordat haar maag zich omdraaide.

15

Het ontbrekende puzzelstukje

Yella's gedachten konden het niet bijbenen. Koele wind blies zilte lucht in haar gezicht en liet de draaimolen in haar hoofd steeds sneller draaien. Wie was deze Thijs? Waarom had ze niets van zijn bestaan geweten? Ze schrok van het inzicht dat ze sinds hun ruzie zo weinig contact met haar moeder had gehad dat het haar was ontgaan dat die een nieuwe partner had. Yella liet zich uitgeput op de wipkip ploffen, de knalgroene giraffen rechts en links van haar knikten haar bemoedigend toe.

Automatisch pakte ze haar telefoon. Ze was gewend alle wederwaardigheden in haar leven met David te delen. Normaliter waren ze aan één stuk door met elkaar in contact. De mededelingen gingen vrolijk over en weer: boodschappenlijstjes, afspraken, links naar interessante krantenartikelen, cartoons die al tig keer via WhatsApp waren gedeeld, met hartjes en kleurige emoji's versierde foto's van de kinderen. Verder oude foto's die het algoritme ze dagelijks voorschotelde (Dat kapsel. Hoe ben je destijds ooit verliefd op me geworden?), mededelingen van anderen die ze doorstuurden (Chloe is alweer zwanger. Het zesde kind), foto's van hun zieltogende ficus (Denk je dat die er ooit nog bovenop komt?), kleurenstalen voor de slaapkamermuren die ze al lang een keer hadden willen verven, foto's van een of ander meubelstuk dat op Facebook werd weggegeven, recepten van Instagram om zelf een keer te maken, aanbiedingen voor kinderschoenen, tips voor series, aankondigingen van theaterstukken die ze nooit zouden gaan zien, voorstellen voor filmavondjes die vanwege koorts, diarree of babysitperikelen niet konden doorgaan. De eindeloze stroom berichtjes was overweldigend, maar sinds hun ruzie om het tripje naar Holland gingen hun gesprekken vrijwel alleen nog maar over organisatorische zaken en dingen die met de kinderen te maken hadden. Ze wist niet eens meer op welk punt in hun gemeenschappelijke verhaal ze zich bevonden. Zaten ze in de aanloop naar een crisis, er middenin, of was dit misschien zelfs het begin van het einde? Waar ze op dat moment ook stonden, ze had iemand nodig met wie ze de nieuwste ontwikkelingen kon bespreken. Je gelooft nooit wat hier aan de hand is, mijn moeder heeft ons zojuist verteld... Met trillende vingers tikte ze de eerste woorden toen ze schrok van een geluid. Haar moeder was achter haar aan gekomen. Betrapt liet Yella haar telefoon in haar tas glijden en pakte het glas water aan dat haar moeder voor haar had meegebracht. Dankbaar spoelde ze de vieze smaak uit haar mond.

'Je ziet bleek,' zei haar moeder.

'En jij ziet er fantastisch uit,' gaf Yella toe. Ze deed een zwakke poging tot glimlachen.

'Dat lijkt maar zo,' zei ze. 'Doro is een halfuur bezig geweest om mijn wallen weg te schminken. Jij ziet er precies zo uit als ik me echt voel. Ik heb in dagen niet goed geslapen, zo nerveus was ik.'

Ze giechelde als een klein meisje dat iets stouts had gedaan.

'Het lijkt wel alsof ik weer zestien ben en voor het eerst een vriendje mee naar huis neem. Ik dacht altijd dat je op een gegeven moment wel volwassen zou zijn. Nu ben ik bijna zeventig en voel ik me minder volwassen dan in alle jaren hiervoor.'

Yella wilde iets antwoorden, maar meer dan een onaangename oprisping kwam er niet uit. Ze hoopte dat ze in elk geval die slok water binnen zou kunnen houden.

'Doro heeft je altijd al onder de tafel gedronken,' zei haar moeder. 'Terwijl zij, als oudste, op jou zou moeten letten.'

Had Doro haar moeder over hun beschonken tête-à-tête verteld? Het verbaasde Yella hoe close haar grote zus en haar moeder ineens waren. Het leek erop dat die twee voortdurend en vertrouwelijk van alles met elkaar uitwisselden.

Yella vermande zichzelf: 'Van harte gefeliciteerd, mama. Ik ben blij voor je. Mijn maag houdt niet zo van verrassingen, maar ik ben blij voor jou, voor jullie...' stamelde ze.

Haar moeder pikte de duidelijke vraagtekens tussen haar woorden meteen op.

'Jullie moeten Thijs eerst beter leren kennen, dan zul je me begrijpen.'

Binnen klonk uitgelaten gelach. Haar zussen en de rest van de familie hadden er duidelijk minder moeite mee om aan de nieuwe gezinssamenstelling te wennen. Yella probeerde haar over elkaar heen buitelende gedachten een beetje op orde te krijgen. Het drukkende gevoel in haar maag werd met de minuut minder, maar haar hoofd barstte bijna uit elkaar. Duizend vragen raasden tegelijkertijd door haar hersenpan.

'Het zijn nog maar vijf maanden,' zei haar moeder gelukzalig, alsof ze precies wist wat Yella dwarszat. 'Maar het voelt alsof we elkaar al een eeuwigheid kennen. Ik had niet verwacht dat ik na je vader nog een keer een soulmate tegen zou komen.'

'Ze zitten binnen ongetwijfeld op ons en op de rest van je verhaal te wachten,' zei Yella. Voorzichtig probeerde ze op te staan. Haar benen voelden aan als pap en zakten onder haar vandaan.

'Laten we nog even hier blijven,' zei haar moeder. 'Ik ben blij met een beetje frisse lucht. Opwinding is niet goed voor mijn maag. Opwinding en vis. Dat heb je van mij.'

De wind joeg door de bomen, aan de hemel balden zich wolken samen, de vogels kondigden luidkeels de aankomende weersomslag aan. Windvlagen wekten de lege speeltuin op spookachtige wijze tot leven. De schommels piepten zachtjes, de draaimolen draaide uit zichzelf, de gekleurde lichtjes trilden. Het leek alsof ze in een glazen bol zaten die door de weergod in eigen persoon door elkaar werd geschud.

Haar moeder keek zorgelijk omhoog: 'Er zit wat aan te komen,' zei ze.

'Ik heb me zo'n zorgen gemaakt,' zei Yella. 'Ik had alles verwacht, maar geen trouwerij.'

'Ik ook niet,' zei haar moeder eerlijk.

Ineens zag ze er moe en verslagen uit. Zouden het mysterieuze verhaal van de gemiste doktersafspraak en de elkaar tegensprekende versies die ze haar dochters over haar klachten had verteld er iets mee te maken hebben? Uitgeput liet haar moeder zich op een van de rood met witte houten paddenstoelen zakken die overal in de speeltuin uit de grond opschoten.

'Is alles oké met je?' vroeg ze gealarmeerd. 'De huisarts is naar je op zoek.'

'Ik zou een recept afhalen,' zei Henriette terloops. 'Helemaal vergeten. Ik moest nog zoveel doen in Keulen.'

'Ze mailt naar Amelie? Voor een recept?' vroeg Yella vol ongeloof. 'Midden in de nacht?'

'Het zijn bloeddrukpillen,' antwoordde Henriette. 'Ze zegt dat ik die moet nemen.'

'Zit je aan de medicijnen?' vroeg Yella.

Haar moeder negeerde haar vraag. Voor haar was het thema ziekte afgehandeld.

'Ik had je al eerder over Thijs willen vertellen,' legde ze omslachtig uit. 'Ik heb het echt geprobeerd. Maar bellen met jou is altijd zo moeilijk.'

Yella herinnerde zich maar al te goed de telefoongesprekken waarin ze kortaf was geweest omdat ze bezig was het bad voor de jongens te laten vollopen, zwembandjes stond op te blazen in de kleedruimte in het zwembad of net onderweg was naar een ouderavond. Natuurlijk was het haar eigen schuld als ze haar telefoon opnam. Maar haar moeder belde zo zelden uit zichzelf dat Yella al lichtelijk in paniek raakte als ze het nummer van haar moeder op het beeldscherm zag oplichten. Met het ongeluk van haar vader had het besef dat een enkel telefoontje volstond om je hele leven in één keer op zijn kop te zetten zich diep in haar bewustzijn geworteld. Was haar tussen zwembad, werk en avondspits zoiets belangrijks als de nieuwe liefde van haar moeder ontgaan? David verweet haar dat ze regelmatig 'Jaja' zei maar helemaal niet luisterde. 'Je luistert niet', gevolgd door een gehaast 'Je ziet toch dat ik het druk heb?' was in huize Thalberg-Ziegler een geliefde ouverture voor alle mogelijke onenigheden. Yella vond de theorie dat vrouwen beter konden multitasken sowieso niet meer dan een handig excuus voor mannen om vrouwen met extra taken op te zadelen.

'Vertel eens meer over Thijs. Alles,' zei ze.

'Jullie laatste bezoek, weet je nog?' haalde haar moeder nog meer van haar missers boven. 'Ik had alles tot in detail voorbereid. Drie keer heb ik een aanloop genomen en drie keer ben je midden in een zin weggerend.'

Yella liet beschaamd haar schouders hangen. Was ze dat noodlottige weekend zo druk geweest met zichzelf en haar eigen gevoelens dat ze alle aanwijzingen had gemist?

'Vertel het me nu,' herhaalde ze. 'Ik ben een en al oor.'

Maar haar moeder was met haar gedachten nog bij het mislukte etentje: 'Thijs was dat weekend bij mij in Keulen. Het plan was dat ik het jullie tijdens een feestelijk etentje zou vertellen, en bij het toetje zou Thijs zich dan bij ons voegen. Maar jullie waren zo gestrest dat ik geen fatsoenlijk woord meer met jullie kon wisselen. We hebben het toetje niet eens gehaald.'

Plotseling schaamde Yella zich voor haar gedrag. Misschien moest ze zich vandaag nog tot het boeddhisme bekeren. Dan werd ze in een volgend leven misschien wel als dolfijn herboren. Altijd in zee en in staat om zelfs in troebel water de kleinste signalen op te vangen en te begrijpen.

'Hoe had ik dat kunnen vermoeden?' zei Yella. 'Je had toch iets kunnen zeggen.'

'Dat heb ik toch gedaan. Waarom denk je dat ik wilde dat we op David zouden wachten? Dacht je echt dat ik zomaar zoveel moeite zou doen? Wat ken je me dan slecht, Yella.'

'Het spijt me,' zei Yella.

Terwijl ze niet eens zeker wist waarvoor ze haar excuses moest aanbieden.

'Je hoeft jezelf geen verwijten te maken,' zei haar moeder. 'Ik ben je zelfs dankbaar. Omdat je het me zo moeilijk maakte heb ik gemerkt hoe weinig woorden ik heb om mijn nieuwe liefde te beschrijven. Daardoor ben ik pas op het idee van het familieweekend gekomen.'

Het verbijsterde Yella steeds weer hoe weinig ze echt van andere mensen wist en begreep.

'Waarom heb je ons niet gewaarschuwd?' vroeg Yella. 'David en de kinderen waren meegekomen als we hadden geweten waar het om ging.'

'Ik had gehoopt dat het eenvoudiger was als jullie Thijs zouden ontmoeten en de vonk zou overslaan,' ratelde Henriette verder zonder op haar opmerking in te gaan. 'De speeltuin bij het Pannenkoekenhuis is de beste in de omgeving, zegt hij. Zijn zoons hebben nog geen kinderen, daarom had hij Leo en Nick graag willen ontmoeten. Thijs is zo goed met kinderen.'

Eén helft van Yella zonk weg in vage schuldgevoelens, de andere wond zich mateloos op over de slachtofferrol die haar moeder aannam.

'Waarom laat je ons altijd gissen?' gooide ze eruit. 'Het zou ons leven een stuk makkelijker maken als je voortaan gewoon duidelijk vertelt waar het over gaat.'

'Ik weet hoe ingewikkeld het is om het jullie alle vier naar de zin te maken,' ontweek Henriette de vraag. 'Er is altijd wel iemand op z'n tenen getrapt, hoezeer ik mijn best ook doe.'

Yella's verwarring werd nog groter. In haar ogen sloeg dat allemaal helemaal nergens op, ook al deed haar moeder alsof de fout enkel en alleen bij Yella lag.

'Vertel eens wat meer over hem,' zei ze.

In plaats van antwoord te geven wroette Henriette Thalberg in gedachten verzonken met de punt van haar voet in de houtsnippers, alsof ze moest nadenken over wat ze wel en niet kon prijsgeven.

Waarom vond ze het zo lastig om over haar toekomstige echtgenoot te praten? Waarom deed ze zo geheimzinnig? Waarom moest het zo ingewikkeld zijn? Yella voelde duidelijk dat ze nog altijd niet alle puzzelstukjes in handen had.

'Is er nog iets wat we moeten weten?' vroeg Yella voorzichtig.

'Van Thijs? Over Thijs? Over jullie?'

'Komen jullie nu eindelijk weer bij ons zitten?' schalde een stem door de speeltuin. 'We willen allemaal van mama genieten. Niet alleen Yella.'

Doro zwaaide naar hen vanuit de deuropening van het Pannenkoekenhuis. Yella zuchtte diep. Er was nog zoveel te bespreken, te vragen, te verontschuldigen. Zoveel onopgehelderde zaken die tussen haar en haar moeder in stonden.

'Het gaat alweer stukken beter met Yella,' riep Henriette en ze sprong op. Ze leek ronduit opgelucht dat ze geen verdere vragen hoefde te beantwoorden.

Niets was minder waar. De brok onzekerheid was een stuk groter geworden. Haar moeder stond op en draaide zich nog een keer naar haar om: 'Thijs kwam mijn leven binnenvallen en was er gewoon. En precies zo moeten jullie hem leren kennen. Meer valt er niet over te zeggen.'

16

Vragen, vragen, vragen

Yella staarde bedenkelijk naar de donkere lucht: 'Midgetgolf? Nu? Dat is een grapje zeker?'

'Als je wacht op het juiste weer loop je je hele leven mis,' zei Henriette Thalberg.

De dreigende plensbui kon haar er niet van weerhouden het programma volgens planning te doorlopen.

'Ik heb in geen tijden met jullie gemidgetgolft,' zei ze. 'Een beetje vies weer gaat me nu niet tegenhouden.'

Niet alleen droeg Henriette Thalberg haar haar nu anders en had ze andere kleren aan, ook wekte ze de indruk dat er een last van decennia van haar schouders was gevallen. Thijs bracht een onbekende kant van haar moeder aan het licht. Als een verliefd jong meisje hing ze aan zijn lippen, ze leek hem regelrecht te verafgoden.

'Jij haalt de sticks,' zei Doro en ze stuurde Ludwig naar de kiosk. Voordat de discussie uit de hand liep maakte hij zich uit de voeten.

In de loop der jaren had Ludwig zijn strategie van je nergens mee bemoeien geperfectioneerd. Had het in de beginjaren nog weleens flink geknald, inmiddels was hij kampioen horen, zien en zwijgen. 'Komt goed,' was zijn mantra. Yella bewonderde de manier waarop hij Doro's woedeaanvallen pareerde met een gebromd 'Nou, nou' of 'Geen zorgen voor morgen'. Zijn standaarduitspraken werkten als een dik toneelgordijn dat elke ruzie in de kiem smoorde, maar helaas ook elk gesprek. Ludwig was voor Yella altijd een beetje een vreemde gebleven.

'God schiep de zee, maar de Nederlanders schiepen het land en de juiste kleding,' verkondigde Thijs goedgehumeurd. Hij deelde knaloranje regencapes uit, alsof het de normaalste zaak van de wereld was om zelfs onder de meest ongunstige omstandigheden een potje midgetgolf te spelen.

'Nederland strijdt sinds mensenheugenis tegen het water,' zei Thijs. 'We weten niet beter.'

'Gaan jullie maar vast,' klonk Ludwigs diepe basstem bij de kiosk. 'Ik kom er zo aan.'

Terwijl haar zwager bij de kiosk op de sticks stond te wachten, slenterde de rest van de familie Thalberg over het terrein rond het restaurant en door de speeltuin in de richting van de midgetgolfbaan, die schilderachtig tussen de bomen lag. De eerste regendruppels roffelden knus op de capuchons van hun capes. Op hun rug lichtte de Nederlandse vlag op en de strijdkreet HUP HOLLAND HUP.

'Die dingen waren in de uitverkoop na het verloren EK,' zei Thijs lachend.

Een ezel in de wei balkte vrolijk, alsof hij al zijn collega's van de kinderboerderij wilde attenderen op het idioot felgekleurde clubje mensen.

'Hey ho, hey ho, je krijgt het niet cadeau. Hey ho, hey ho, hey ho,' zong Lucy luidkeels het liedje uit de oude Disneyfilm *Sneeuwwitje en de zeven dwergen* waar Leo en Nick zo dol op waren. Toen ze Yella inhaalde leek ze ineens weer op het kleine meisje met wie ze vroeger zoveel tijd had doorgebracht. Lucy bewoog zich in het niemandsland tussen kind en volwassene. Onder haar T-shirt tekenden zich eerste tekenen van borstgroei af. De proporties van haar lijf klopten niet meer. Haar armen leken te lang, haar voeten te groot, haar schouders te smal, haar gezicht te rood, haar oren te afstaand. Uit het feit dat ze al haar Instagramfoto's onherkenbaar met filters bewerkte werd duidelijk hoe onzeker ze zich voelde in haar nieuwe huid. Ze was nu even oud als zij destijds was geweest. Yella rilde. Ze wilde zichzelf niet weer verliezen in gedachten aan die noodlottige zomer.

Terwijl ze op Ludwig wachtten probeerde ze de algehele stemming af te lezen van de gezichten van haar zussen. Amelie had Paul een arm gegeven en was druk in gesprek met haar zwager in spe. Hij had de gave om onbevooroordeeld te luisteren zonder onmiddellijk de opiniemachine aan te zetten. Misschien kwam dat doordat hij van eenvoudige afkomst was en zijn leven gevormd was door de tegenstelling tussen het tankstation met winkel en inpandig appartement waar hij was opgegroeid en de glimmende kantoortorens die hij tegenwoordig mede ontwierp. 'Alles wat ik voor mijn leven nodig heb, heb ik bij Esso geleerd,' placht hij te zeggen. 'Er is geen plek ter wereld waar zoveel verschillende mensen bij elkaar komen. Je moet iedereen bedienen, dag en nacht.'

Misschien moest David daar ooit eens een roman over schrijven. Maar misschien was Paul domweg te fatsoenlijk als potentieel romanpersonage. 'Geluk schrijf je met witte inkt,' doceerde David in zijn colleges. 'Aardige personages zijn niet geschikt voor drama.'

De ambitieuze architect was zo begripvol en terughoudend

dat Yella zich bijna niet kon voorstellen dat iemand überhaupt ruzie met hem zou kunnen maken.

'Hij droeg zo'n afschuwelijk T-shirt met tekst,' hoorde ze Amelie zeggen. 'Toen dacht ik, dat moet hem zijn. Ik heb altijd pech in de liefde. Waarom komt er bij mij nooit iemand langs met een oude foto?'

Het was duidelijk dat haar zus Paul net inwijdde in het verhaal van haar mislukte blind date. In tegenstelling tot Yella had Amelie er totaal geen moeite mee om haar vergissingen, drama's en onzekerheden te delen met iedereen die haar een luisterend oor bood.

'Ik wou dat ik in mijn keuze van mannen net zo zeker van mijn zaak was als mama. Als zij gelukkig is, ben ik het ook.'

In Amelies leven was altijd plaats voor nieuwe mensen. Haar lange lijst van relationele vergissingen documenteerde op indrukwekkende wijze dat het haar ontbrak aan gezond wantrouwen, scepsis en voorzichtigheid. Ze geloofde stug in het goede in ieder mens. Benijdenswaardig, vond Yella.

'Wat is jouw indruk?' vroeg een stem naast haar. Helen kwam bij haar staan.

'Het voelt alsof ik deelneem aan een cursus en het voorstelrondje heb gemist. Ik weet gewoon niet wat ik ervan moet vinden.'

Haar kop zat boordevol vragen. Woonde Thijs in Bergen? Werkte hij nog? Was hij al met pensioen? Hoe stelden ze zich dat voor? Wilde haar moeder gaan emigreren? Zou Thijs bij haar in Keulen intrekken? Of wilden ze in de toekomst tussen Duitsland en Nederland gaan pendelen? Omdat hij nog een gezin had waar hij voor moest zorgen? Had haar moeder het niet over kinderen gehad? Waarom waren die eigenlijk niet uitgenodigd? Wilden die haar moeder niet ontmoeten?

En haar nieuwe schoonfamilie? Wisten die al van de plotselinge trouwplannen van hun vader? Of wisten ze net zo weinig als zij? Was Thijs gescheiden? Weduwnaar? En waarom wilden ze zo snel trouwen? Ze wist niets over de verloofde van haar moeder. Ze wist nog niet eens wat zijn achternaam was.

'Hij heeft niets over zichzelf verteld,' zei Helen. 'Helemaal niets. Hij vuurt een spervuur aan vragen en anekdotes op ons af, alsof hij wil voorkomen dat hém iets wordt gevraagd.'

Eigenlijk was dat Helens specialiteit, dacht Yella, maar die opmerking hield ze voor zich.

'We weten niets van hem,' zei Helen.

'Dit is geen sollicitatiegesprek waarin je je eigen biografie zo mooi mogelijk bij elkaar liegt,' zei Yella. 'Misschien moeten we domweg dankbaar zijn dat onze moeder niet meer alleen is.'

Erg overtuigend klonk ze kennelijk niet.

'Heb jij geen bedenkingen?' vroeg Helen.

'Het gaat er toch niet om wat ik van die man vind. Hij is de vriend van onze moeder, niet van mij. Het is onze taak om Thijs onbevooroordeeld in onze familiekring op te nemen,' zei Yella, en dat klonk een stuk relaxter dan ze zich voelde.

Yella zag hoe Thijs beschermend zijn arm om Henriette heen sloeg en een kus op haar wang drukte. Verliefd vlijde ze zich tegen hem aan. Het ongewone beeld wekte tegenstrijdige gevoelens in haar op.

'Er bestaat zoiets als liefde op het eerste gezicht,' zei Yella, alsof ze zichzelf wilde overtuigen. 'Ik ben daar zo'n beetje ervaringsdeskundige in.'

'Maar jij wist tenminste nog wat voor werk David deed,' zei Helen.

'Nu klink je net als onze moeder,' zei Yella, waardoor ze net als David klonk. 'Je hebt geen idee wat ik allemaal heb moeten aanhoren toen ik David voor het eerst mee naar huis nam.'

'Jij was zwanger,' gaf Helen in overweging. 'En zwanger zal ze toch wel niet zijn.'

'Ik haat het als een date aan me vraagt: "En? Wat doe je zoal in het leven?"' mengde Amelie zich in het gesprek. 'Alsof je werk je als persoon definieert. Op basis van je beroep worden namelijk rechtstreeks conclusies getrokken over je inkomen. De ideale partner, heb ik gelezen, verdient 4200 euro per maand. Wat een onzin. Al die biografische details zijn toch alleen maar belangrijk om ze aan onze vooroordelen te kunnen meten. Ah, een dokter, o, een groenteboer, een vuilnisman, interessant zeg, en het laatje is al open, je mening klaar en de mens verdwenen. We zijn niet meer nieuwsgierig, omdat we denken alles te hebben begrepen.'

'Amelie, we hebben geen idee met wie we hier te maken hebben,' zei Helen indringend. 'Onze moeder is zichzelf niet.'

'Ik ben nog steeds bezig om mezelf te leren kennen,' zei Amelie. 'Hoe moet ik een ander dan binnen een uur beoordelen?'

Kennelijk had je niet meer dan zeven seconden nodig om een eerste mening over iemand te vormen. Maar hoelang deed je erover om degene tegenover je echt in te schatten? Wanneer kende je een mens echt? Als je een bepaald aantal uren samen had doorgebracht? Als je de ander een keer dronken had meegemaakt? Als je iemands familie kende en de school waar hij of zij vroeger op had gezeten? Als je de woonkamer had geïnspecteerd en de geheimste laatjes had doorzocht, als je wist in wat voor auto de ander reed en wat die in de kelder bewaarde? Wat zei een bankrekening over een mens, en een cv?

Zelf was Yella in recordtempo haar relatie in gestruikeld. Waarom voelde een overhaast huwelijk zo anders aan als het om je eigen moeder ging?

Doro wilde Yella's vragen niet eens horen. 'Wat is er mis met trouwen?' vroeg ze. 'Niet iedereen wil zo leven als jij, Yella. Zeven jaar samen en twee kinderen verder, maar je nog altijd niet willen binden. Sommige mensen zijn nu eenmaal wat sneller in beslissingen nemen.'

Nog voordat Yella kon antwoorden onderbrak haar nichtje Lucy het gesprek. 'Als ik volwassen ben wil ik ook zo leven. Dat is het meest romantische wat ik ooit heb gehoord. Oma zou met dat fotoverhaal zo op televisie kunnen.'

'Ik zou het voor nu al genoeg vinden als ik zijn hele naam wist,' grapte Yella.

'Janssen,' zei Thijs, die zich vanuit het niets in het gesprek mengde. 'Thijs Janssen.'

Yella liep rood aan. Ze had niet gemerkt dat hij vlak achter haar stond. 'En voor al het andere hebben we de tijd totdat de dood onze families scheidt.'

Helen had andere zorgen: 'Als we hier enigszins droog doorheen willen komen, moet Ludwig wel een beetje opschieten met die sticks,' zei ze zwaaiend met haar telefoon, waarop ze een weerapp open had staan.

Paul, die naast haar stond, zag eruit alsof hij in de verkeerde film was beland. Als enige had hij afgezien van de knaloranje regencape. Zonder de stapel boeken en opgerolde schetsen die hij tijdens zijn studie al eeuwig met zich meezeulde zag hij er altijd een beetje naakt uit. Na zijn examen had Paul meteen aan de slag gekund bij een gerenommeerd bureau. Dat hij daar in de staat-goed-op-elk-cv-fase in zijn carrière slechts een van vele architecten was en chronisch onderbetaald werd interesseerde hem niet. Net zomin als hobby's. Vrije tijd betekende voor hem gesprekken voeren met bevriende architecten over hoe architectuur de wereld kan verbeteren. Op de midgetgolfbaan leek hij zo misplaatst dat het bijna lachwekkend was.

'Ik moet nog wat mailtjes afhandelen,' zei hij met een getergde blik richting golfbaan.

Haar moeder, voorzitter van de Paul-fanclub, leek teleurgesteld. 'Ik wil straks alles over jullie Keulse project weten. Ik ben al drie keer op de bouwplaats geweest.'

Paul knikte enthousiast: 'Ik heb foto's en een paar plattegronden voor je meegebracht. Ik ben zo benieuwd wat je ervan vindt.'

Paul kreeg die zin over zijn lippen zonder onoprecht te klinken. Helen leek ronduit opgelucht toen haar vriend tussen de bomen verdween.

'Een paar mailtjes' betekende bij workaholic Paul dat je de komende uren niet meer op hem hoefde te rekenen.

'Hij heeft een kamer in een pension gehuurd om ongestoord te kunnen werken,' legde ze uit.

Yella begreep de wereld niet meer. 'Wat is er eigenlijk aan de hand bij jullie?' vroeg ze.

'We hebben een klein meningsverschil,' bekende Helen schoorvoetend.

In Helens nuchtere taalgebruik duidde die voorzichtige formulering op een fikse crisis.

'We kunnen!' schreeuwde een doorrookte stem. Ludwig kwam aangedraafd, met een rood hoofd en zijn armen vol sticks in verschillende lengtes en gewichtsklassen. Uit de zakken van zijn dikke leren jas toverde hij de bijbehorende ballen.

'Ik vertel het je nog wel een keer,' zei Helen.

Yella zuchtte. Naast de vraag wat zich in het leven van haar moeder afspeelde hadden ze allemaal een eigen, onzichtbare rugzak met problemen mee naar Nederland gebracht. Zodra je aan het oppervlak begon te pulken werd het leven onoverzichtelijk. Misschien hadden haar moeder en Thijs gelijk. Je kon de donkere wolken aan de hemel maar beter negeren en je op de mooie dingen in het leven concentreren.

17

Uitgespeeld

Midgetgolf was onschuldig, vereiste geen bijzondere voorkennis, en de weersomstandigheden waren die dag zo bedroevend dat elke nederlaag op pech en toeval kon worden geschoven in plaats van op het eigen onvermogen. Achttien betonbanen in de regen zouden genoeg moeten zijn om de oververhitte gemoederen te koelen en een betere indruk van Thijs te krijgen. In theorie dan. Ware het niet dat het hier de familie Thalberg was die de strijd aanging.

'De jongste begint,' riep Lucy. Ze drukte haar telefoon in de hand van haar in sociale media ervaren tante Amelie. 'Jij moet filmen,' zei ze.

Lucy sloeg haar cape over haar hoofd terug en rolde haar truitje op zodat haar blote navel te zien was. Ze had meer oog voor de camera dan voor de bal. Ze haalde uit alsof de stick de slinger van een klok was, en raakte bij de vierde poging de bal, die met een flinke afwijking over de baan hobbelde om met een metaalachtige plop in de hole te verdwijnen.

'OMG, heb je dat?' riep ze naar een verblufte Amelie. 'Laat zien.'

De punten interesseerden haar niet, als ze er maar goed uitzag. De rest van het partijtje was ze vooral druk met filters, muziekkeuze, een passende tekst en likes. De bijval van haar schoolvriendinnen was belangrijker dan een eventuele overwinning.

Helen nam het spel een stuk serieuzer. De jongste zus ging het leven strategisch te lijf, ook als het alleen maar om een potje midgetgolf ging. Gewapend met stick, bal en puntenlijstje inspecteerde Helen met een gewichtige uitdrukking op haar gezicht het parcours. De kaarsrechte baan met links en rechts een hindernis vereiste weinig nadenken en was ideaal als opwarmertje. Helen knielde om de situatie goed te kunnen inschatten, legde de bal toen ietsje rechts van het midden en speelde naar links. De bal rolde met een nauwelijks waarneembare curve langs de hindernissen, tikte tegen de achterste band en verdween in de hole.

'Beginnersgeluk,' zei Doro, die de leiding over het spel had geclaimd.

'Precisiewerk,' zei Helen.

'Helen is echt overal goed in,' deelde hun moeder Thijs mee. 'Altijd al.'

Amelie daarentegen faalde al in de eenvoudigste oefening en kreeg alleen al met haar pogingen om de bal te raken de lachers op haar hand. Ze giechelde zichzelf onbewogen door zes misslagen heen, tot de bal eindelijk aankwam waar hij hoorde te liggen.

'Full house!' juichte ze.

Toen was Yella aan de beurt. Thijs stak bemoedigend zijn duim op, en haar moeder nam de bewegingen onbewust door, als oefening op het droge. Voorzichtig haalde Yella uit voor de eerste slag toen een stem achter haar haar uit haar concentratie haalde.

'Zo wordt dat nooit wat,' zei Doro.

Haar grote zus was gepokt en gemazeld in psychologische oorlogsvoering en schuwde geen middel om haar tegenstanders te intimideren. In het wespennest dat theater heette leek ze haar talent voor slinkse streken flink te hebben ontwikkeld.

Yella waagde een voorzichtig stootje, dat meer aan biljart dan aan midgetgolf deed denken. De bal tolde langs de hindernissen tot hij tien centimeter voor het gat geen puf meer had.

Doro lachte. 'Had nou maar naar mij geluisterd,' zei ze.

De bal wiebelde een beetje op zijn plek, tot de wind medelijden kreeg en hem met een krachtige vlaag in één keer in het gat blies.

Enthousiast gaf Thijs Yella een high five.

'Die telt niet,' zei Doro verongelijkt.

'Je moet gewoon rekening houden met de elementen,' zei Yella. 'Dan komt dat gat vanzelf wel.'

Toen ook Doro en Ludwig aan de beurt waren geweest trok haar moeder Thijs met zich mee naar de baan. 'Wij spelen als team,' zei ze. 'Anders duurt het te lang.'

Ze vlijde zich tegen Thijs' buik aan, terwijl hij over haar schouders heen zachtjes haar handen leidde, alsof ze nog nooit in haar leven een stick had vastgehouden. In zijn armen leek Henriette Thalberg ronduit breekbaar.

Yella had de mannen van haar moeder altijd onaangenaam gevonden. Met afgrijzen herinnerde ze zich de pijnlijke momenten aan de ontbijttafel toen meneer Seitz voor het eerst op blote voeten de badkamer uit was gekomen en net deed alsof hij daar voor een lekkende kraan was. Yella kon zich niet aan de indruk onttrekken dat haar moeder haar nieuwe geluk iets te demonstratief tentoonspreidde. Wat wilde ze bewijzen? Wat was er echt aan de hand met haar? Het gevoel dat ze nog lang niet alles wist liet zich niet verjagen.

Al op de tweede baan ontspoorde het potje midgetgolf. Doro had dan wel vier slagen nodig, maar ze zag er adembenemend uit. Haar grote zus wist zelfs het goedkoopste stuk kunststof cachet te geven. De oranje regencape over de gele jurk van tule, eronder lompe schoenen en een midgetgolfstick: op de van regen dampende baan te midden van donkere bomen en paddenstoelenkrukjes leek ze te poseren voor een modereportage of de speciale editie van *Theater heute*. Trots postte Amelie een paar foto's van Doro op haar account, voorzien van de hashtag *#SisterInWonderland*. Op sportief vlak werden er geen topprestaties geleverd. De negentiggradenhoek van de baan bleek een onoverkomelijke hindernis voor Doro. Na drie misslagen wist ze te vertellen hoe dat kwam.

'Die bal deugt niet,' verkondigde ze.

Doro betastte elk van de beschikbare rubberen ballen om te controleren of ze glad genoeg waren om soepel over de baan te rollen. Met de keuze van het juiste materiaal werkte ze iedereen op de zenuwen. Ze gedroeg zich alsof ze in de finale van het wereldkampioenschap stond.

'We voeren een tijdlimiet in,' zei Helen. 'Dit duurt eindeloos.'

'Niet nodig,' zei Yella sarcastisch. 'Eind september gaan ze sowieso dicht.'

Uiteindelijk koos Doro voor een roze exemplaar, en na uitgebreid rekken en strekken en wegen en mikken sloeg ze. Met veel gedoe maar weinig succes.

'Mam, doe niet zo gênant,' zei Lucy met een zucht.

Als ze niet naar haar beeldscherm stond te staren, wijdde

ze zich vol toewijding aan haar kerntaak: hoofdschudden en ogen verdraaien. Bij voorkeur over haar moeder. Hoe zou het er achter de coulissen aan toegaan als die twee stijfkoppen zonder toeschouwers tegenover elkaar stonden? In gezelschap beperkte Doro zich tot een stralende glimlach naar haar dochter: 'Ik ook van jou,' zei ze. Lucy kreunde theatraal.

Bij Doro's tweede poging rolde de bal in hoog tempo rond de hole, om zich, afgeleid door een briesje of een oneffenheid in de baan, beledigd terug te trekken in een hoekje.

'Die zat erin!' riep Doro. 'Hij is er alleen weer uit gesprongen.'

'Toch telt-ie niet,' zei Helen nuchter.

'Twee punten,' verkondigde Doro.

'Dat was de vijfde slag.'

'Nooit. De eerste tellen niet mee. Materiaalmoeheid.'

Hoe moest Yella Thijs beter leren kennen als Doro de plek in de spotlights weer eens voor zichzelf opeiste? Haar toekomstige stiefvader keek verbaasd van de ene zus naar de andere, alsof langzaam tot hem doordrong wat voor familie hij er door dit huwelijk bij zou krijgen.

'Dit is nog niets,' vertelde Lucy hem wijsneuzerig. 'Je zou haar eens moeten zien als we monopolyen.'

Ludwig wist precies hoe hij met Doro's grillen moest omgaan. Hij sloeg met zoveel onstuimige oerkracht tegen de bal dat die ver voorbij de baan vloog en ergens in de struiken belandde, net als Ludwig zelf. De rest van het potje was hij eenvoudig te lokaliseren aan de hand van de enorme rookwolken van zijn e-sigaret, die dan weer hier, dan weer daar boven de hoge struiken opstegen. Yella verdacht hem ervan zichzelf met opzet buitenspel te hebben gezet, om het potje op veilige afstand te kunnen uitzitten.

De familie verspreidde zich over het parcours. Op alle banen werd geschoten, geslagen, gevloekt, gejuicht en gekibbeld. Midgetgolf en Nederland waren een contradictio in terminis. Op de baan in Bergen speelde je altijd ook tegen de elementen: tegen de wind, die het onmogelijk maakte te voorspellen waar je bal heen ging, tegen de regen, die waterplassen op de baan achterliet en het beton door de jaren heen in een kraterlandschap had veranderd, en tegen Doro, die er een soort discussieprogramma van maakte, wat haar zussen tot waanzin dreef.

Vol toewijding veegde haar oudste zus met een trekker een waterplas van de baan en droogde met haar badhanddoek de laatste natte plekken van het beton. Veel zin had dat niet, aangezien het steeds heviger begon te regenen. Doro knalde haar stick tegen de harde rubberbal, die verontwaardigd wegvloog, tegen een hindernis ketste of de verkeerde kant uit schoot. Zes keer achter elkaar.

'Dat zijn zeven punten,' besliste Helen.

'Dat was pas de derde slag,' protesteerde Doro. 'Er is geen lol aan als je niet eerlijk speelt.'

'Vroeger speelde je ook altijd al vals,' was Helens nuchtere commentaar.

'Wees eens lief voor elkaar,' mengde hun moeder zich in het gesprek, om zich vervolgens samen met Thijs snel uit de voeten te maken richting baan 18, zogenaamd om het parcours in tegengestelde richting af te lopen. 'Anders komen we er nooit doorheen,' zei ze flauwtjes.

Van dokter Deniz had ze ooit de theorie gehoord dat het 'Wees eens lief voor elkaar' dat in veel kinderkamers klonk een toxische uitspraak was. Je moest je kinderen juist fatsoenlijk ruzie leren maken. Maar hoe kon Yella haar kinderen iets leren waar ze zelf moeite mee had? Terwijl bij haar zoons de bom om de zoveel tijd gewoon barstte, leek haar onmin met David eerder op een smeulend vuur. Ruzies met Doro, die als aardbeving begonnen en dan steeds heviger werden, trok ze niet. De zomerzussen wisten maar al te goed dat Doro geen nederlaag kon hebben. Als kind al had ze koste wat kost en te allen tijde willen winnen, of ze nu een potje mens-erger-je-niet deden, rapportcijfers vergeleken, een schoolcompetitie hadden of in de ochtend de enige badkamer in huis bestormden. Hoe vaak hadden Yella en haar zussen 's morgens niet met hoge nood op de deur getrommeld, 'Bijna klaar!' gehoord en niet veel later de douche die werd aangezet.

'Als ik ooit vals heb gespeeld, dan was dat vast en zeker uit noodweer,' verdedigde Doro zich.

Helen marcheerde zonder iets te zeggen naar de volgende hindernis. Ze legde de afstand tussen de verschillende banen bijna op een holletje af, alsof er ook nog een snelheidsrecord verbroken moest worden.

'Dat is weer zo typisch!' riep Doro haar na. 'Zo kan toch niemand controleren hoeveel slagen je echt nodig hebt.'

Terwijl haar grote zus zich ongelooflijk druk maakte om haar resultaten, calculeerde Helen in alle rust. Ze plaatste haar voeten naast elkaar en legde de bal zorgvuldig op de afslagmarkering, waar zich al een kuiltje omheen had gevormd. Haar ogen schatten de afstanden in, de rest van haar lijf bleef roerloos staan. Beheerst sloeg ze de bal in de hole. Regen en wind brachten haar net zomin van haar stuk als Doro's gedrag. Yella benijdde haar om haar vermogen ruzies te negeren en zelfbewust haar eigen strategie te blijven volgen.

Het spel verliep zoals altijd. Hun moeder toonde meer interesse in haar toekomstige echtgenoot dan in het spelletje, Amelie had meer geluk dan wijsheid, Helen ging haar eigen gang, en Doro en Yella raakten reddeloos met elkaar in de clinch. Achttien holes waren genoeg om een familie tot waanzin te drijven.

Yella kon het niet bevatten. Ze waren twintig jaar ouder geworden en allemaal veranderd, maar diep vanbinnen waren ze nog altijd de zomerzussen van weleer, die ruzie konden maken over een potje midgetgolf. Volwassen zijn was een twijfelachtig concept en drie zussen waren een fikse uitdaging. Ze gedroegen zich als een patchworkfamilie, die alleen maar bij elkaar was gekomen omdat een rechter hen ertoe had veroordeeld gezamenlijk oude conflicten uit de weg te ruimen.

'Laat haar nou maar,' zei Amelie.

Yella trok de plastic regencape uit, waaronder het onverdraaglijk warm was geworden, en nam haar positie in. Als in slow motion ging er binnen in haar een geheime knop om. Ineens ging het niet meer om de toekomstige echtgenoot van haar moeder, niet om de overhaaste bruiloft, niet om plezier, maar wilde ze alleen nog maar winnen van Doro.

Looping? Net met schans? Dubbele heuvel? Yella lag hopeloos achter. Hoe meer ze uithaalde en zich opwond, hoe meer dat ten koste van de slagrichting ging. Haar grote zus grijnsde. Mopperend maakte Yella zich op voor de volgende uitdaging. Theoretisch moest de bal een helling op, tussen twee hindernissen door in een smalle buis verdwijnen, aan de andere kant van de tunnel weer opduiken en vervolgens via een heuveltje elegant omlaagrollen en in de hole aan het eind van de baan belanden.

'Een klassieke eenpunter,' zei Doro, en ze kreeg het nog voor elkaar ook.

Yella haalde uit met haar stick en knalde de bal twee keer zo hard tegen de hindernis dat hij van de baan vloog en vlak bij

Thijs landde. Die greep het verdwaalde projectiel aan als aanleiding om zichzelf als bemiddelaar aan te bieden.

'Als de bal de baan twee keer heeft verlaten, mag de oudste speler hem over de hindernis tillen,' zei hij en hij legde hem tien centimeter voor de hole neer.

Terwijl hun moeder het opgaf, deed Thijs er alles aan om het verhitte potje wat luchtiger te maken. Als zelfbenoemd scheidsrechter vloog hij over het parcours, duwde Amelies bal in de hole voordat ze de moed opgaf, verwisselde ballen en noteerde fantasiescores. In tegenstelling tot Doro, die de regels aan één stuk door in twijfel trok om maar te winnen, was het Thijs erom te doen dat iedereen het naar zijn zin had. Hij zette alles op alles om met gekkigheid de donkere wolken die boven hun hoofd hingen te verdrijven. Hij speelde zo openlijk en overduidelijk vals dat hij Doro alle wind uit de zeilen nam. Hij kreeg het voor elkaar om het spel in een absolute chaos te laten verzanden en daarmee iedereen de kans te geven gewoon alleen nog maar dwaas en overmoedig te zijn. Het besef dat je toch niet meer kon winnen had iets bevrijdends. Zelfs Helen liet zich aansteken. Volgens Thijs' anarchistische regelsysteem werd er achterwaarts tussen de benen door gespeeld, met de hand gegooid, geruild, verplaatst, geduwd, vanuit plassen in het gras geschoten, chaotisch geteld, verkeerd berekend en veel gelachen. Om tijd te besparen legde Thijs alvast zes ballen op de afslagplek en deed een triomfdansje als iemand wonder boven wonder raak sloeg. En ook als de harde rubberen bal per ongeluk in de prullenbak belandde, telde dat natuurlijk als treffer.

'Bijzondere prestaties moeten beloond worden,' zei hij.

Yella was stomverbaasd. Hoelang had ze haar zussen al niet meer zo uitgelaten gezien? Ze had grote bewondering voor

Thijs, die de stemming aanvoelde en bijstuurde. Was hij dan misschien echt anders dan alle andere mannen die hun moeder aan hen had voorgesteld? Zonder enige jaloezie moest Yella erkennen dat Thijs een aanstekelijke lach had en het talent bezat om gelukkig te zijn en van het moment te genieten.

Uiteindelijk hielp de hemel een handje mee en bespaarde hun verdere debatten over wie de wedstrijd in valsspelen, gesjoemel en bedrog had gewonnen.

Uitgelaten verdrongen de familieleden zich onder de parasols, die hun ware bestemming als beschutting tegen de regen nu pas echt onthulden. De zachte regen was een wolkbreuk geworden en trommelde onophoudelijk op de bontgekleurde stof, terwijl ze als een groepje verzopen katten dicht op elkaar op beter weer stonden te wachten. Nat maar verbazingwekkend goedgehumeurd hadden ze een beschut plekje gevonden naast hun moeder. De grond rook naar natte aarde. Met een paraplu boven zijn hoofd kwam Thijs met koffie en gebak aanzetten.

Yella moest lachen toen ze de lekkernij zag, met van dat gifroze glazuur bovenop. Hoe heetten die typisch Nederlandse dingen ook alweer?

'Tompoezen,' riep Helen uit. Natuurlijk, die wist alles nog.

Het schaamrood vloog Yella naar de kaken toen ze zich herinnerde dat ze die dingen als kind bij de bakker had moeten gaan halen en onverrichter zake terug was gekomen omdat ze geen idee had hoe ze dat vreselijke woord op het boodschappenlijstje moest uitspreken.

'Tom en *pusen*. Als in *pusten*, maar dan zonder t,' schoten de woorden van haar vader haar weer te binnen. 'Een *oe* wordt uitgesproken als het Duitse *u*. Daarom zeggen Hollanders vaak

Dr. Utker in plaats van Dr. Oetker.'

Wie weet, misschien zou ze in de toekomst meer gelegenheid hebben om haar vastgeroeste Nederlands nieuw leven in te blazen. Evenals de levenswijsheden van haar vader.

'Op speciaal verzoek van mij,' zei hun moeder.

De baksteenvormige bladerdeeggebakjes waren gevuld met zachte vanillepudding en het was onmogelijk om ze op een beschaafde manier te eten.

Thijs pakte zijn tompoes met de hand op, sperde zijn mond zo ver mogelijk open, nam een flinke hap en stoorde zich er verder niet aan dat de vulling er aan alle kanten uit droop, haar moeder probeerde het serieus met mes en vork, terwijl Ludwig met brute kracht zijn vork in het gebakje stak, in de hoop in één keer alle lagen te doorboren. Een enkele poging om zijn taartje in hapklare brokken te verdelen volstond om Ludwigs schoteltje in een slagveld van vulling en gebroken stukken bladerdeeg te veranderen.

Yella wierp een wanhopige blik op haar zussen om te zien of zij een betere tactiek hadden gevonden. Amelie haalde voorzichtig de geglazuurde bovenkant eraf en at eerst de onderste lagen op. 'Het lekkerste bewaar ik voor het laatst.'

Helen ging strategischer te werk. Met chirurgische precisie verwijderde ze de bovenste laag en legde die met de geglazuurde kant omlaag op het schoteltje. Vervolgens tilde ze het andere stuk met pudding en al op het bladerdeeg en at als enige op een manier die recht deed aan de gedachte achter het gebak om de verschillende smaken in je mond bijeen te brengen.

Yella koos voor een soortgelijke pragmatische aanpak. Ze ging de bladerdeeglagen vanaf de zijkant te lijf en eindigde ook met een puddingslagveld.

Zelfs over de manier waarop je tompoezen zonder ongelukken moest verorberen konden de Thalbergs het niet eens worden. Alleen Lucy at helemaal niet. Die fotografeerde de glanzende gebakjes voor de verschillende socialmedia-accounts die ze bijhield.

Midden in de vrolijke gebakjesstrijd pakte Helen de draad van het gesprek dat ze aan tafel hadden gevoerd weer op.

'Hoe heeft Thijs je eigenlijk gevonden?' vroeg ze geïnteresseerd.

'Met behulp van papa's naam,' zei haar moeder luchtig.

'J. Thalberg?' herhaalde Helen sceptisch.

'Zo stond het achter op de foto,' bevestigde Henriette.

Thijs schoof ineens wat ongemakkelijk heen en weer op zijn stoel. Hij vond het duidelijk geen prettig onderwerp.

'Als je op onze vader googelt, vind je niets,' bemoeide Yella zich ermee.

'Ergens op internet zal toch wel iets over hem staan,' zei Henriette Thalberg.

'Nee,' zei Yella beslist. 'Dat heb ik al eens geprobeerd.'

Destijds, toen ze bij dokter Deniz onder behandeling was, had ze de verste krochten van internet doorzocht om te zien of ze ergens nog nieuwe informatie over Johannes Thalberg kon vinden. Oude klasgenoten die schoolfoto's online hadden gezet, een of ander clubkampioenschap dat hij in zijn jonge jaren met een gedenkwaardig record had gewonnen, een congres waar hij als spreker was uitgenodigd, een dankwoord waarin hij werd vermeld, een schilderij van hem dat op een veilingsite werd aangeboden. Nachten was ze bezig geweest, in de hoop iets kleins te vinden dat in de digitale wereld bewees dat haar vader echt had bestaan. Zelfs zijn graf op het Keulse Melaten-Friedhof stond nergens geregistreerd.

'Ik heb overal gezocht,' bleef Yella bij haar conclusie. 'Hij is onvindbaar. Helemaal als je niet eens een voornaam hebt.'

'Nog mooier dus dat Thijs me evengoed heeft gevonden,' zei haar moeder kortaf.

Yella keek op van haar schoteltje. Ze was zo opgegaan in midgetgolf, regen en gebak dat haar nu pas opviel hoe uitgeput haar moeder eruitzag. Ze deed haar best om te glimlachen, maar alle kleur was uit haar gezicht getrokken. Was het de opwinding? Was het de kou die in haar botten was gaan zitten? Plots zag ze er grauw en oud uit.

'J. Thalberg. Hoeveel mensen heten zo?' zei Helen, die zich nu had vastgebeten in de vraag.

'Wat maakt het uit,' zei haar moeder en abrupt stond ze op. 'Waar het om gaat is dat we hier zijn.'

Helen, gewend om de dingen tot op de bodem uit te zoeken, tikte wat op haar telefoon.

'Als ik *J. Thalberg* intoets kom ik bij een Amerikaanse schrijver uit. Of in Oostenrijk,' zei Helen. 'Maar niet in Keulen bij jou.'

Daar was weer dat knagende gevoel dat haar moeder niet de hele waarheid sprak. Was er een dieperliggende reden waarom ze het zo moeilijk had gevonden om haar dochters op de hoogte te stellen van haar nieuwe liefde? Ineens leek ze nerveus en onrustig.

'Laten we gaan,' beëindigde hun moeder de discussie. 'Het was een lange dag.'

18

Het einde van de zomerzussen

Yella gaf haar moeder een arm.

'Ik heb me mijn hele leven zorgen gemaakt,' zei Henriette Thalberg ietwat buiten adem. 'Over jullie vader, over geld, over morgen, over overmorgen. Nu ben ik een keer alleen maar bezig met gelukkig zijn.'

Zelfs de korte afstand naar de parkeerplaats bleek problematisch. Al lopende vertelde Henriette verder, maar op cruciale momenten in haar verhaal bleef ze staan om opgewonden te gebaren, waardoor ze ook Yella dwong om stil te blijven staan. Het duurde niet lang voor de hele groep uit elkaar was gevallen. Haar moeder bleef Yella maar op gevaren wijzen, alsof ze een klein meisje was dat je de hele tijd moest corrigeren en instrueren.

'Pas op, een plas, hondenpoep, een mountainbiker, een tak, Yella, kijk uit waar je loopt! Yella! Waar zit je toch de hele tijd met je gedachten?' zei haar moeder. Ze bleef staan en keek haar aandachtig aan, alsof ze een antwoord verwachtte.

Ze liegt, ging het door Yella heen, in een plotselinge vlaag van helderheid. Haar duistere vermoeden werd een martelende gedachte.

'Je verzwijgt iets,' zei ze botweg.

Haar moeder begon hard te lachen, alsof ze een geweldige grap had gemaakt.

'Hoe kom je daar nu bij?' vroeg ze. Ze wankelde.

Weer had Yella de indruk dat ze zich maar met moeite staande kon houden. Ineens kwamen de angsten weer terug, de vreemde leugens over haar gezondheid, de afgezegde doktersafspraak. Haar moeder zwabberde en struikelde.

'Gaat het echt wel goed met je?' vroeg ze. 'Waarom ben je ineens aan de medicijnen?'

'Het gaat beter dan ooit,' antwoordde Henriette Thalberg. 'Ik vind het zo heerlijk als we allemaal bij elkaar zijn. Dat zijn voor mij de mooiste momenten.'

Ze kneep zachtjes in Yella's hand. Even voelde het warm en vertrouwd. Het aangename gevoel duurde precies twee seconden.

'Ik was zo bang dat je boos op me was omdat ik het had gewaagd David een paar kritische vragen te stellen,' zei ze. 'Fijn dat er in elk geval iemand van jullie gezin is gekomen.'

'David had het druk...' zei Yella in een reflex. 'Hij was ongetwijfeld meegekomen als hij had geweten...'

Haar moeder liet haar niet eens uitpraten: 'Het is al goed, Yella. Ik verwacht niet dat je je voor David verantwoordt...'

'Ik verantwoord me niet, ik wil het alleen uitleggen...'

'Het is al goed, Yella,' onderbrak haar moeder haar bruusk. 'Toen jullie tieners waren en de eerste vriendjes meekwamen, heb ik me voorgenomen om niet in de patronen van mijn schoonouders te vervallen. Die hebben me nooit gemogen en dat lieten ze me elke seconde voelen. Ik heb het altijd als mijn taak gezien om van mijn kinderen te houden, zelfs als ik hun beslissingen niet begrijp.'

Yella kromp ineen. Henriette Thalbergs ogenschijnlijke politiek van nergens-mee-bemoeien weerhield haar er niet van om ongefilterd en ongevraagd haar mening te uiten. Als geen ander wist haar moeder haar aanvallen onder een dikke laag glazuur te verstoppen. De korte wapenstilstand was niet meer dan een kleine adempauze geweest.

'Als David zich niet op zijn gemak wil voelen binnen onze familie, is dat zijn keuze. Wie ben ik om hem zijn geluk op te dringen?' vervolgde ze.

Dat was echt typisch haar moeder. Impliciet maakte ze maar al te duidelijk wie er verantwoordelijk was voor hun slechte relatie. Niemand anders dan David. Haar moeder maakte zich van haar los.

'Familie zou iets moeten zijn waar je plezier aan beleeft, een warm nest waar iedereen vrijwillig naar terugkeert. Ik dwing niemand om deel uit te maken van mijn leven,' zei ze. 'Zelfs mijn eigen kroost niet. En al helemaal geen jongeman met schoonmoederallergie. Als hij mij niet kan uitstaan is dat zijn goed recht.'

Yella's mond bleef openstaan. Nog voordat ze iets kon zeggen sloot Thijs bij hen aan. Zo te zien was hij alvast vooruitgelopen naar de auto en hij hulde haar moeder in een oranje regenjas. YOU'LL NEVER WALK ALONE stond op de rug. NIJMEGEN 2012. De gelegenheid om in alle rust met elkaar te praten was weer eens onbenut gebleven.

Yella bleef beduusd achter. De formuleringen van haar moeder kwamen haar vreemd bekend voor. Ze kreeg een vervelend vermoeden. Had Doro iets doorverteld wat ze haar gisternacht in het diepste geheim had toevertrouwd?

Verontwaardigd liep ze op Doro af, die met de telefoon aan haar oor door de speeltuin beende. Afwerend stak ze haar hand op naar Yella.

'Geweldig, dank je wel, je bent een schat,' zei ze liefjes in de telefoon. 'Ik ben zo blij dat Simon tevreden is. Waar zouden we zijn zonder hem? Hij draagt de hele voorstelling met zijn stem. Zeg hem maar dat hij me te allen tijde kan bellen als hij nog ideeën heeft.'

Ze drukte de beller weg. Haar suikerzoete stem ging meteen een octaaf omlaag: 'Wat een idioot,' zei ze. 'Daar werk ik nooit meer mee. Die is een nagel aan mijn doodskist.'

Toen pas merkte ze Yella's boze blik op.

'Wat nu weer?' zei Doro bruusk.

'Heb je mama iets over ons gesprek verteld?'

'Ik heb het koud. Laten we gaan,' probeerde Doro eronderuit te komen.

'Het kan toch geen toeval zijn dat mama er ineens over begint dat David haar niet kan uitstaan. Schoonmoederallergie, dat verzint ze toch niet zelf.'

'Nee hoor, dat verbeeld je je maar,' zei Doro, maar ze klonk niet meer zo zelfverzekerd als daarvoor.

'Waarom doe je altijd zo achterbaks?' zei Yella kwaad.

Doro liet de verwijten niet over haar kant gaan. Ze gaf niets toe, maar verdedigde zich evengoed. 'Wat kan ik eraan doen dat David liever in Berlijn blijft? Een blinde kan zien dat hij geen trek in ons heeft.'

'Je hebt haar vers van de pers verteld wat ik je gisternacht na iets te veel wijn heb toevertrouwd?' vroeg Yella verbijsterd.

'Ik heb alleen bevestigd wat ze al lang wist. Ze vroeg naar David en toen heb ik eerlijk antwoord gegeven. In tegenstelling tot jou.'

'Dat van onze ruzie heb ik je in het diepste geheim verteld.'

Amelie bemoeide zich ermee. 'Laten we nou maar naar huis gaan.'

Yella was sprakeloos. Bij Doro wist je nooit welke van de twee je kreeg: de liefhebbende zus of de behekste demon.

'Waarom vertel je zoiets door?' zei ze boos.

'Waarom maak je daar zo'n geheim van? We weten allemaal dat David in een crisis zit omdat hij geen centimeter vooruitkomt met die roman van hem. Bespaar ons je goedpraterij.'

Er zat een kern van waarheid in Doro's verwijten: als woordvoerster van David was ze niet altijd eerlijk geweest. Maar dat gaf Doro nog lang niet het recht om de familiepolitiek in eigen handen te nemen en haar geheimen door te vertellen. Vermoedelijk had ze het verhaal van een flinke snuf Doro voorzien. Het liefst had ze zich op haar oudste zus gestort en haar een kaakstoot verkocht.

Amelie trok Yella aan haar mouw weg: 'Kom, laten we er thuis iets gezelligs van maken. Haardvuur, hete thee...'

'Hou op met je neus in mijn zaken te steken, Doro Thalberg,' zei Yella, ongewild haar stem verheffend. 'Ik kan prima voor mezelf spreken.'

'Niet dus. Je verspreidt alleen maar rookgordijnen, Yella,' zei Doro. 'Nooit vertel je wat er echt speelt.'

'Houden jullie nu eindelijk eens op? Het was net zo gezellig,' probeerde Amelie weer. Ze wilde zich tussen de zussen in wurmen.

Maar Doro was nog maar net op stoom. 'Niet zo gek dat onze familiebijeenkomsten altijd zo slopend zijn, als niemand zegt wat-ie echt denkt.'

'En jij loopt de hele tijd op de achtergrond te stoken,' zei Yella. 'Het enige wat jou interesseert is dat jíj goed voor de dag komt. Geen wonder dat je met een podiumbouwer bent getrouwd. Als het decor maar klopt, toch?'

'Zo gaat dat in een kwartet,' probeerde Amelie de gemoederen te bedaren. 'Iedereen zingt zijn eigen melodie, en door die meerstemmigheid ontstaat uiteindelijk muziek.'

In Yella's oren klonk het zusterlijke concert eerder als een ongeorganiseerde kakofonie, waarin ieder zijn eigen ritme, tempo en toonsoort bepaalde.

'We vieren hier een bruiloft!' wees Doro Amelie terecht. 'Ik heb wel wat beters te doen dan de hele tijd naar Yella's shit te luisteren.'

En toen ging ze breeduit voor Yella staan: 'Voor het geval dat je het nog niet doorhad, Yella: bij wijze van uitzondering gaat het dit weekend een keertje niet om jou en al je gevoelens. Hou eindelijk eens op met je vermoeiende gedoe.'

In de plotseling ontstane gesprekspauze ging Yella's telefoon.

Doro sloeg haar ogen ten hemel. 'Neem nou maar op, Yella. Heeft David au? Moet je hem gaan helpen? Heeft hij morele steun nodig? Of is zijn zakgeld op?'

Verslagen schudde Yella haar hoofd. Alle geheimen die ze haar zus had toevertrouwd gebruikte ze nu als munitie.

'Je hebt helemaal gelijk, Doro,' zei ze, en ze probeerde haar zenuwen onder controle te krijgen. 'We doen allemaal zo aardig, we doen verschrikkelijk ons best, maar in werkelijkheid is er niets meer wat ons verbindt. We zijn al lang geen zomerzussen meer. De zomerzussen zijn dood.'

En toen ging ze er domweg vandoor.

De tranen sprongen Yella in de ogen. Ze kromp ineen toen ze al lopende op haar telefoon keek: zevenentwintig nieuwe meldingen van David.

Je gelooft nooit wat hier aan de hand is, mijn moeder heeft ons zojuist verteld...

Nu pas realiseerde ze zich dat ze de onaffe zin waarschijnlijk per ongeluk had verzonden. Eronder stonden Davids berichtjes.

Je moeder heeft wat? vroeg hij.

En een minuut later: Moet dat een cliffhanger voorstellen?

Yella?

Yella, ik wacht.

Wat is dit, een quiz?

Er volgden een paar gemiste oproepen. In het heetst van de midgetgolfstrijd had ze die stuk voor stuk gemist.

Yella, is alles oké daar?

Laat even wat van je horen. Ik maak me zorgen.

Yella!!!

Yella?

Aan het eind stond een snauwerig: Doe geen moeite, Doro heeft me alles verteld. Van harte met je nieuwe stiefvader en veel sterkte met je kater.

Ze voelde paniek opkomen. Wat had Doro in hemelsnaam aan David verteld dat hij zo geïrriteerd reageerde? Ze had haar zus het liefst de nek omgedraaid.

Zenuwachtig belde ze zijn nummer. Hij nam niet op.

Sorry, ik was afgeleid. Wat een puinhoop hier. Doro en ik hebben gigantisch ruzie en mama gaat morgen trouwen. Vertel je later alles. Wanneer komt het uit?

Ze staarde naar haar telefoon, waar een enkel vinkje verscheen.

Sorry, David.

En toen stuurde ze er nog een paar hartjes achteraan. Zonder succes. Het leek erop dat hij zijn telefoon helemaal had uitgezet. Ook dat nog. Tot een paar dagen geleden had ze gedacht dat ze haar leven perfect onder controle had. Nu pas voelde ze hoe glad het ijs was waarover ze al die tijd had gelopen. Het verhaal dat ze aan zichzelf had verteld begon te wankelen. Je hoefde maar één stukje van de ik-puzzel weg te nemen en dan was het hele plaatje verstoord. Wat een drama!

19

Hier ben ik

Amelie zuchtte diep. De familie had zich in alle windrichtingen verspreid. Tot aan het gezamenlijke avondeten had ze alle tijd om zich eindelijk over de meegebrachte familiefoto's te buigen. Met haar laatste beetje geld trakteerde ze zichzelf bij de kiosk van het Pannenkoekenhuis op een flesje bier, als tegengif tegen de al te zoete tompoezen en haar strijdlustige zussen. Op een vrolijk geel-roze etiket prijkte de wel heel erg vreemde naam van het bier: Mannenliefde. Amelie giechelde. Misschien was het een soort toverdrank? Dat moest ze uitproberen. Ze had de fles nog maar net aan haar lippen gezet toen een ademloze stem haar onderbrak.

'Hier ben ik!'

Amelie draaide zich om en herkende tot haar verrassing de taxichauffeuse van de dag ervoor, die haar auto illegaal op de oprit had geparkeerd. De jonge vrouw met de hese stem was nog geen één meter zestig, pezig en vol energie. Ze droeg het knalrode tenue van VV Bergen en oogde zo vastberaden dat het leek alsof ze ter plekke bereid was om elke strijd aan te gaan.

Amelie liet schuldbewust haar schouders hangen. 'Ik heb dat met de ritprijs nog steeds niet geregeld,' bekende ze. 'Maar ik zorg dat het in orde komt. Beloofd.'

'Je hebt me gebeld,' zei de jonge vrouw.

Met een schaapachtige blik haalde Amelie haar telefoon tevoorschijn en ze wierp een blik op haar beeldscherm.

'Broekzakgesprek,' zei ze verontschuldigend. 'Mijn kont heeft zonder dat ik het doorhad een taxi besteld.'

Philomena monsterde Amelie alsof ze ergens op stond te wachten. Maar waarop?

'Wat heb je allemaal gehoord?' vroeg Amelie wantrouwend.

'Genoeg om me zorgen te maken,' antwoordde Philomena.

'De gebruikelijke zussengekte,' zei Amelie.

'Het klonk meer als moord en doodslag,' zei Philomena.

'En daarom kom je vanaf het voetbalveld hiernaartoe? Vanwege ons?'

'Ik zat sowieso op de bank. Ik ben niet zo'n goede voetballer...'

Haar eerlijkheid had iets ontwapenends.

'Nee hoor, grapje, de wedstrijd was net afgelopen,' zei Philomena lachend.

'Die van ons ook,' zei Amelie. 'Iedereen heeft verloren. En geld heb ik ook niet voor je.'

Philomena wilde al vertrekken toen haar ineens iets te binnen schoot.

'Je kunt je schulden ook afbetalen door voor me te werken,' zei ze.

Amelie begon te lachen.

'Ik heb geen rijbewijs.'

'Hoeft ook niet.'

'Nee?'

'Ik meen het. Ik heb iemand nodig die me helpt,' verzekerde Philomena haar. 'Je hoeft echt helemaal niets te kunnen.'

'Klinkt perfect voor mij,' zei Amelie lachend.

Zo gecompliceerd als de relaties binnen haar familie leken, zo makkelijk was het contact met Philomena.

'Je kunt op me rekenen,' zei ze. Die foto's konden wel wachten.

Een uur later stond Amelie op het plein midden in het dorp. Samen met Philomena probeerde ze publiek te werven voor haar comedyshow.

'We hebben een Duitse avond deze keer,' vertelde Philomena. 'We richten ons op toeristen.'

'Wat moet ik zeggen?' vroeg Amelie.

'Niets,' zei ze.

'Niets?'

'Ja.'

'O.'

Amelie staarde Philomena aan, die kennelijk vond dat ze duidelijk genoeg was geweest.

'Bij ons in de verpakkingsvrije winkel willen de mensen altijd precies weten wat ergens in zit voordat ze het kopen.'

'Je verkoopt niets,' legde Philomena haar strategie uit. 'Je geeft iets weg.'

Ze overhandigde de beduusde en compleet overrompelde Amelie een mand met afzonderlijk verpakte stroopwafels, die voorzien waren van twee stickers. Aan de ene kant stond: *Betaal met je glimlach*. Aan de andere kant las ze de cryptische boodschap: *Wil je meer?* Eronder stond een internetadres: *niemandemverraten.nl*.

Ze glimlachte trots: 'Dat was mijn idee,' zei ze. 'We zijn tenslotte een geheime comedyclub.'

Vol energie stortte ze zich in de drukte op het dorpsplein.

Philomena had haar eigen onconventionele wervingsmethode ontwikkeld en concentreerde zich op voorbijgangers die een koptelefoon op hadden. Opgewonden ging ze voor hun neus staan wapperen.

'Als ze blijven staan en hun oortjes uitdoen, heb ik meteen hun volle aandacht,' had ze haar bijzondere tactiek uit de doeken gedaan. 'De rest is kinderspel.'

Amelie was in haar element. Eindelijk kon ze de mannelijke blikken die haar volgden pareren. Haar onschuldige blik zei zoiets als *Ik zou je graag iets vragen maar ik ben helaas een beetje verlegen*. Bedeesd giechelend overhandigde ze een stroopwafel en liep dan vlug door naar de volgende voorbijganger. De koeken vonden gretig aftrek, zonder dat ze zich al te erg hoefde in te spannen.

Het ging geweldig en ze had er lol in, tot haar in de menigte ineens een feloranje jack opviel. Op de rug prijkte het bekende zwarte opschrift: YOU'LL NEVER WALK ALONE. Het was Thijs. Zo te zien had hij haar moeder in het hotel achtergelaten. Misschien moest ze uitrusten. Amelie wilde al op hem aflopen toen een andere vrouw haar voor was en hem uitgebreid omhelsde. Thijs drukte drie kussen op haar wangen. Toen hij zich losmaakte uit haar armen zag hij Amelie. Zijn glimlach bevroor.

20

Wil je met me trouwen?

Yella ademde diep in. De regenwolken waren weggetrokken, en met de zonnestralen keerde het leven terug. Terwijl Doro en Amelie zich met de rest van de familie weer naar het vakantiehuis begaven, liepen Helen en Yella naar zee.

De vloed stuwde het water aan land, golven met grote schuimkoppen sloegen spectaculair stuk op het strand, dat bespikkeld was met dappere zonaanbidders en wandelaars. Boven hen klapperden felgekleurde vliegers in de lucht.

Yella trok haar schoenen uit en rolde haar spijkerbroek op. Voorzichtig stak ze haar tenen in het water, om een moment later gegrepen te worden door een onverwacht grote golf. Het gekrijs van de meeuwen klonk spottend toen de schok van de kou door haar lichaam ging, maar na een paar meter was ze al aan de ijzige temperatuur gewend.

'Tien graden. Hoogstens,' zei Helen, die achter Yella aan liep.

De golven speelden rond haar witte enkels en tekenden met zeewier aan één stuk door nieuwe lijnen in het zand, die even vluchtig waren als de wolken aan de hemel. De Noordzee had een kalmerend effect op Yella. Met de onmetelijke zee voor ogen kwamen haar eigen problemen haar klein voor. Voor geen goud wilde ze de rest van de dag in dezelfde ruimte als Doro doorbrengen. Ze had gewoon even pauze nodig, vanwege haar grote zus. Maar bovenal had ze even pauze nodig vanwege zichzelf.

'Vind jij me vermoeiend?' vroeg ze beschroomd.

Helen beet op haar lip en keek haar onzeker aan. Eigenlijk zei dat al genoeg.

'Wees eerlijk,' drong ze overmoedig aan.

'Eerst drink je te veel, dan kom je niet op tijd je bed uit, komt als de langverwachte verrassingsgast op ons feest, zit gepikeerd in je eten te prikken, vervolgens word je misselijk en moet onze moeder achter je aan om je persoonlijk terug te halen aan tafel. En dan maak je ook nog ruzie met Doro. Maar verder vind ik je helemaal oké.'

'Vermoeiend,' zei Yella schuldbewust. Ze snapte maar al te goed hoe haar gedrag op anderen overkwam. Waarom lukte het haar niet om ontspannen met haar familie om te gaan? Ze deed zo haar best om het iedereen naar de zin te maken, maar bereikte uiteindelijk alleen maar het tegenovergestelde. Wat deed ze verkeerd? Hoe was ze in deze vicieuze cirkel terechtgekomen? Om eerlijk te zijn kon ze haar niet uitstaan, de Yella in wie ze veranderde zodra ze bij haar familie was. In nog geen achtenveertig uur had ze het voor elkaar gekregen om werkelijk iedereen tegen zich in het harnas te jagen. Haar verblijf in Nederland, een reeks van duizend minuscule verkeerde beslissingen en onoplettendheden, ontwikkelde zich tot een probleem.

'Soms is het moeilijk om te accepteren wie je geworden bent,' zei Helen troostend.

De hemel brak steeds verder open, zodat je de windmolens ver weg op zee goed kon zien. 'Thijs vertelde dat hij daar kabels heeft gelegd. Dat moet een hels karwei zijn.'

Ze gingen onder aan de duinen zitten en staarden zwijgend naar de zonsondergang.

'Ben je gelukkig?' vroeg Yella.

Helen haalde haar schouders op. 'Wie heeft ons eigenlijk aangepraat dat we altijd gelukkig moeten zijn? Werk betekent altijd stress, en elke relatie is een uitdaging. En dan moeten we ook nog eens de hele tijd gelukkig zijn.'

Yella lachte. 'Niemand wil ongelukkig zijn.'

'Ik vind het belangrijker dat wat ik doe zinvol is,' zei Helen. 'Ik wil iets voor anderen doen. En dat maakt me dan gelukkig.' Ze pauzeerde even. 'Als het meezit,' voegde ze daar nog aan toe.

'Wat is er eigenlijk met Paul en jou aan de hand?' vroeg Yella, waarmee ze haar zelfopgelegde terughoudendheid overboord gooide. En tot haar verbazing gaf Helen antwoord op haar vraag.

'Pauls werk is alleen maar een smoes,' zei Helen. 'Ik heb tegen hem gezegd dat hij niet mee mocht. Maar hij wilde per se komen. Daarom zit hij in een hotel.'

Helen loog nooit. Maar ze vertelde ook nooit de hele waarheid.

'Wat heeft hij voor vreselijks gedaan?' vroeg Yella voorzichtig.

'Ik weet niet of ik nog bij hem wil blijven,' zei Helen somber.

'Omdat...?' vulde Yella aan.

Ze had het gevoel dat ze op eieren liep. Bij Helen wist je nooit wanneer je te ver ging. Haar zus begroef haar tenen in het koele zand, tot ze op een schelp stuitte.

'Drie weken geleden heeft hij me een weekend ontvoerd,' begon ze hakkelend, waarna ze zichzelf meteen onderbrak. 'Ik weet echt niet of ik dat wel kan vertellen.'

‘Is het zo erg?’ vroeg Yella.

‘Hij nam me mee naar een kasteel, had een fantastisch etentje geregeld en is toen op zijn knieën gevallen en heeft me ten huwelijk gevraagd,’ zei Helen.

‘Dat is toch geweldig,’ zei Yella. ‘Wat is het probleem?’

Ze moest echt elk woord uit haar zus trekken.

‘Ik heb nee gezegd.’

Yella barstte in lachen uit. Helen sprong op en klopte het zand van haar kleren.

‘Ik meen het, Yella,’ zei ze op gekwetste toon.

Yella kwam moeizaam overeind uit het zand en liep achter Helen aan. In zuidelijke richting kon je de eerste strandhuisjes van het vijf kilometer verderop gelegen Egmond aan Zee onderscheiden, heel in de verte tekenden zich de hoge schoorstenen van de hoogovens van IJmuiden af.

‘Wat is er mis met trouwen?’ vroeg Yella. ‘Jullie zijn zo’n goed stel.’

‘Omdat we vrijwillig bij elkaar zijn,’ zei Helen. ‘Ik wil niet zo worden als onze moeder. Haar hele leven wacht ze op een man die haar gelukkig maakt. Ze vergeet dat ze verantwoordelijk is voor haar eigen lot.’

Yella keek haar aan. ‘Dus je zegt nee vanwege onze moeder?’

‘Paul wil trouwen. En hij wil kinderen,’ bekende Helen eindelijk. ‘Maar ik weet niet of ik dat kan. Ik ben nooit goed met kinderen geweest. Ook niet toen ik nog een klein meisje was. Ik ging vroeger al liever met volwassenen om. Maar niemand had zin om wereldproblemen te bespreken met een zevenjarige.’

Yella slikte. Helens halsstarrige onafhankelijkheid had ook een verdrietige kant.

‘Na papa’s dood was alles anders. Ik was een kind dat niet

kon wachten om volwassen te worden, met een moeder die zich gedroeg als een kind en zich ondergeschikt maakte aan die vent.'

Yella realiseerde zich dat ze in geen jaren over de donkere periode na de dood van hun vader hadden gepraat. Collectief vermeden ze het onderwerp dat onvermijdelijk tot tranen leidde.

'Kinderen zijn het mooiste wat er is,' zei Yella. 'Relaties zijn moeilijk.'

'Wat als het niet werkt? Wat als mijn kinderen dezelfde problemen hebben als ik? Dat heeft niemand verdiend. Wat als ik net zo'n slechte moeder ben als die van ons?'

'Ze was geen slechte moeder,' zei Yella.

'Wel,' zei Helen. 'Ze was een slechte moeder. En ze is nog steeds een slechte moeder.'

De wind droeg haar woedende woorden met zich mee. Even zaten ze zwijgend naar het strandleven te staren. Wandelaars worstelden met de stevige bries, een vader riep zijn zoon, maar kwam amper boven de brekende golven uit. Het jongetje sleepte een emmertje zeewater naar zijn vers gegraven slotgracht, terwijl zijn babyzusje uitprobeerde hoe zand smaakte. Overal werden foto's en filmpjes gemaakt. Ergens klonk muziek. Een groepje jongeren zat bij elkaar rond een draadloze minispeaker, als rond een denkbeeldig kampvuur. Yella wilde nooit meer weg van dit strand.

'Ik had altijd het gevoel dat ik niet werd gezien,' zei Helen. 'Hoe vaak ze ook in mijn oor fluistert dat ik haar lievelingetje was.'

'Heeft mama dat gezegd?' vroeg Yella geraakt.

Helen knikte. 'Ze heeft me apart genomen en me nogal samenzweerderig toegefluisterd dat ze zich het meest verbonden voelt met mij. Omdat ze mijn onafhankelijkheid bewondert.'

'Jij en Amelie zijn altijd haar lievelingetjes geweest,' zei Yella zwak.

'Ze liep met ons te pronken. Ze vond het heerlijk om ons aan te kleden alsof we poppen waren. Iedereen vond ons zo schattig, tot het moment dat we niet meer schattig genoeg waren om mee op te scheppen.'

Het leven van hun moeder was ongetwijfeld niet geworden waar ze als jonge vrouw van had gedroomd. Op haar achttiende was ze vanuit haar aartsconservatieve familie in de armen van de eerste de beste man gevlucht die haar een uitweg bood, waarna ze als stewardess aan het werk was gegaan. Het eerste kind was niet gepland geweest, toen de tweede op komst was hing ze haar baan definitief aan de wilgen, samen met haar ambitieuze plannen om met Johannes de wereld rond te reizen. Door de tweeling kon ze helemaal geen kant meer op. Echt vrolijk was ze alleen tijdens de vakanties in Nederland, als ze niet de hele dag druk was met de kinderen.

'Na het ongeluk was ze haar houvast kwijt,' verdedigde Yella haar moeder.

'Ook voor die tijd was ze er nooit voor ons, Yella.'

'We waren gelukkig hier. We waren de zomerzussen, uit een gelukkig gezin.'

'Nonsens,' zei Helen scherp.

Verbaasd keek Yella haar zus aan. Al haar woede leek eruit te komen.

'We werden aan ons lot overgelaten. Alleen viel dat hier niet zo op. Heb je je ooit afgevraagd wat ze in al die zomers deed wanneer wij op het strand zaten of zonder toezicht over de camping struinden?'

'Wat bedoel je daarmee? Waar wil je heen?'

'Ik weet alleen dat ze maar weinig belangstelling voor ons had.'

Yella had de indruk dat Helen meer wist dan zij. In dat olifantengeheugen van haar ging niks verloren.

'Je bedoelt dat we de zomerzussen waren omdat er verder niemand voor ons zorgde?' vroeg Yella voor de zekerheid.

'Ik wil niemand verantwoordelijk maken voor mijn geluk,' pakte Helen de draad van haar verhaal weer op. 'Niet eens op papier. En ik wil voor niemand anders verantwoordelijk zijn. Laat staan voor een kind.'

Yella kon zich niet herinneren wanneer ze voor het laatst zo open met haar zus had gepraat.

'Misschien was alles anders geweest als papa nog had geleefd,' zei Helen er zachtjes achteraan.

Yella pakte Helens hand en gaf er een kneepje in. Haar zusje was zo introvert dat je haar makkelijk verkeerd begreep. In tegenstelling tot Doro, die altijd publiek nodig had, en Amelie, die snel onzeker was, leek Helen niet onder de indruk van wat andere mensen van haar vonden. Even verschenen er scheurtjes in de muur die Helen om zich heen had opgetrokken. Misschien leek Helen meer op haar dan ze altijd had gedacht.

'En hoe zit het met jou?' vroeg haar zus. 'Waarom zijn jullie nooit getrouwd?'

'David en ik hebben sowieso levenslang, alleen al vanwege de jongens,' zei Yella. 'Als wij al niet getrouwd zijn, wie dan wel?'

Helens hardnekkige zwijgen dwong haar om verder te praten. Het viel niet mee om haar oplettende zus iets op de mouw te spelden. Ze leek haar uitwijkmanoeuvres te doorzien.

'David heeft me nog nooit gevraagd,' gaf ze kleintjes toe. 'Eén keer dacht ik dat het zover was. Hij ging ineens op z'n knieën.'

'En toen...?'

'Toen gaf hij me een mooie steen die hij op de grond had gevonden,' zei Yella.

Ze lachten.

'Misschien is het ook wel goed zo. Ik weet niet eens of ik hem eeuwige trouw zou kunnen beloven. Het is zo moeilijk.'

Helen schoot opeens in de lach. 'Onze moeder vindt getrouwd zijn stukken belangrijker dan wij. Het kan haar niet eens schelen of de kandidaat het wel waard is.'

Uit de speaker van de jongeren waaide een bekend lied hun kant uit. '*You'll never walk alone.*'

Yella liet zich aansteken door de melodie en begon mee te zingen: '*Walk on through the wind, walk on through the rain, though your dreams be tossed and blown, walk on, walk on, with hope in your heart and you'll never walk alone.*'

Naast haar was Helen wit weggetrokken. Haar hele houding was veranderd.

'*You'll never walk alone*,' herhaalde ze. 'Ik zat me de hele tijd al af te vragen waar ik die tekst eerder had gezien.'

Ze pakte haar telefoon en scrolde door Amelies Instagram-account, tot ze het filmpje had gevonden dat Amelie op het terras had gemaakt en dat zoveel reacties en likes had gekregen. Ze zoomde in op het oudere stel, dat kennelijk niet alleen haar tweelingzus had ontroerd. Over de stoel hing het oranje jack met het opschrift: YOU'LL NEVER WALK ALONE. NIJMEGEN 2012. Het was de jas van Thijs.

In een strandtent in Egmond aan Zee dronken Yella en Helen een kop thee. Ze hadden geen oog meer voor golven, het strand en de magische sfeer. Met behulp van de browser en Google Translate zochten ze het internet af naar verdere informatie. NIJMEGEN 2012 ging blijkbaar over een evenement waarbij je vier dagen lang in de omgeving rond Nijmegen wandelde: de beroemde Vierdaagse.

'Dertig, veertig of vijftig kilometer per dag, samen met meer dan veertigduizend andere wandelaars,' las Helen voor. 'Dan loop je inderdaad niet *alone*. Geen wonder dat Amelie zoveel reacties heeft gekregen.'

In een oude uitgave van het *Noordhollands Dagblad* vond Yella een artikel over het zware offshorewerk op een booreiland, waarin onder anderen Thijs Janssen werd genoemd. Zijn ex-vrouw, de moeder van zijn kinderen, was een van de geïnterviewden: 'Je kunt geen huwelijk hebben,' had de journalist opgetekend, 'als je man op de Noordzee zit. De kinderen zien hem wekenlang niet. En als hij een keer thuis is wil hij de bloemetjes buiten zetten. Het scheidingspercentage onder offshore-arbeiders is enorm.'

Een paar jaar later berichtte dezelfde krant over een bedrijfsongeval waarbij Thijs zwaargewond raakte. Daarna waren ze zijn digitale spoor kwijt. Een klusbedrijf dat op zijn naam stond ingeschreven konden ze niet vinden. Niet voor en niet na corona. Hoe zou hij de afgelopen jaren de kost hebben verdiend?

Als een ui pelden ze stukje bij beetje de kern van een biografie tevoorschijn. Thijs Janssen had de helft van zijn leven op zee doorgebracht en was een recidivist op het gebied van huwelijken, scheidingen en mislukte gezinnen.

'Hij past voor geen meter bij haar,' zei Helen. 'Wat ziet ze in hemelsnaam in hem?'

Dokter Deniz zei altijd dat achter elke daad een goede bedoeling school. Ze geloofde er heilig in dat haar moeder die goede bedoelingen ook achter Thijs zocht. Maar was dat terecht?

‘Onze moeder verzwijgt iets,’ herhaalde Yella. ‘Net als Thijs.’
Helen knikte alleen maar.

21

Herinneringen

Na een onrustige nacht was Yella veel te vroeg wakker geworden. Onmiddellijk werd ze geconfronteerd met de schrikbeelden van de vorige dag: de verrassende trouwplannen van haar moeder, de ruzie met Doro, het smeulende conflict met David, de verwarrende informatie over Thijs.

Toen ze thuiskwamen van het strand hadden ze Amelie aangesproken op het filmpje van het terras. Maar zij zag er niets verontrustends in.

Ze lachte. 'Ik ben die twee gisteren op het dorpsplein tegengekomen,' zei ze. 'Dat is zijn ex-vrouw. De tweede. Ze is bloemiste en levert de bloemen voor de bruiloft. Daarom spreken ze soms met elkaar af.'

Yella wilde dat ze zo goedgelovig was als haar zus.

'Ze zijn maar twee jaar getrouwd geweest. Daarom kunnen ze het nog zo goed met elkaar vinden,' had haar zus Thijs geciteerd. 'En drie kussen als begroeting zijn in Nederland heel normaal. Wist ik ook niet.'

Yella verkeerde in tweestrijd. Als je het filmpje beeld voor beeld analyseerde kon je inderdaad niet met zekerheid zeggen of die twee een stel waren of gewoon beste vrienden die bloemstukken bespraken en proostten op Thijs' aanstaande huwelijk.

Die ochtend was de chaos in Yella's hoofd nog niet opgetrokken. Hoe had haar leven in zo'n kort tijdsbestek zo kunnen ontsporen?

Misschien moest ze Amelies antistressprogramma volgen en de dag beginnen met positieve affirmaties.

'Ik heb grip op mijn leven,' wist ze door het tandpastaschuim uit te brengen. 'Ik kan alles, ik hou van mezelf, ik ben aantrekkelijk, ik ben een waardevol persoon en verdien het om gelukkig te zijn. Ik ben geduldig en evenwichtig en laat me door niets en niemand provoceren. Zelfs niet door Doro.'

Het programma werkte bij Yella niet beter dan bij Amelie, die ondanks affirmaties en mindfulness altijd wat verloren overkwam.

Iedereen in het vakantiehuis was nog diep in slaap toen ze op haar tenen de trap af sloop. Als kind was ze in de vakantie vaak stiekem de tent uit gekropen om nog voor zonsopgang wat rond te struinen. Ze hield nog altijd van die speciale ochtendsfeer, het moment van alleen-zijn voordat de dag aanbrak, voordat het leven weer onoverzichtelijk en gecompliceerd werd.

Ze schrok toen het eerste wat ze zag haar eigen, dertienjarige gezicht was. Een van haar zussen had het zeelandschap van het haakje gehaald en in plaats daarvan het recentelijk opgedoken zussenportret aan de muur gehangen. Met de smalle zwarte lijst paste het perfect bij de inrichting, alsof het zijn ultieme bestemming had gevonden. Opnieuw bekroop Yella dat vreemde gevoel dat het geheim diep in deze afbeelding verborgen zat. Haar blik gleed over de gezichten van haar zussen en bleef rusten op haar eigen boze gezicht. Wat stoorde haar toch zo aan die foto? Had haar moeder inderdaad geprobeerd om onder een antwoord uit te komen toen ze haar nog een keer hadden gevraagd hoe de foto zijn weg naar Keulen had gevonden? Zonder een flinke dosis cafeïne lukte het haar niet om haar gedachten helder te krijgen.

De keuken lag precies naast Amelies kamer. Om geen herrie te maken besloot Yella in het dorp op zoek te gaan naar verse broodjes en een kop koffie.

Na de ervaring van de vorige dag lette Yella goed op de route die ze nam. Zolang je je niet door een Schotse hooglander in de struiken liet drijven, was het zelfs voor wandelaars en fietsers die hier niet bekend waren kinderspel om je te oriënteren. Op lantaarnpalen wezen gekleurde pijlen de weg van knooppunt naar knooppunt. Zonder al te veel moeite volgde ze de route die met een grote boog het dorp in liep. Had ze tot dan toe vooral het bos en de duinen verkend, nu koos ze voor de zuidkant van het dorp, waar je vrij uitzicht over het polderlandschap had.

De zon verstopte zich achter een grauw wolkenfront. De ochtendmist hing nog in nevelige flarden boven de akkers, de weilanden glansden vochtig van de ochtenddauw. Ze zoog elk detail in zich op. Yella's ogen dwaalden over het vlakke landschap. Verheugd ontdekte ze de vage contouren van een molen, die vermoedelijk kilometers ver weg stond. Ernaast doorkruiste een boot het landschap, alsof hij zichzelf een weg door de akkers ploegde. Balancerend over een smal houten bruggetje stak ze een van de talloze sloten over die een teveel aan water van de akkers moesten afvoeren en het landschap arceerden. Het wandelpad leidde over privéterrein, langs akkerranden en steile oevers. Steeds weer werd haar weg versperd door afrasteringen die speciaal voor wandelaars waren uitgerust met een klein houten opstapje. Plotseling flitste er iets over het water. Ontroerd herkende ze een ijsvogel, die zich pijlsnel in het water stortte. In de slaapkamer boven haar bed hing een piepklein tekeningetje van haar vader, waarop hij met een paar snelle streken en enkele stipjes verf de karakteristieke vogel met zijn lange snavel en felblauw-oranje verendek had geschetst. Yella zag het als een goed teken dat het vogeltje haar vergezelde. Als een groet uit een verre wereld, droevig en troostend tegelijk. Ze vergaapte zich aan de monumentale huizen met hun prachtige namen op het Wiertdijkje, alvorens linksaf de Voert in te slaan om langs landgoed 't Oude Hof in de richting van de hoofdstraat te lopen.

Ze werd opgeslokt door een groene muil. De scheve bomen van de Eeuwigelaan bogen nieuwsgierig over haar heen. Onder het bord FIETSSTRAAT. AUTO TE GAST stond de belangrijkste aanwijzing: CENTRUM 500 METER. Links van haar dook Museum Kranenburgh op, een imposante bakstenen villa met een moderne glazen aanbouw. Hoe vaak had ze niet rondgerend in de bosrijke beeldentuin van de kunstcollectie, terwijl haar vader de werken van de beroemde Bergense School bestudeerde? Aan het begin van de twintigste eeuw hadden veel bekende kunstenaars zich in het nog jonge dorp gevestigd. De kunstenaarskolonie had landelijke betekenis verworven en tot op heden niks aan uitstraling ingeboet. Nog altijd woonden er bovengemiddeld veel kunstenaars in het dorp. Haar vader onderzocht in Bergen niet alleen nauwgezet kleurgebruik en lichtval van de door de impressionisten beïnvloede kunstenaars, maar liet zich ook inspireren door de werken van contemporaine schilders en beeldhouwers. Ze dacht aan al die open dagen waarop ze van 's ochtends tot 's avonds ateliers hadden bezocht. Terwijl haar vader ervaringen uitwisselde met bevriende kunstenaars en hun werken bewonderde, smikkelde ze van de gele spritsen en kleverige stroopwafels die bijna overal klaarstonden voor de bezoekers. Voor de kinderen was er mierzoete limonade, die ranja werd genoemd.

Elke meter die ze aflegde in het dorp zat vol herinneringen. De afstanden en afmetingen die ze in haar hoofd had kwamen nergens overheen met de werkelijkheid. Het park leek groter, de lage huizen in het centrum veel kleiner, de wegen drukker. Aan alle kanten begrensden bomen het zicht. Ooit moesten er duizenden zijn aangeplant in het centrum van Bergen. Rechts en links van de laan stonden monumentale miljoenenvilla's met rieten daken eensgezind naast hypermoderne bungalows met uitgestrekte tuinen, die ongetwijfeld ook astronomische bedragen hadden gekost. De weg langs het museum, dat wist ze nog van vroeger, vormde de onverwacht smalle flessenhals naar het centrum. Van veel bomen was de bast gehavend, waaruit je kon concluderen dat niet iedere automobilist erin was geslaagd om op de smalle weg te blijven. Onwillekeurig moest ze aan het ongeluk van haar vader denken. Het leek alsof de tussenliggende jaren als sneeuw voor de zon wegsmolten. Achter elke bocht verwachtte ze zijn lange magere gestalte te zien. In de straten van dit Hollandse dorp was Johannes Thalberg pijnlijk aanwezig. Onophoudelijk bracht de wind, die vanaf de Noordzee door de straten wervelde, verloren gewaande beelden met zich mee. De wandelingen met haar vader waarbij hij haar op dieren, planten en een bijzondere lichtval wees, zijn blijdschap als hij een zeldzame vogel zag, een onbekende varensoort of bewoonde nestkastjes, zijn grote warme hand in de hare.

De lawine aan herinneringen dreigde Yella met huid en haar te verslinden. Afgesneden van haar normale leven, zonder het eeuwige gehaast dat haar ervan weerhield stil te staan bij het verleden, veranderde ze weer in het meisje van vroeger. Het was alsof de kleine Yella nog altijd door de smalle straatjes van het dorp danste. Een deel van haar was hier gebleven toen ze na het ongeluk overhaast waren vertrokken. Alles in Bergen vertelde het verhaal van het gezin dat ze ooit waren geweest. Maar waar was haar moeder in dit plaatje? Had de rouw alle positieve gedachten ondergesneeuwd? Of was ze echt zo afwezig geweest als Helen beweerde? In plaats daarvan zag ze mensen voor zich aan wie ze in geen jaren had gedacht. Wankelend liep ze verder. In elk gezicht dat op haar pad kwam zocht ze koortsachtig naar mensen van vroeger. Zou iemand hier zich hun gezin nog herinneren? Hoe zou het bijvoorbeeld met Sjaak met de enorme flaporen zijn, die in de snackbar op het dorpsplein friet met dikke witte mayonaise verkocht, of met Frenkie, de blonde surfer op wie ze die laatste zomer hopeloos verliefd was geweest?

Elk huis, elke boom, elke steen leek een geheime boodschap te verbergen. FIND ME LATER stond uitnodigend op een met krulletters beschreven bordje, een pijl gaf de richting aan. Met bonzend hart volgde ze de wegwijzer, om te constateren dat FIND ME LATER de naam van een winkel in antieke woonaccessoires en meubels was. Ze had het kunnen weten, want het woord BROCANTE dat onder de naam van de winkel stond werd in Nederland vaak gebruikt voor rommelmarkten, om het geheel een Frans tintje te geven.

In de nauwe straatjes bevonden zich talloze restaurants, cafés en winkels. Een stukje verderop, ingeklemd tussen chique lifestylezaken, verbijsterend dure boetiekjes, een slager waarvan ze het logo met de blauwe K en het rode kroontje nog van vroeger herkende en een groenteboer, bevond zich Het Stokpaardje, de kindermodewinkel waar ze elk jaar opnieuw in de kleren werden gestoken voor het wisselvallige Nederlandse weer. Nooit hadden ze in Keulen de juiste garderobe ingepakt om wind en wolkbreuken mee te trotseren. Nooit ging de veelvuldig op de proef gestelde regenkleding langer mee dan één vakantieseizoen. Ze herinnerde zich het gekraak van haar spiksplinternieuwe regenpak toen haar vader haar in deze straten had leren fietsen. '*Ich kann jetzt* fietsen,' had Yella haar vriendin in Keulen in vakantiekoeterwaals meegedeeld.

Yella had het gevoel dat ze zich door het museum van haar eigen leven bewoog. In gedachten was ze zo druk op zoek naar herinneringen dat ze niet merkte dat ze een doodzonde beging. Ze liep achteruit om een foto van een bijzonder fraaie gevel te maken toen ze op een haartje na door een fiets omver werd gereden.

'Sorry!' riep een vrolijke jongeman op die typisch Hollandse manier, met een scherpe s aan het begin.

Met een gehaaste sprong week ze uit naar achteren, om bijna overhoop te worden gereden door een spookfietser. Een kindje van een jaar of zes riep haar brutaal iets toe wat vermoedelijk 'Aan de kant, ik kom eraan!' betekende, achter haar reed haar kleine broertje met een dikke luierbips op een loopfietsje. Zelfs de kleinste Hollandertjes beschikten over een onverstoorbaar fietserszelfbewustzijn en lieten zich door niemand de weg blokkeren. Nederlandse automobilisten toonden respect voor de tweewielers, die kennelijk met ingebouwde voorrang werden geleverd.

Yella verbaasde zich over de rust. Terwijl in Berlijn de ochtendgekte al lang was begonnen, heerste hier in het dorp een prettige sfeer. De bomen die overal langs de straten stonden vormden een beschermend dak. Daaronder hadden de mensen opvallend veel tijd en goede zin. In de geluksatlas scoorde Berlijn doorgaans erg slecht. De moeders en vaders stonden zich 's morgens op het schoolplein over van alles druk te maken: stijgende huren, veel te lage inkomens, de bus die niet op tijd was of te vol zat, de meest recente burn-out, de kou, de hitte, de bouwput op de hoek, het gebrek aan slaap, toeristen op segways en het weer. En dat van oktober tot maart, wanneer er in Berlijn een chronisch gebrek aan zon was.

In Bergen ging het er een stuk gezelliger aan toe. De fiets was in Bergen de eerste keuze voor alle dagelijkse activiteiten, wat het tempo omlaagbracht en, mits je de fietsers niet in de weg liep, het leven een zorgeloos tintje gaf. Ouders fietsten met hun kinderen in zitjes aan het stuur, op verlengde, met kussens uitgeruste bagagedragers of in brede bakfietsen naar school, een man in pak en met aktetas sprong op zijn racefiets, tieners fietsten in troepen naar de middelbare school in Alkmaar, de eerste dorpsbewoners keerden al met volle boodschappentassen terug van de supermarkt. Haar aandacht werd getrokken door een ouder stel met e-bikes, omdat ze de enigen waren die een helm droegen. Ze bleven staan voor een café waar net de stoelen buiten werden gezet.

'Man, wat heb ik een honger,' zei een mannelijke stem in zuiver Ruhrpott-dialect.

Terwijl Yella haar zoons niet zonder hoofdbescherming op hun fietsjes liet stappen, waren in Nederland helmen kennelijk alleen voor toeristen.

Geschrokken hield Yella haar adem in toen ze een stukje verderop de oude winkel met teken- en schilderbenodigdheden zag: JONKMANS. ART, VERF EN LIJSTEN. Met bibberende knieën liep ze naar de etalage om een blik op het interieur te werpen. Zou de zonderlinge eigenaar er nog zijn, die alle tinten blauw die er op de wereld bestonden aan haar vader had verkocht? Met een klap vloog de deur open. Yella dook ineen, alsof ze op iets verbodens werd betrapt.

Een lange magere man verliet de winkel. Zijn gezicht ging schuil achter een schilderij. Een moment lang koesterde ze de absurde hoop dat achter het linnen doek haar vader liep. Maar al te vaak had Johannes Thalberg, in plaats van even snel de boodschappen voor zijn gezin te doen, een tussenstop bij Jonkmans gemaakt om tussen de lange schappen met pigment, verf, penselen en papier te dwalen. En maar al te vaak was hij naar de camping teruggekeerd met een nieuw schetsblok, speciale potloden of uitnodigingen voor tentoonstellingen, atelierbezoekjes en schildercursussen, maar zonder melk, de gewenste pasta of brood voor het ontbijt. Yella voelde vreemde schokgolven door haar lijf gaan. Ze staarde de man veel langer aan dan sociaal wenselijk was.

Hij draaide zich een paar keer naar haar om en lachte vriendelijk.

'Gaat het?' vroeg hij.

Toen ze niet reageerde probeerde hij het in het Duits: '*Alles in Ordnung?*'

Yella knikte snel. 'Ik dacht dat u iemand anders was,' mompelde ze en ze ging ervandoor.

'Geen probleem,' riep hij haar na. 'Dat gebeurt me wel vaker. Ik heb een allemansgezicht.'

Yella moest aan het merkwaardige zussenportret denken dat twintig jaar lang in het magazijn van deze winkel verstopt was geweest voordat Thijs het toevallig had gevonden en naar haar moeder had gebracht. Wat was het toch wat haar dwarszat aan die foto en het verhaal eromheen? Ze kon de vinger er maar niet op leggen. Bijna opgelucht zag ze een paar meter verderop het vertrouwde blauw-witte logo van Albert Heijn. Meteen ernaast zat de bakker. Eindelijk koffie!

22

Zes voor de prijs van vier

De winkelbel rinkelde vrolijk toen Yella de bakkerij betrad. Het aanbod was overzichtelijk vergeleken met dat van haar Berlijnse bakker, die zelfs vijftien minuten voor sluitingstijd nog een keur aan broodjes, gebak en taart had. In de rij voelde ze zich weer het kleine meisje dat nerveus op haar beurt stond te wachten. Van alle kanten vlogen de Nederlandse woorden haar om de oren. 'Dag', 'Tot ziens', 'Een halfje', wat betekende dat het brood in een snijmachine werd gelegd en met veel geratel in tweeën werd gedeeld.

Van vroeger wist ze nog dat ze er in het dorp niet zo van hielden als je klakkeloos in het Duits begon te praten. En dat terwijl veel van de mensen hier de taal probleemloos verstonden. De kinderlijke onbevangenheid waarmee ze vroeger de vreemde taal had uitgeprobeerd, niet bang om fouten te maken, was ze kwijt. Yella wilde zich er net door middel van aanwijzen en gebaren van afmaken toen er vanuit de diepste krochten van haar geheugen een zinnetje naar boven kwam. '*Mag ik vier krentenbollen, alstublieft?*' Hoeveel stranddagen aan de Noordzee waren niet met die vraag begonnen? '*Dank u wel,*' zei ze automatisch toen ze een langwerpig zakje met zes zachte broodjes overhandigd kreeg. Zes krentenbollen, had het meisje achter de toonbank haar vriendelijk uitgelegd, waren goedkoper dan vier. Ook dat kon Yella zich nog levendig herinneren: in Nederlandse winkels had je continu bulkkorting, speciale aanbiedingen en spaaracties. Elke zomer gristen ze de Shell-zegeltjes uit de handen van hun ouders, knipten Douwe Egberts-punten uit de koffieverpakkingen en verzamelden nauwgezet de kortingsbonnen die je bij de verschillende supermarkten kreeg. Ze spaarden voor badhanddoeken, speciale mokken, tafellinnen, bestek of opbergdozen. Favoriet waren de cadeautjes voor kinderen die je kreeg bij besteding van dertig gulden of meer. Soms bleven ze zelfs bij de kassa hangen om bij andere klanten te bedelen om de felbegeerde stickers voor het verzamelalbum, sleutelhangers, tattoos of miniatuurproducten voor het winkeltje.

Ontroerd maakte Yella een foto van de langwerpige plastic zak met broodjes en stuurde hem naar de WhatsAppgroep. Wie wil? vroeg ze. Zo te zien waren de zussen inmiddels wakker, want de antwoorden kwamen meteen binnen: Voor mij niet, schreef Helen. Ik heb gisteren te veel gegeten.

O mijn god, wat heb ik die als kind gehaat. Ik was de halve dag bezig om de krenten eruit te pulken, antwoordde Amelie. Ik verdacht jou er altijd van dat je ze alleen maar kocht zodat je er twee kon eten. En haar oudste zus bevond zich weer eens op planeet Doro. Zonder een antwoord op de eigenlijke vraag te geven stuurde ze een spraakbericht: 'Yella, als je toch boodschappen doet, zou je dan alsjeblieft zwarte thee voor me mee kunnen nemen? PG Tips graag, niet die piramidezakjes maar de losse. Als je die niet vindt, dan groene thee, maar alleen de Japanse matcha. Van die goedkope krijg ik hartkloppingen. Maar alleen als het niet te veel is, lieverd. En misschien nog melk voor in de koffie, havermelk, maar let er wel op dat er geen kunstmatige toevoegingen in zitten. Sommige merken gooien er fosfaat en kunstmatige vitamines in...'

De rest van de melding ging verloren in het gesis van het koffieapparaat.

'Dank je, je bent een schat, Yella!'

Welkom in Doro's wereld. Kennelijk was ze de ruzie van gisteren alweer vergeten. Even later kwam er een tweede spraakbericht binnen.

'Als je überhaupt nog met me wilt praten,' zei Doro, ze klonk verrassend berouwvol en bedeesd. 'Het spijt me, Yella. Ik ben zo gestrest. Die hele trouwerij rust op mijn schouders. Ik weet gewoon niet waar ik moet beginnen.'

Er volgde een stortvloed aan excuses, waarin vooral het woordje *ik* voorkwam. Doro was gespecialiseerd in verbale aanvallen en wereldkampioen excuses aanbieden. Als ze geen zussen waren zouden ze het hoogstwaarschijnlijk niet met elkaar uithouden. Maar deze keer zou ze er niet in trappen, in dat gejammer van haar. Ze wiste het bericht en slenterde op haar gemak naar de kerk die, omringd door bomen en iets hoger gelegen, over het dorp waakte. RUÏNEKERK. PROTESTANTSE KERK. EVANGELISCHE KIRCHE. ÉGLISE RÉFORMÉE: het drietalige houten bord verwees naar het cultuurhistorische belang van het imposante bouwwerk. Alles was beter dan meteen terug naar het vakantiehuis te lopen, waar Doro alle zuurstof voor zichzelf opeiste.

Yella ging aan een van de lange houten tafels zitten die uitnodigend voor de kerk stonden, dronk haar hete koffie verkeerd en nam genietend een hap van haar zachte krentenbol, die zo heerlijk naar vroeger smaakte. De kerk leek veel te groot voor dit dorp, waar de kleine huizen dicht tegen elkaar aan stonden. De enorme boogvormige ramen in de vervallen bakstenen muren getuigden van vroegere grootsheid, kogelgaten van een oorlogsverleden vol leed.

Pragmatisch als ze waren hadden de Hollanders de verwoeste kathedraal zo goed en zo kwaad als het ging weer opgebouwd. De ene helft van de kerk was intact, de andere bestond nog slechts uit brokstukken van de vijftiende-eeuwse muren, die als een monumentale rij tanden omhoogschoten uit het goed bijgehouden grasveld. Tegen de achterwand van het gehalveerde schip, omringd door pittoresk verweerde muren, was een laag, donker gebeitst houten huis geplakt, dat leek op de huizen in het dorp. Wat eruitzag als woonhuis was in werkelijkheid de ingang van de kerk. De puntige gevel van het huisje, met links en rechts een zijvleugel die net groot genoeg was voor een raam, was afgebiesd met witte verf, alsof Leo de omtrekken van het huis had overgetrokken met een dikke witte viltstift.

Ze pakte haar telefoon, maakte een foto en bekeek Davids berichtjes nog een keer. Ze was hem oneindig dankbaar dat hij haar zoons niet in hun ruzie betrok. Weliswaar gaf hij afgemeten antwoorden die alleen nog over de kinderen gingen, maar hij hield haar op de hoogte en overhandigde zijn telefoon regelmatig aan de jongens. Leo vertelde met overslaande stem over de piratenschat die ze in Penelopes tuin hadden gevonden, en Nick moest en zou de schram op zijn knie aan mama laten zien. Yella's hart brak toen ze de tranen in zijn ogen zag, zelfs na vijf keer afspelen. Ze stuurde Leo een paar lieve woorden met een gifje van een kat die als piraat verkleed was, en Nick stuurde ze een kort filmpje waarin ze in de camera blies. 'Voor als je nog een keer valt,' zei ze.

Toen haalde ze het notitieblok uit haar handtas. Bij de start-up waar ze werkte werd ze altijd uitgelachen als ze pen en papier nodig had om haar gedachten op een rijtje te zetten, in plaats van haar gedachten te ordenen met behulp van apps. In stilte bood ze haar excuses aan aan dokter Deniz, de grootste voorvechter van het nadenken met pen en papier. Vroeger had ze zijn werkwijze als ouderwets afgedaan. Nu deed het haar goed om alles wat er de afgelopen achtenveertig uur was misgegaan met de hand om te zetten in een prioriteitenlijstje.

Op 1 stond *David*. Sinds de uitnodiging van haar moeder op de mat was gevallen hing er een soort permanente onweersdreiging boven hun hoofd. Misschien hadden zich in de jaren waarin alles om kinderen en werk draaide te veel onuitgesproken dingen opgestapeld. Ze besloot dat het weinig zin had om de misverstanden op afstand uit de weg te willen ruimen. Ze stelde het verhelderende gesprek uit tot een moment waar ze fysiek tegenover elkaar zouden zitten.

Op 2 schreef ze *Doro*, met vier grote vraagtekens erachter.

Kinderstemmen waaiden haar kant uit. Er rolde een bal voor haar voeten, twee kleine meisjes renden erachteraan. 'Niet doen!' krijste het snelste meisje toen haar zusje haar bij haar trui greep om de bal af te pakken. 'Laat me los!' Zoveel Nederlands verstond Yella nog net. Ze vielen en veranderden in een kluwen van armen en benen. Met een krachtige haal streepte Yella Doro's naam door. Ze hadden duizend keer ruzie gehad en duizend keer had Doro haar excuses aangeboden. Ze wist gewoon niet hoe ze met de stemmingswisselingen van haar grote zus moest omgaan.

Toen schreef ze *Mama* op, maar ook dat kraste ze door en ze schreef er *Thijs* voor in de plaats.

Toen ze opkeek zag ze dat ze niet langer alleen was. Helen

kwam met een kop koffie uit de bakkerswinkel.

'Ik kon niet slapen,' zei Yella.

'Ik ook niet,' zei Helen.

Met een kreun ging ze naast Yella zitten. 'Ik heb over papa gedroomd,' vertelde ze.

'Ik wou dat ik ook eens over hem droomde,' zei Yella bedroefd. 'Zei hij iets tegen je?'

'Weet u misschien waar ik ravioli in blik kan vinden?' zei Helen.

Yella keek haar verbaasd aan. 'Wat?'

'Ik kwam hem tegen in de supermarkt. Onze vader zocht een blik ravioli. En hij zei u tegen me.'

Yella verslikte zich haast van het lachen.

'Jaren heb ik gehoopt dat papa een brief voor ons had verstopt waarin dingen stonden die ik nog niet over hem wist. Een brief waarin hij me een of andere wijsheid naliet voor het leven als volwassene. Iets om me aan vast te houden. En dan duikt hij op in mijn droom en vraagt naar ravioli in tomatensaus,' zei Helen. 'Ik gruw van ravioli in blik.'

'Hij was er zo gek op omdat het altijd hetzelfde smaakt,' zei Yella. 'Papa wilde altijd hetzelfde. Dezelfde camping, dezelfde vakantie, hetzelfde dagritme.'

Helens mondhoeken trilden. 'Er is zo weinig over van onze jeugd. Hij herkende me niet eens.'

Helen kreeg tranen in haar ogen. Zo emotioneel had Yella haar zus niet eerder meegemaakt.

'Ik begrijp niet waarom onze moeder per se hiernaartoe wilde,' zei Helen. 'Al die herinneringen zijn me te veel.'

Yella gaf haar een kus op haar wang.

'Laten we wat moois maken van deze dag.'

'Wat stel je voor?' snifte Helen.

'Laten we nog eens van voren af aan beginnen. Bij de zussenfoto.'

Helen nam een slok hete koffie.

'Weet je wat me bezighoudt?' begon ze aarzelend. 'Het verbaast me dat onze vader die überhaupt heeft laten inlijsten. Dat deed hij niet eens met zijn eigen foto's.'

Helen had gelijk. De dierentuinfoto's, alle gezinskiekjes, zelfs zijn tekeningen belandden in kartonnen dozen op zolder.

'Het gaat er niet om dingen te bezitten, Yella,' zei hij altijd. 'Het gaat om het proces van het creëren.'

Yella dacht aan de kleine ijsvogel boven haar bed, die ze zelf had laten inlijsten: 'Hij had nooit het gevoel dat iets goed genoeg was om op te hangen.'

'Als je iets achter glas zet is het afgesloten. Dan houdt het op te leven,' herhaalde Helen de woorden van hun vader.

'Laten we de foto nog eens nauwkeuriger onderzoeken,' zei Yella.

Helen knikte. Het gevoel dat ze eindelijk op een bruikbaar spoor zaten schiep een band.

23

Iets ouds, iets nieuws

Yella zette havermelk en thee op het aanrecht in de keuken. Doro keek haar verrast aan, alsof ze absoluut niet had verwacht dat Yella dat ook echt voor haar zou doen.

'Wow,' zei ze verbluft. 'Dat is heel erg aardig van je.'

'Bedank Helen maar,' antwoordde Yella koeltjes, waarna ze haar domweg de rug toekeerde en wegliep.

In het voorbijgaan registreerde ze ietwat jaloers dat haar zus er zelfs in vrijetijdskleding fantastisch uitzag. Yella vroeg zich af hoelang Doro bezig was geweest om haar haar zo vakkundig in de war te krijgen en haar make-up zo nonchalant aan te brengen dat het haar geen enkele moeite gekost leek te hebben om er zo onopgedoft uit te zien. Onder een enkellange zandkleurige kasjmiermantel droeg ze een knalrode nauwsluitende sportoutfit die haar navel vrijliet, precies bloot genoeg om een indrukwekkende sixpack te laten zien. Haar fraaie enkels waren gestoken in sportschoenen van Prada met een doorzichtige zool. Zelfs vroeg op de ochtend kreeg Doro het voor elkaar om zowel glamour als een werkmodus uit te stralen. Terwijl Doro de zoom afspeldde balanceerde Amelie op de keukentafel, in een stralend witte onderrok, omringd door lappen stof, potloden, een lijmpistool, rollen draad, glitters, garen en koffiekopjes. Amelie was even lang als hun moeder, en sinds Henriette Thalberg zo was afgevallen leek ze ook qua figuur het meest op haar.

Doro klikte een van de harde koffers open en haalde er een draagbare naaimachine uit, uit een tweede haalde ze het prototype van de trouwjurk. Het gedetailleerde ontwerp maakte op pijnlijke wijze duidelijk hoelang ze al op de hoogte was van hun moeders plannen.

'Wie ben ik om Henriettes plannen te doorkruisen?' rechtvaardigde ze haar stilzwijgen. 'Ze had me vermoord als ik haar verrassing had verpest.'

Yella maakte een wegwerpgebaar. 'Is al goed,' zei ze.

Het was helemaal niet goed. Maar ze had geen zin in de zoveelste excuusriedel. Ze was klaar met Doro. Ook zonder havermelk en thee.

'Onze moeder wil op blote voeten op het strand trouwen, en ik ga ervoor zorgen dat ze er geweldig uitziet,' zei Doro defensief, alsof ze dringend behoefte had aan Yella's goedkeuring.

'Ze kent hem amper,' gaf Helen ter overweging.

Yella was haar bijna dankbaar dat ze het gesprek in een andere richting stuurde.

'Nou en? We zijn hier niet om haar keuze in twijfel te trekken. Zolang Thijs er niet met onze erfenis vandoor gaat heeft ze mijn zegen.'

'Alsof het om geld gaat,' mengde Amelie zich in het gesprek. 'Het gaat er vooral om of ze gelukkig is.'

'Als hij er met haar geld vandoor gaat zal ze zeker niet gelukkig zijn,' zei Helen droogjes.

Ook dat argument kon Amelie niet overtuigen. 'Niemand weet hoe het verhaal afloopt. Niks is zeker.'

'Henriette komt straks passen,' zei Doro. 'Dan hebben we tijd genoeg om het zakelijke gedeelte nog een keer door te spreken.'

Lucy kwam binnengestormd. 'Kan ik zo naar het strand?' riep ze, en ze draaide in haar bikini rondjes voor Doro.

Verbluft herkende Yella de koraalrode bikini van haar moeder. In haar handen had Lucy de verbleekte Jip en Janneke-handdoeken van toen.

'Waar komt al die oude zooi vandaan?' vroeg ze.

'Van oma gepikt,' zei Lucy. 'Toen ze de vakantiespullen van vroeger van zolder haalde. Staat die bikini me wel? Ik ben zo walgelijk wit.'

'Geen probleem,' mompelde Doro tussen de spelden in haar mond door. 'Als je met deze temperatuur het water in wilt ben je sowieso binnen twee minuten blauw. Dan zie je dat wit helemaal niet meer.'

'IJsbaden is anders hartstikke hip op TikTok,' zei Lucy verdedigend. 'En supergezond.'

'Ik heb liever dat je wat aantrekt,' zei Doro. 'Anders vries je nog dood voordat je op het strand bent.'

'Wil je echt niet meekomen?' zei Lucy.

'Ik moet nog zoveel doen,' zei Doro met wanhoop in haar stem.

Lucy stopte de handdoeken in haar rugzak. Ludwig kwam de keuken uit, zwaaiend met een thermoskan. 'Ik heb warme chocolademelk gemaakt,' zei hij. 'Met een snufje chili, kardemom en kaneel. Dat verwarmt van binnenuit. En voor de rest heb ik een extra laagje.'

Tevreden klopte hij op zijn imposante buik. Yella herkende het enthousiasme in Lucy's ogen. Precies zo waren zij vroeger ook geweest. Niets of niemand had hen ervan kunnen weerhouden om elke dag een duik te nemen, en zeker niet de temperatuur van het zeewater.

De zussen zwermden in alle windrichtingen uit. Elk familielid benutte de tijd op zijn of haar eigen manier. Ze hadden nog iets meer dan dertig uur tot aan de bruiloft. Terwijl Doro druk bezig was met de jurk, handelde Amelie een paar praktische zaken af.

'Bloemendecoratie en bruidsboeket zijn dus geregeld,' zei ze. 'Maar waar halen we zo snel een taart vandaan? Ik weet niet eens hoe dat in het Nederlands heet.'

Helen googelde wat op haar telefoon en hield haar tweelingzus de vertaling voor: *huwelijkstaart*. Amelie staarde naar het excentrieke geheel van klinkers en medeklinkers.

'En hoe spreek je dat uit? En dan ook nog zo dat degene aan de telefoon snapt wat ik bedoel.'

Het alternatief, *bruidstaart*, zag er niet veel betrouwbaarder uit.

'Heb je Thijs gevraagd?'

'Die is met mama op de trouwlocatie,' zei Doro met overslaande stem. 'En daarna heb ík haar nodig.'

Amelie schoot haar jas aan. 'Ik fiets naar het dorp. Ik vind vast wel iemand die me kan helpen.'

Op geïrriteerde toon zei Doro: 'Henriette komt zo dadelijk. Als jullie me even twee uurtjes met rust kunnen laten, anders is er straks niets klaar als ze komt passen.'

Ze was zo druk bezig dat ze niet zag dat Yella op de achtergrond de zussenfoto van het haakje pakte en die stiekem meenam naar haar kamer op de bovenverdieping. Helen volgde haar onopvallend. Ze zuchtten opgelucht toen ze de deur achter zich dichttrokken. Van beneden hoorde Yella het gedempte geratel van de naaimachine en bonkende muziek. Eindelijk hadden ze tijd om ongestoord naar het portret te kijken. Hoe langer ze ernaar keek, hoe idioter ze het vond. De vale kleuren en belachelijke rekwisieten deden denken aan burlende herten en schilderijen van huilende jongetjes. Voor de verbleekte fotowand met het bergmassief stond op een versleten Perzisch tapijt een grote, met verlepte bloemen gevulde vaas, in de linkerhoek stond een oriëntaals aandoend kamerscherm.

'*Wordt afgehaald door J. Thalberg*,' las Helen nog een keer hardop. 'Daar begint het al. Wie in Bergen een lijst nodig heeft, gaat naar Jonkmans. Maar daar kenden ze onze vader. De eigenaar sprak hem bij zijn voornaam aan, zoveel geld had hij daar in het laatje gebracht. Zelf liepen we er ook de deur plat. Onmogelijk dat die foto twintig jaar in de winkel heeft gelegen zonder dat iemand dat aan ons zou laten weten.'

Voorzichtig maakte Yella de klemmetjes en achterkant van de foto los. Binnenin zat een passe-partout, dat eerder op een industrieel vervaardigde lijst duidde dan op iets ambachtelijks. Daaronder kwam een sticker tevoorschijn.

'Die foto is nooit van zijn leven bij Jonkmans geweest,' zei Helen gefrustreerd. 'Daar heb je geen specialist voor nodig.'

Ze las wat er op de sticker stond: '*Knoppäng. 21675. Made in Poland*.'

'Dat ding is van IKEA,' zei Yella verbijsterd.

Helen knikte: 'Als Thijs die foto niet bij Jonkmans heeft gevonden, waar komt hij dan vandaan?'

'Misschien uit de studio in Amsterdam?'

Helen googelde de naam van de fotograaf, Lee To Sang.

'Zijn zaak is sinds 2003 gesloten,' zei ze teleurgesteld. 'Maar mocht het je interesseren: ene Tessa van Dijk heeft een boek over hem geschreven.'

'Als het inderdaad een IKEA-lijst is, klopt dat hele verhaal niet over hoe de foto bij Thijs is beland,' zei Yella.

Moedeloos keken ze naar de gezichten van de vier meisjes op de foto, alsof die konden verklappen waar ze de afgelopen twintig jaar hadden doorgebracht.

'Waarom zou hij over zoiets liegen?'

De zin bleef onbeantwoord in de lucht hangen.

'Misschien kunnen we hem een beetje aan de tand voelen?' zei Yella.

Helen knikte.

'Wil je niet liever wat met Paul gaan ondernemen?' vroeg Yella voorzichtig.

'Die heeft zijn eigen plannen,' zei Helen. 'Hij probeert het huis terug te vinden waar we die zomer zaten. Het is rond 1920 gebouwd en schijnt architectonisch iets heel bijzonders te zijn. Mama wist het adres niet meer.'

Yella keek haar nadenkend aan: 'Je kunt hem niet voor eeuwig uit de weg gaan.'

Helen hoefde niet te reageren, want op dat moment klonk er een doordringende kreet. Yella en Helen stormden de trap af.

Hoofdschuddend liep Doro heen en weer in de woonkamer. 'Ze zijn het pak van Thijs vergeten,' foeterde ze met de telefoon aan haar oor. Kennelijk was Doro niet alleen verantwoordelijk voor de outfit van haar moeder.

'Hij moet vanmiddag nog bijpassende schoenen kopen.'

'Hij kan hem hier toch komen ophalen,' zei Helen.

'En dan snel even een blik op de trouwjurk werpen?' zei Doro, wijzend naar de grote ramen. 'De jurk moet een verrassing blijven voor de echtgenoot. Die twee slapen zelfs gescheiden.'

Vermoeid hing ze op. Het leek erop dat ze niemand meer te pakken kreeg.

‘Ludwig had één taak, eentje maar...’ mopperde Doro monter verder. ‘Maar nee hoor, die gaat lekker naar het strand.’

Helen zag haar kans onmiddellijk schoon. ‘Wij kunnen zijn spullen wel naar hem toe brengen,’ zei ze.

Helen straalde. Yella wist meteen wat ze van plan was. De situatie was een ideaal excuus om Thijs Janssen met een verrassingsbezoekje te vereren.

‘Duinrand,’ zei Doro. ‘Jullie kunnen het pak gewoon afgeven bij de receptie.’

‘Wat zeg je?’ zei Yella verbaasd.

‘De camping,’ zei Doro ongeduldig. ‘Aan de rand van de duinen, je weet wel.’

‘Hij woont op de camping?’ vroeg Helen. ‘Op onze camping?’

‘Daar werkt hij,’ zei Doro, die overal van op de hoogte leek te zijn. ‘Hij heeft een soort dienstwoning.’

Yella wisselde een gealarmeerde blik met Helen. Henriettes nieuwe liefde was op magische wijze verweven met het verleden. Elke stap confronteerde hen met vroeger en het verlies dat de familie al ruim twintig jaar met zich meedroeg.

24

Post voor je

'Het ziet er hier nog net zo uit als vroeger,' zei Yella.

'Wie weet, misschien hing hij hier ook in onze tijd al rond...' zei Helen.

'Tot aan zijn ongeluk heeft hij op het boorplatform in zee gewerkt. Het lijkt me nogal onwaarschijnlijk dat hij zijn vrije tijd doorbracht op de camping in zijn geboortedorp.'

'Maar het zou wel kunnen.'

'Nee,' zei Yella beslist. 'Dan zou je dat nog weten. Jij vergeet nooit iets.'

Met gemengde gevoelens liep Yella samen met Helen langs de slagboom van de camping in de duinen, die rond deze tijd net als alle andere jaren uit zijn winterslaap ontwaakte. De zoveelste poort naar het verleden die openging. Het was nog niet zo druk op deze grauwe voorjaarsdag in het voorseizoen. Sombere regenwolken bedekten de zon en zorgden voor een melancholieke einde-der-tijdenstemming. De wind waaide een plastic zak over het lege grasveld, waar binnenkort de tenten weer hutjemutje op elkaar zouden staan. Helen kreeg hem met haar voet te pakken en gooide het stuk plastic weg in de milieustraat, die er vroeger niet was geweest.

Op de deur van de minisupermarkt, die in de zomervakanties het middelpunt van hun leven was geweest, wapperde nog een vergeeld briefje van het vorige seizoen: *Bedankt lieve mensen en tot volgend jaar.* Daarnaast was een schilder bezig de kiosk met blauwe verf op te knappen voor de komende zomer.

'Als hij open was geweest, hadden we een schatkistje kunnen kopen,' zei Yella.

Helen begon te stralen. Ook zij herinnerde het zich weer: vanille- en chocolade-ijs in een felblauw plastic schatkistje. Onder de koude lekkernij zat net als in een surprise-ei een cadeautje verstopt: plaktattoos, een plastic poppetje of een minipuzzeltje, dingen die ze de hele zomer door verzamelden tot ze een hele serie bij elkaar hadden.

De enorme speeltuin met springkussen kwam hun echter net zo onbekend voor als het sanitair en de extra aanbiedingen op het prikbord. In hun tijd was er nog geen was-, ontbijt-, boodschappen- of babysitservice.

'In onze tijd deden ze nog niet aan glamping,' zei Helen.

Naast de verbleekte menukaarten van diverse restaurants en flyers van bezorgdiensten fladderde een spierwit handgeschreven briefje. *Klusjesman gezocht? Handwerker gesucht? Thijs Janssen*, met daaronder een telefoonnummer dat met 06 begon en de plek waar hij op de camping te vinden was. *Huisje 135.*

'Dat is het Nederlandse mobiele netnummer,' wist Helen te vertellen. 'We hadden een Nederlandse wetenschapper die het altijd over 06-nummers had als hij het over mobiele nummers had.'

Contract met de camping, het zou wat! De geïmproviseerde advertentie duidde eerder op een beunhaas dan op een officieel klusbedrijf.

'Weet je nog dat we alle caravans afgingen om te vragen of ze klusjes voor ons hadden?'

'*Heitje voor een karweitje* heette dat,' wist Helen te vertellen. 'Dat hadden we waarschijnlijk van de Nederlandse kinderen geleerd.'

'Mama schaamde zich kapot voor ons,' zei Yella.

Na Johannes had hun moeder als het om mannen ging altijd alleen naar geld en status gekeken. Niet zo gek dus dat ze helemaal niets zag in David, die sinds zijn eerste succes het hoofd boven water hield met onregelmatige opdrachten. Alles wat ze afkeurde aan David vergoelijkte ze bij Thijs. Wat zag ze in hemelsnaam in die man, voor wie ze alle principes waarmee ze haar dochters om de oren sloeg overboord gooide?

Een tractor met aanhanger dwong hen aan de kant. De zware machine vervoerde een stacaravan. De woonwagens werden in de winter bij boeren in de omgeving gestald en nu weer geplaatst voor oude en nieuwe gasten.

'Ik heb dat altijd absurd gevonden,' zei Helen. 'Een woonwagen die maar twee wielen heeft en op een vaste plaats staat. Dat is toch zo tegenstrijdig als wat?'

'Ik denk dat mama graag een keer ergens anders heen had gewild,' zei Yella. 'Naar een wat mondainere plek.'

'Er waren anders heel wat welgestelde Amsterdammers die hier hun weekends doorbrachten,' zei Helen. 'Weet je nog dat we daar een keer bij onze campingburen op bezoek zijn geweest? Die hadden een gigantisch huis met uitzicht op de gracht, maar konden zich evengoed niets leukers voorstellen dan elke zomer met elkaar op een paar vierkante meter te hokken.'

En Johannes Thalberg was sowieso tevreden met het Hollandse wolkenweer en een vast stukje grond onder zijn voeten.

'Onze tijd om te reizen komt nog wel,' waren de woorden waarmee hij zijn vrouw altijd had afgescheept. 'Als de kinderen groot zijn...'

Was dat wat Yella soms verontrustte aan David? Dat hij zijn leven uitstelde tot het moment dat zijn roman af was? Een later waar haar vader nooit was aangekomen?

Met gemengde gevoelens liepen Helen en Yella langs het nieuwe washok. Buiten stond een jonge vrouw de afwas te doen, terwijl in een tweede wasbak de modderbroeken van haar drie ravottende kinderen lagen te weken. Yella, doorgewinterde moeder als ze inmiddels was, probeerde zich voor te stellen hoe het campingleven met vier kleine meisjes er vanuit het perspectief van een volwassene moest hebben uitgezien. Bij miezerig weer straalde de camping ondanks alle nieuwe borden en faciliteiten weinig glamour uit. Geen wonder dat hun moeder af en toe behoefte aan wat meer comfort had gehad. Zij was dan ook degene geweest die er die laatste zomer op had gestaan een vakantiehuis te boeken.

'135,' herhaalde Helen het nummer van Thijs' staanplaats dat op het prikbord had gestaan. De velden waren nog altijd ingedeeld volgens het oude systeem, dat ze moeiteloos konden terughalen uit hun kinderjaren. Met gemak vonden ze het plekje aan de rand van het grote voetbalveld. Toen ze eenmaal waren aangekomen sloegen de zenuwen toe.

'Wat moeten we zeggen?' vroeg Yella.

Helen, die altijd voor de rechtstreekse aanpak ging, zag het heel pragmatisch: 'We vragen hem gewoon waar hij die foto vandaan heeft.'

'Eerst de situatie maar eens verkennen,' zei Yella afwerend.

Uit angst voor hun eigen moed probeerden ze vanaf een veilige afstand overzicht te krijgen. Een rood-witte luifel, die tafel en stoelen tegen de regen beschermde, belemmerde het zicht, maar het mobiele huisje van Thijs leek er een uit de gemiddelde prijscategorie. Gekleurde lampjes verlichtten de grauwe dag en gaven de plek een circusachtige sfeer. Die zogenaamde dienstwoning op de camping was niet meer dan een provisorisch onderdak voor de zomermaanden.

'Dat ding heeft vier functionerende wielen,' zei Yella verrast, gewend als ze was aan de tweewielige stacaravans. Zo te zien was de caravan goed onderhouden en duidelijk bedoeld voor iemand die hier tijdelijk verbleef.

De tijd verstreek langzaam, terwijl ze alle details bestudeerden zonder dat er iets gebeurde.

'Is hij thuis?' vroeg Yella.

Ze stonden zo ingespannen en geconcentreerd naar Thijs' huisje te staren dat ze geschrokken in elkaar doken toen het schelle geluid van Helens telefoon klonk. Na een blik op het nummer op het scherm betrok Helens gezicht.

'Waarom geef je hem niet nog een kans?' vroeg Yella.

'Hoe zou dat eruit moeten zien als we zo verschillend in het leven staan?'

'Volgens mij houdt hij echt van je,' zei Yella.

Achter hen klonk geritsel in de struiken. Yella draaide zich met een ruk om. Wat was dat? Uit het struikgewas kwam een eendenmoeder met vier volgzame kuikens tevoorschijn. Zonder tegenstribbelen volgden ze hun mama. Was een mensenleven ook maar zo simpel.

Helen proestte het ineens uit: 'Is het niet absurd? Staan we hier in de modder, net als vroeger als we wat hadden uitgevreten en niet naar huis durfden. Er is maar weinig veranderd in die twintig jaar.'

Er ging een warm gevoel door Yella heen. De relatie met hun

moeder was gecompliceerd, die met Doro helemaal verstoord. Maar hun research had als geweldig neveneffect dat ze zich veel closer voelde met haar jongere zusje dan in alle jaren daarvoor.

'Ik mis ons,' zei Helen. 'Ik mis de zomerzussen, en ik mis papa.'

Yella knikte zwijgend. Als ze nu haar mond opendeed zou ze zeker in tranen uitbarsten.

Een medewerker van de camping fietste gevaarlijk dicht langs hun schuilplaats en gooide met een grote boog een pak papier voor Thijs' caravan neer. Even staarde Yella besluiteloos naar de bundel met post, maar toen won haar nieuwsgierigheid. Terwijl Helen met haar ogen rolde bladerde Yella gehaast door de stapel enveloppen: reclame, rekeningen, het klantenmagazine van de KLM, een bericht van de Postcodeloterij en een brief van iets wat *Centraal Justitieel Incassobureau* heette, wat ronduit griezelig klonk. Zijn post was verzonden naar een adres in Bergen dat met de hand was doorgekrast: Wijzend 85. Kennelijk was dat het officiële adres waarop hij stond ingeschreven.

Ze gebaarde naar Helen dat ze mee moest kijken. Bovenop lag een envelop in een merkwaardige kleur blauw, die er bijzonder interessant uitzag: afgezien van dat rare blauw hoogst officieel met het wapen van het koningshuis. Helen schudde met de envelop tot de afzender zichtbaar werd door het zichtvenster.

'Belastingdienst,' las ze op onzekere toon voor.

'Dienst kan ik nog wel vertalen,' zei Yella. 'Maar wat is *belasting?*'

'Die is van het *Finanzamt*,' zei een mannelijke stem achter hen. 'Elke inwoner van dit land weet hoe laat het is als hij een blauwe brief in de brievenbus vindt.'

Yella kon wel door de grond zakken toen ze Thijs zag staan. Hij deed alsof het de normaalste zaak van de wereld was dat zijn toekomstige stiefkinderen rond zijn caravan slopen en in zijn post snuffelden, maar zijn ogen flikkerden als die van een roofdier vlak voor de dodelijke sprong. Zo terloops mogelijk legde Yella de enveloppen weg en probeerde net te doen of er niets aan de hand was.

'We zijn Doro's loopjongens,' schoot Helen haar te hulp. Ze hield de kledinghoes met het pak omhoog.

'Is dat zo?' vroeg Thijs.

Zijn toon zweefde ergens tussen openheid en agressie, zijn stemming kon elk moment omslaan. Onwillekeurig dook Yella ineen toen Thijs dichterbij kwam. Hij pakte de blauwe envelop, scheurde hem open en hield de brief onder haar neus.

Yella durfde hem niet aan te pakken.

'Schulden,' zei hij. 'Maar dat wisten jullie misschien al.'

Hij duwde de deur van de caravan open en nodigde hen met een weids gebaar uit om binnen te komen. 'Als ik jullie was zou ik ook willen weten met wie mijn moeder ging trouwen.'

De glimlach was van zijn gezicht verdwenen. Zijn ondoorgrondelijke blauwe ogen fonkelden gevaarlijk. Net zoals het Hollandse weer moeilijk te peilen was, had je bij hem geen idee naar welke kant zijn stemming zou omslaan. Op de midgetgolfbaan had hij iets van een uitgelaten clown gehad, maar achter het vrolijke masker ging iets duisters en onberekenbaars schuil. Yella keek haar zus vragend aan. Wat moesten ze doen? Helen schroomde niet en ging als eerste naar binnen. Yella liep achter haar aan, met een onbestemd gevoel in haar maag.

Nieuwsgierig ademde Yella de muffe lucht in. Wanneer was ze voor het laatst in een caravan geweest? Toen ze het gezellige woonvertrek betrad, waarin ondanks de beperkte ruimte keuken, zithoek en een bed waren ondergebracht, voelde ze zich bijna thuis. Terwijl Thijs water opzette in de kitchenette benutte Yella het moment om zijn boeken, snuisterijen en foto's te bekijken. Ze trok zelfs een la open.

Geschrokken schudde Helen haar hoofd. Als dit een plaats delict was, zou het forensisch team overal Yella's vingerafdrukken aantreffen.

De hete thee die Thijs inschonk bracht haar onmiddellijk terug naar haar eigen jeugd. *Sterrenmix*! Hun moeder had vroeger liters van deze bijzondere mix van zoethout, anijs en munt gedronken. En net als vroeger kregen ze er een *gevulde koek* bij, een uit de kluiten gewassen baksel met een zachte zoete vulling van amandelspijs. Misschien was het allemaal helemaal niet zo ingewikkeld. Waren het nostalgische gevoelens die Henriette ertoe hadden verleid om halsoverkop verliefd te worden op Thijs? Wilde ze met een nieuwe man haar jeugd nog een keer laten opleven?

Thijs betoonde zich ronduit eerlijk: 'Ik ben geen goede partij,' zei hij. 'Ik zou nooit met mezelf trouwen. Ik ben het levende bewijs voor de wet van Murphy. Alles wat er mis kon gaan in mijn leven is misgegaan. Ik heb relaties laten stuklopen, carrières, zakelijke ideeën, het vaderschap, vriendschappen, mijn gezondheid, alles. Ik ben enorm goed in falen, maar nog beter in weer opstaan. Ik zal altijd weer opstaan, tot me dat op een dag niet meer lukt. Tot die tijd zal ik vrolijk blijven falen.'

Hij deed nonchalant, maar de manier waarop hij de brief van de belastingdienst wegmoffelde verried zijn nervositeit.

'Het is net als met voetbal,' zei hij. 'Wij Hollanders verliezen regelmatig een belangrijke wedstrijd. Maar bij de eerstvolgende kampioenschappen zijn we er weer bij. We blijven geloven dat we ooit een keer wereldkampioen worden.'

Terwijl hij aan het woord was bleef Yella om zich heen kijken. Aan de muren hingen foto's van Thijs op het booreiland. Thijs volgde haar blik.

'Ik heb op zee gewerkt. Daar leer je heel simpele dingen. Niets blijft. Niet de storm, niet het mooie weer. Alles is vergankelijk.'

'Met tegeltjeswijsheden kun je alles wel mooipraten,' zei Helen bruusk.

Thijs draaide zich met een ruk om en keek Helen fel aan.

'Misschien kun je ons nog een keer vertellen hoe je die foto hebt gevonden?' vroeg Helen. 'En nu het echte verhaal.'

'Is het mijn verleden dat jullie dwarszit? Mijn drie huwelijken?'

'Het is die IKEA-lijst,' zei Helen. 'Ik kan me niet voorstellen dat Jonkmans zoiets verkoopt.'

Even leek Thijs van zijn stuk gebracht, maar toen wist hij zichzelf te herpakken.

'De oude lijst was kapot. Ik moest hem vervangen. Ik had niet genoeg geld voor Jonkmans, zoals jullie begrijpen.'

Yella slikte moeizaam. Zagen ze spoken? Of had hij dat ter plekke verzonnen? Het klonk zo simpel, zo geloofwaardig, zo plausibel.

'Ik dacht dat mijn leven voorbij was toen ik van het booreiland af moest. Ik leefde op antidepressiva en alcohol. Tot jullie moeder in mijn leven kwam. Ze is de soulmate op wie ik heb gewacht,' dweepte hij. 'Elke seconde van mijn leven dank ik het universum dat ik op mijn oude dag de liefde van mijn leven heb gevonden.'

'En hoe heb je onze moeder precies gevonden?' vroeg Helen, die niet onder de indruk was.

'De waarheid is een huis met vele kamers,' zei Thijs cryptisch. 'Net als in een kasteel is het onmogelijk om in alle vertrekken tegelijk te wonen.'

'Voor mij zou een enkel overtuigend antwoord ook al volstaan,' zei Helen.

'Jullie hebben geen idee hoe belangrijk het voor Henriette is dat jullie alle vier zijn gekomen,' zei hij. 'Ze spreekt zo liefdevol over jullie. Ik wou dat ik zo'n goede band met mijn kinderen had. Henriette is in alles een voorbeeld voor mij.'

Thijs gooide al zijn charmes in het spel, ging zich te buiten aan gevlei en zwolg in anekdotes en levenswijsheden, tot hij werd gebeld door hun moeder. Opgelucht sprong hij op.

'Ik moet bijpassende schoenen kopen,' zei hij en hij pakte zijn trouwpak. 'Jullie mogen gerust nog wat verder snuffelen in mijn leven. Trek de deur maar achter je dicht als jullie klaar zijn. Er valt hier toch niets te halen.'

Met een harde knal gooide hij de deur van buitenaf dicht. Toen was het ineens muisstil.

'Veel praten kan een manier zijn om je te verstoppen,' zei Yella ontgoocheld.

Helen rekte zich uit, alsof ze de woordenvloed van zich af wilde schudden: 'Hij is zo glad als een aal, je krijgt geen vat op hem.'

'Of als een politicus die antwoorden geeft op vragen die je helemaal niet hebt gesteld,' vulde Yella aan.

'Wijzend 85,' las Helen het adres voor dat op de blauwe envelop stond.

Yella wist meteen wat ze bedoelde: 'Het is een poging waard.'

25

Bekende gezichten

'Allemaal rijtjeshuizen,' constateerde Yella verbijsterd.

De wijk aan de oostelijke rand van Bergen deed haar aan een parelketting denken. De uniforme rijtjeshuizen leken als aan een snoer aan elkaar geregen. Schouder aan schouder, rij na rij identieke huizen.

'In Pauls boekenkast staat een boek daarover,' zei Helen. 'Naar het schijnt zijn rijtjeshuizen nergens ter wereld zo populair als hier. Zestig procent van alle mensen woont zo. Als je de huizen aan elkaar zou plakken kom je tot aan Peking en weer terug.'

'Zestienduizend kilometer aan praktische, onopgesmukte huizen,' zei Yella, die onder de indruk was.

De huizen aan het Wijzend waren in een rechthoek rond een gemeenschappelijke ruimte gebouwd en benadrukten zowel het gezamenlijke als de individualiteit van de bewoners. Door de enorme ramen aan de voorkant konden voorbijgangers ongehinderd door de woonkamer heen tot in de tuin kijken.

'Weet je hoe zoiets heet?' zei Helen. '*Doorzonwoning*. Daar bestaat niet eens een Duits woord voor.'

Alsof de bewoners het met elkaar hadden afgesproken stonden in alle vensterbanken twee vazen met droge takken, orchideeën of twee identieke kamerplanten in zilverkleurige potten. Daarnaast vakantiesouvenirs en verzamelingen kristal, cactussen en kitsch. Op een van de ramen hing een halve ooievaar met wijd gespreide vleugels, met zijn achterkant naar de voorbijgangers, alsof hij tegen het raam was gevlogen en halverwege in het glas was blijven steken. Erboven hing een roze slinger met de woorden HOERA, EEN MEISJE.

'De Nederlandse *oe* spreek je uit als onze *u*,' citeerde Yella de les van haar vader.

Voor iedereen die meer wilde weten zat daaronder een raamsticker met de naam van de nieuwkomer: WELKOM, LIEVE SAAR. Kennelijk kon je dat soort dingen gewoon bestellen in Nederland.

'De mensen hier zijn behoorlijk mededeelzaam,' zei Yella lachend. 'De ramen zijn net prikborden.'

Even verderop was er iemand jarig, zoals een groot spandoek met handgeschreven letters verkondigde. In de voortuin wiebelde een drie meter hoge, niet bijster charmante opblaaspop met een enorme boezem en een wijnfles in de hand, met op het blauwe schort een afbeelding van een verkeersbord met het getal 60 erop. Andere gezinnen maakten op hun ramen reclame voor exposities of politieke partijen, of maakten passanten deelgenoot van het bereiken van een persoonlijke mijlpaal, zoals rijbewijs en diploma's.

Voor huisnummer 85 stond een verhuiswagen. Tussen de dozen liep een bleke vrouw van een jaar of veertig druk rond, het ongenoegen was van haar gezicht af te lezen. Nog voordat ze een strategie konden bedenken liet de vrouw een doos uit haar handen vallen en dook als een furie op hen af.

Helen stak haar hand uit.

'Helen Thalberg,' zei ze. 'En dat is mijn zus Yella.'

De vrouw had geen boodschap aan plichtplegingen.

'Geweldig,' zei ze. 'Jullie zijn hier zeker vanwege die duizend euro?' foeterde ze in perfect Duits.

'Welke duizend euro?'

'Ik mag toch hopen dat jullie weten wie die vervloekte bruiloft sponsort?' vroeg de vrouw. 'Mijn zoon. De toekomstige man van jullie moeder heeft het gepresteerd om mijn veertienjarige zoon geld af te troggelen! In ruil daarvoor heeft hij hem een iPhone beloofd. En dat kind geloofde hem nog ook.'

Op de achtergrond stond een magere jongen met donkere huid en een zwarte krullenbol wat te lummelen.

'Thijs is niet zijn vader,' zei de vrouw, alsof ze hun gedachten kon raden. 'Godzijdank. Maar ik kan jullie het adres van zijn kinderen wel geven, daar zijn ongetwijfeld ook nog wat oude rekeningen te vereffenen.'

Schuldbewust sloeg de jongen zijn ogen neer en hij deed zijn best om zo onzichtbaar mogelijk te zijn.

'Hij heeft drie jaar moeten sparen voor dat geld,' zei ze boos. 'Met Thijs samen zijn is duur. Vraag jullie moeder maar eens wie de caravan betaalt.'

Ze zuchtte diep en leek ineens doodmoe.

'Ik had het kunnen weten,' zei ze. 'Een paar jaar geleden was ik namelijk de andere vrouw. De romantici zijn de ergsten. Eerst geeft hij je van 's morgens vroeg tot 's avonds laat complimenten, paait je met de woorden dat hij in jou een soulmate en de ware heeft gevonden. Vervolgens weet hij je zover te krijgen om in jullie gezamenlijke toekomst te investeren.'

Tevergeefs probeerden Helen en Yella haar woordenstroom te onderbreken. Met haar mededeelzaamheid walste ze over elke vraag heen die ze stelden. Al haar frustratie stortte ze uit over de zussen.

'Ze denkt nog dat ze hem kan veranderen. Maar het is slechts een kwestie van tijd tot hij zich weer gaat vervelen. Mannen als Thijs behoren tot de vluchtdieren.'

Van het ene op het andere moment viel ze stil. Ze bekeek Helen en Yella alsof ze de zussen nu pas echt waarnam.

'Ik heb me vaak afgevraagd hoe het jullie is vergaan,' zei ze.

'Hoe het ons is vergaan?' vroeg Yella.

'Na het ongeluk waren jullie hét onderwerp van gesprek. Iedereen leefde met jullie mee. En met jullie moeder. Het halve dorp wilde haar troosten.'

Yella wist niet wat ze hoorde. Waren ze eindelijk iemand tegengekomen die de familie Thalberg nog van vroeger kende?

'Fleur,' zei Helen ineens. 'Jullie hadden dat café helemaal aan het eind van het strand.'

'Dat was mijn oom, ik kwam alleen in de vakanties helpen. Omdat ik zo goed in Duits was op school.'

'Wij hadden daar zo'n houten hokje gehuurd, waar onze ligstoelen en strandspullen in stonden,' verduidelijkte Helen opgewonden.

'De Jutter,' zei Yella, bij wie het kwartje nu ook was gevallen. 'De winkel naast de surfschool.'

'Jullie moeder zat vaak 's middags al met haar campingvriendinnen bij ons op het terras, fles rosé erbij en dan begon het geflirt. Ik zie haar nog voor me, hoe ze in haar rode bikini tussen bar en loungestoelen heen en weer paradeerde, altijd perfect opgemaakt en gekapt. Het strand was haar catwalk.'

'Dus je kunt je ons nog herinneren?' zei Yella, nog altijd verbaasd.

'Jullie waren wereldberoemd in Bergen,' zei ze. 'Je moeder,

Doro... de meisjes die voor hun vakantie hiernaartoe kwamen waren altijd interessanter dan de meisjes uit het dorp. Dat is nog steeds zo.'

'Dus jíj was degene die ons heeft herkend op de foto?' zei Helen.

Was dat wat Thijs had verzwegen? Dat zijn vriendin hen had geïdentificeerd? Had hij die vrouw voor haar moeder geheim willen houden?

'Welke foto?'

'De foto die Thijs van ons had gevonden. Kennelijk bij Jonkmans.'

Fleur vond dat ze genoeg tijd aan hen had verspild.

'Ik heb wel wat beters te doen,' zei ze geïrriteerd. 'Wat Thijs ook heeft verteld, het is vermoedelijk één grote leugen.'

Ze draaide zich om en ging verder met dozen inpakken.

Yella pakte haar telefoon en scrolde door haar foto's tot ze het zussenportret vond waarvan ze een foto had gemaakt voor David.

'Het gaat om deze foto,' zei ze, en ze hield hem voor Fleurs gezicht.

Fleur was te nieuwsgierig. Ze wierp een vluchtige blik op het beeldscherm en begon te lachen.

'Die foto zou hij bij Jonkmans hebben gevonden?'

'Kennelijk lag die daar om ingelijst te worden.'

Fleur lachte nog steeds schel.

'Wat is daar zo grappig aan?' vroeg Helen.

In plaats van antwoord te geven deed Fleur de vuilnisbak open waar ze zo te zien Thijs' overgebleven spullen in had gedumpt en woelde net zo lang tot ze had gevonden wat ze zocht. Ze overhandigde Helen een blauw boek met een Chinese titel. Yella herkende de in Latijns schrift geschreven naam van de auteur: Tessa van Dijk.

Helen sloeg het boek open en constateerde verrast dat het een kunstboek was dat aan de foto's van Lee To Sang was gewijd.

'Ik vroeg me al af waarom Thijs zich de laatste tijd voor fotografie interesseerde,' zei ze. 'Hij is zelfs naar Amsterdam gegaan, waar hij Sangs archief heeft doorzocht naar een foto die hij kon kopen. Tegen mij zei hij dat hij niets moois had gevonden.'

Helen gaf het boek terug.

'Dat mogen jullie hebben. Jullie mogen al zijn rommel meenemen. Het enige wat me troost is dit: vroeg of laat zal hij het hart van Henriette breken. Zoals dat van alle vrouwen voor haar.'

Ze liet hen staan en zwaaide nog even.

'Fijn leven verder!'

26

Zoeken en vinden

De dingen waren stukken gecompliceerder dan verwacht. Hoe dieper de zussen in het leven van Thijs doken, des te hoger stapelden vragen en twijfels zich op. Hij had schulden, geen vast inkomen of een vaste verblijfplaats. Zijn kapitaal bestond uit zijn looks en de charmes die hij gewiekst wist in te zetten.

'Mama zal zich wel afvragen waar we blijven,' zei Yella.

'Eerst even een frisse neus halen,' zei Helen.

Onderweg naar huis pauzeerden ze bij de hertenkamp met een beker koffie verkeerd die ze bij een koffiekraampje hadden gekocht. De uitgestrekte dierenweide lag midden in het dorp. Damherten dribbelden nieuwsgierig naar het hek en maakten zich uit de voeten zodra ze doorhadden dat er bij hen niets te halen viel. Een van de hertjes nieste verontwaardigd naar de zussen en vervolgde zijn weg naar twee kinderen die zich over de schuine omheining bogen om de dieren maiskolven, wortelen en sla te voeren.

Uitgeput ploften Yella en Helen neer op een bankje in het park. Ze hadden tijd nodig om alle informatie te verwerken voordat ze terugkeerden naar de rest van de familie in het vakantiehuis.

'Leo en Nick zouden het geweldig vinden hier,' zei Yella.

Haar jongens zouden zich uitstekend vermaken met de tamme dieren. Tussen de herten, een pauw en heel veel kraaien lagen dikke schapen te doezelen. Erachter paradeerde een zwarte zwaan.

'Zou dat dezelfde zijn als die ene die we vroeger altijd zagen?' vroeg Yella zich af.

'Zwanen kunnen wel twintig jaar oud worden,' wist Helen te vertellen.

Ze herinnerde zich hoe ze hier als kind elk jaar naartoe waren gegaan om te zien of de zwarte zwaan, die altijd alleen was, eindelijk een partner had gevonden. Het was geruststellend en angstaanjagend tegelijk dat er plekken op de wereld waren waar de tijd geen vat op had.

'En wat betekent dit nu allemaal?' pakte Yella de draad weer op.

Helen bladerde door de foto's in het boek.

'Als ik het goed begrijp,' zei Helen en ze wees naar de flaptekst, 'beheert Tessa van Dijk het complete archief van Lee To Sang. Met zeventigduizend foto's.'

Ineens besefte ze dat alles weleens heel anders gegaan zou kunnen zijn.

'Stel nou dat Thijs de foto niet heeft gevonden maar er actief naar heeft gezocht? Misschien heeft hij Henriette vroeger ontmoet en vermoedde hij dat er bij haar iets te halen viel,' zei Yella.

'En hoe wist hij dan van het bestaan van de foto's af?'

'We waren wereldberoemd in Bergen,' citeerde Helen Thijs' ex-vriendin. 'Misschien waren er meer mensen op de hoogte van ons tripje naar Amsterdam.'

De hemel boven hen was even somber als hun stemming.

Wolken hingen dreigend boven hun hoofd en veranderden aan één stuk door van vorm. Yella fotografeerde het vluchtige schouwspel, dat ook haar vader vroeger al had vereeuwigd.

'Je hebt hier de hele tijd het gevoel dat je iets mist,' had hij gezegd als hij weer eens urenlang naar de hemel had zitten turen en tevergeefs had geprobeerd om de vluchtigheid van het moment op een stuk papier te vangen. Nu miste hij al twintig jaar alles. Kijkend naar het wolkenspel besefte Yella ineens wat hun te doen stond. Ze waren hun vader kwijtgeraakt, nu mochten ze niet ook hun moeder nog verliezen door toe te laten dat die zich blindelings in het ongeluk stortte.

'We moeten met Henriette praten,' zei Helen, alsof ze de gedachten van haar zus had gelezen.

'Van ons zal ze niets aannemen,' wierp Yella tegen. 'Als ze waarde zou hechten aan onze mening had ze ons niet voor een voldongen feit gesteld.' Ze slaakte een diepe zucht. 'Ik ben sowieso de laatste die mama advies kan geven. We vliegen elkaar om het minste of geringste in de haren.'

'We moeten het in elk geval proberen,' zei Helen.

27
Vrijgezellenfeest

Hoe vond je het juiste moment voor moeilijke gesprekken en slecht nieuws? Toen Yella en Helen bij het vakantiehuis arriveerden werden ze begroet met harde muziek en flikkerende discolampen. In de woonkamer was een heuse party gaande.

'Eindelijk, daar zijn jullie!' riep hun moeder vrolijk uit. 'Ik kan mijn vrijgezellenfeestje toch niet zonder jullie vieren.'

Eén hoek van de kamer was omgetoverd tot wellnesscenter, ze aten stukjes haring met uitjes en Hollandse vlaggetjes, blokjes kaas en plakjes leverworst die zoals hier gebruikelijk was in mosterd werden gedipt, dronken ijskoud Heinekenbier, vierden feest met luid gezang, gelach en muziek.

'We hebben jullie nodig,' riep Amelie enthousiast.

Tot Yella's verbazing was Lucy haar oma dancemoves aan het leren, de meubels in de woonkamer waren aan de kant geschoven.

'Oma's zijn altijd goed voor de likes,' legde de tiener uit.

'Jullie zijn mijn achtergronddanseressen,' zei Henriette met koortsachtig gloeiende wangen. 'Het is een TikTok-challenge voor bruiden en hun bruidsmeisjes.'

Henriettes evenwichtsgevoel en conditie lieten te wensen

over, zwaar ademend maar ijverig oefende ze de pasjes om goed voor de dag te komen voor de camera van haar kleindochter.

'Mama, heb je vijf minuten?' vroeg Helen.

Haar zus deed een halfslachtige poging om hun moeder apart te nemen, maar Henriette Thalberg was niet in de stemming voor serieuze gesprekken.

'Wat ben je toch altijd een spelbreker, Helen,' zei ze. 'Ik snap wel dat Paul in zijn werk vlucht.'

'Het is belangrijk, mama,' zei Helen.

'Belangrijk is dat we van deze dag genieten,' zei ze. 'Vanaf vandaag wordt er in onze familie alleen nog maar gevierd.'

Henriettes stem klonk alsof het glas wijn in haar hand niet het eerste was. Ze was zo uitgelaten en vrolijk als ze in jaren niet meer was geweest. In haar gezicht herkende Yella de Henriette van vroeger over wie Fleur haar had verteld. De kokette vrouw die 's middags aan een glas rosé zat te nippen en zich koesterde in mannelijke aandacht. Alle last leek van haar schouders gevallen. Wanneer hadden de zussen voor het laatst zo gelachen en gek gedaan met hun moeder?

Yella stikte haast in alle twijfels die door haar heen raasden. Helen trok haar naar de badkamer. Ook bij haar had de twijfel inmiddels toegeslagen.

'Misschien zitten we op het verkeerde spoor,' fluisterde ze tegen Yella. 'Is het echt onze plicht om ons met het leven en de relaties van onze moeder te bemoeien?'

'Hij is een dubieuze figuur,' zei Yella. 'Ze moet het weten.'

'Thijs doet haar goed,' antwoordde Helen.

Daar kon Yella niets tegen inbrengen.

'Heeft niet iedereen het recht om zich over te geven aan illusies?' vroeg Helen zachtjes. 'Misschien is hij wel haar grote liefde.'

'Maar voor hoelang?'

'En zelfs als het alleen maar een tijdelijke grote liefde is: we hebben allemaal weleens een verkeerde man gekozen,' antwoordde Helen. 'In een wereld met hoge scheidingspercentages moet je niet al te veel waarde hechten aan het huwelijk.'

'Geef je het op?'

'Probeer jij maar met haar te praten,' zei Helen vermoeid. 'Ik kan het niet.'

'Toetje is klaar!' riep Doro en ze zette de muziek zachter. 'We eten vier in de pan.'

Met vragende blikken kwamen de zussen weer bijeen in de keuken. Yella keek ontroerd naar het pannenkoekachtige gerecht met appel dat hun moeder vroeger vaak als avondeten had klaargemaakt op het campingkookstel. Vier klodders deeg lagen eensgezind pruttelend naast elkaar in een pan. Ze aten de appelpannenkoekjes met dikke Hollandse stroop en poedersuiker. Het smaakte naar mooie tijden. Amelie deelde het recept zelfs met haar volgers.

'We moeten vaker een meidenavond organiseren,' zei Henriette geëmotioneerd. 'Met de mannen erbij wordt het altijd zo ingewikkeld.'

Yella vond dat het moment daar was om het boek van Lee To Sang tevoorschijn te halen.

'Kijk eens wat wij hebben gevonden...' begon ze aarzelend.

Haar moeder legde het boek weg zonder er een blik in te werpen.

'Ik bedenk ineens iets,' zei ze en ze sprong op.

Ze keerde terug met een pakje in haar hand. 'Voor Leo,' zei ze. 'Ik heb op een of andere manier niet meer de puf om me aan kleine kinderen aan te passen.'

Verrast pakte Yella het weinig subtiel aan elkaar gelijmde porseleinen beeldje uit dat tijdens hun laatste bezoek in Keulen kapot was gevallen. De dikke gouden sjaal die om de nek van de pierrot was gewikkeld om hem op z'n plaats te houden gaf het lelijke erfstuk een modern tintje.

'Amelie heeft hem gerepareerd met zo'n Japanse kintsugiset,' legde Henriette Thalberg uit. 'Ze probeert me te leren dat het imperfecte een bijzondere charme heeft.'

Beschaamd schoof ze wat heen en weer op haar stoel. 'Als je alleen nog maar leeft om je herinneringen af te stoffen heb je iets verkeerd gedaan. Zegt Thijs.'

'Leo zal wel blij zijn dat het hoofd er weer op zit,' zei Yella.

Ze probeerde haar moeder te omhelzen, maar die weerde haar af.

'Ik houd het wel in op je erfenis,' antwoordde ze in plaats daarvan. 'Anders denken je zussen nog dat ik je voortrek.'

Even voelde Yella ergernis opkomen. Maar ze had geen zin om haar stemming te laten bederven.

'Ik heb ook wat voor jullie,' riep ze vrolijk.

Eindelijk was er een goede gelegenheid om haar cadeautjes uit te delen. Yella had geen bijzondere aanleiding nodig om anderen iets te geven. In de kast in de woonkamer, die ze bij het grofvuil had gevonden en met veel liefde had opgeknapt, zaten drie lades waarin ze haar vondsten verzamelde: voor de adventskalender van de kinderen, voor David, haar zussen en de eindeloze reeks kinderverjaardagen. Zodra er een feestdag of bezoekje zat aan te komen opende Yella haar geheime lades en maakte een keuze uit de schatten die ze op rommelmarkten, in tweehandswinkels, zaakjes in de buurt of in haar creatieve vriendenkring had opgeduikeld. Vaak genoeg ontdekte ze op zoek naar een nieuwe broek en passant iets bijzonders dat veel beter bij iemand anders paste. Veel van haar gelukstreffers kocht ze al met een bepaald persoon in gedachten, andere moesten hun ontvanger nog vinden. Yella vond het heerlijk om anderen een plezier te doen.

'Wat lief van je,' zei haar moeder met een blik op de stapel cadeaus, stuk voor stuk netjes ingepakt in afgekeurde waterverftekeningen van Leo en Nick, die uitstekend geschikt waren als cadeaupapier. Ontroerd streek ze over de zijden sjaal die Yella bij een sample sale had gevonden.

'Hij heeft precies de kleur van je ogen,' zei Yella verlegen.

Haar moeder reageerde niet. Kwam dat door het dansen, had ze zich te veel opgewonden? Achter haar vrolijke façade leek ze altijd wat vermoeid. Het telefoontje van de huisarts schoot haar weer te binnen. Ze wilde net vragen hoe het daarmee zat toen Helen een enthousiaste kreet slaakte.

'*Die Zukunftsküche, Letzter Rettungsanker zur Verhütung völliger Entartung der Menschheit*,' las ze geamuseerd de titel van het oude boek voor.

'Dat is een van de eerste vegetarische kookboeken,' legde Yella haar cadeaukeuze uit.

'Het is uit 1900,' zei Helen verrukt. 'Ik ben benieuwd wat je daar nu nog uit kunt leren.'

Voor Doro had Yella twee gigantische potten met ingemaakte groenten meegebracht uit de biowinkel bij haar om de hoek, waar Doro de laatste keer dat ze op bezoek was geweest zo van had zitten smullen. Lucy kreeg een emmer groene en roze schuimkrokodillen.

'Dat was een idee van Nick en Leo,' zei Yella. 'Ze hadden stiekem gehoopt dat ze er ook een paar zouden krijgen.'

Verder had ze voor iedereen een pot honing van haar schoonouders meegebracht. Amelie kreeg ook nog een ingelijst portret dat Leo van haar had getekend.

'Het lijkt wel kerst,' verzuchtte Amelie.

'Een heerlijke kerst,' voegde Yella daaraan toe.

'Nu ben ik aan de beurt,' zei Doro en ze wees naar Yella. 'Ik heb wat voor je.'

Yella wist niet zo goed wat ze ervan moest denken, maar Doro stond erop dat ze meekwam. Doorgaans wachtte haar grote zus tot je naar haar toe kroop. Wie deel wilde uitmaken van Doro's leven diende zich in haar richting te bewegen. Zelfs bij een première ging Doro aan een tafeltje in een donker hoekje zitten, alwaar ze collega's, vrienden, fans en de pers ontving. Nooit van haar leven zou ze zich tussen de feestgangers mengen, laat staan in de rij gaan staan voor het buffet. Er was altijd wel een bewonderaar die een gevuld bordje langs kwam brengen.

Yella had geen zin om Doro's fangirl te spelen. Sinds hun ruzie was ze elk gesprek uit de weg gegaan. Ze was meer op haar hoede dan ooit en niet van plan om haar grote zus zomaar te vergeven.

'Kom nou maar gewoon mee,' zei Doro. 'Daarna mag je weer boos op me zijn.'

Sceptisch volgde Yella haar zus naar de balkonkamer. Tot haar verrassing had het niets met Henriette of hun ruzie te maken.

'Ik zag het hangen in een etalage in Londen en dacht meteen aan jou,' zei ze.

Verbijsterd wikkelde Yella een knalrood, nauwsluitend damespak uit het knisperende zijdepapier. Doro stond erop dat ze het opvallende ensemble ter plekke aanpaste.

Was dat weer een van Doro's fameuze goedmakertjes? Yella kon er maar niet achter komen hoe ze met Doro's onberekenbare humeur moest omgaan. Binnen het gezin was er altijd wel een zus geweest die sneller kon lezen, betere cijfers haalde, meer succes had met sport en bij de jongens, of die een hechtere band met hun ouders had. Hoe was dat mogelijk? Ze kwamen uit dezelfde genenpool maar waren toch zo verschillend. Had Thijs niet iets gezegd over wat je van de zee en de golven kon leren? De enige zekerheid in het leven was dat alles zich continu in een overgangsfase bevond. Ook haar relatie met Doro.

'Weet je hoe vaak ik vroeger wenste dat ik meer op jou leek?' zei Doro op verzoenende toon. 'Geduldiger, attenter, liefdevoller.'

Yella worstelde met zichzelf. Misschien was het niet alleen Doro's schuld dat het niet boterde tussen hen beiden. Als kind had ze Doro in alles nagedaan en ernaar verlangd om evenveel zelfvertrouwen te hebben als haar grote zus. Later had ze zich juist krampachtig willen afzetten, domweg alleen maar anders willen zijn om zichzelf te worden, maar op zoek naar haar eigenheid bleef ze gevangen in Doro's web. De gevoelens die ze voor haar grote zus koesterde sloegen even snel om als het weer in Holland. Het was moeilijk om naast Doro te bestaan. Op een of andere manier had ze zichzelf altijd als concurrent van Doro gezien, alsof de aandacht van hun ouders een eindige, felbegeerde grondstof was. Zelf deed ze elke dag opnieuw haar best om haar beide zoons zo gelijk mogelijk te behandelen, om steeds weer te constateren dat ze van beide jongens op een andere manier hield.

'In één ding lijk je heel erg veel op mij. Je bent minstens zo vermoeiend als ik,' zei Yella oprecht. 'Het leven is niet eens lang genoeg voor al het applaus dat jij nodig hebt.'

Doro stond erop dat ze het pak aanpaste: 'Het wordt tijd dat jij eens uit je schulp kruipt en gezien wordt.'

Yella gaf zich gewonnen en trok het fantastische tweedelige pak aan. Met wat behendige bewegingen draaide Doro Yella's haar in een knot, stiftte haar lippen en reikte haar een paar blauwe schoenen met hoge hakken aan.

Voorzichtig ging Yella voor de spiegel staan. Ondanks de smalle snit van het pak zat het haar als gegoten. Gewend aan *mom jeans*, makkelijke T-shirts (vaak ongestreken), comfortabele schoenen en een slordige snelle staart herkende ze de sexy vrouw die haar aankeek vanuit de spiegel nauwelijks.

'Het wordt tijd dat je weer eens aan iets anders denkt dan aan je drie kinderen,' zei Doro, die het niet kon laten om nog even een steek onder water uit te delen.

Yella slikte moeizaam. Bij Doro wist je nooit waar je aan toe was. Ze kon vriendelijk en attent zijn en het volgende moment een monster.

Maar deze keer was Yella haar te snel af. 'Drie kinderen?' riep ze en in een beschermend gebaar legde ze haar handen op haar buik. 'Kun je het al zien dan? Ik had gehoopt dat we de zwangerschap nog even geheim konden houden.'

Doro kon niets meer uitbrengen.

'Het is een vierling, allemaal meisjes,' deed Yella er nog een schepje bovenop, voordat ze luidkeels begon te lachen.

Die steken onder water hoorden bij Doro als het amen in de kerk. Misschien hielp het om niet bij elke verbale aanval meteen tegen het plafond te gaan zitten.

'Daar had ik je mooi te pakken,' zei ze, en met een grijns op haar gezicht verliet ze de kamer. Eindelijk weer eens een punt voor haar, bekroond door een geweldige nieuwe outfit.

28

Zorgenkinderen

Lang duurde haar overmoedige stemming niet. Toen ze terugkeerde naar de woonkamer zag ze dat het feestje onverwachts was afgelopen. Haar moeder, nu asgrauw en wankel, vertrok halsoverkop naar haar hotel.

'Het was een beetje veel,' verontschuldigde ze zich voor haar overhaaste vertrek.

Yella ondersteunde haar moeder terwijl die zichzelf hijgend en aan het eind van haar Latijn naar buiten sleepte.

'De taxi kan hier elk moment zijn,' zei ze, waarna ze zich uitgeput op de tuinbank liet zakken. 'TikTok is niets voor oude mensen,' grapte ze.

Yella ging naast haar zitten. Als er een kans was om met haar moeder te praten, dan was dit het moment.

'Ik moet je iets vertellen,' begon Yella. 'Het is belangrijk.'

'Wij tweeën hebben het de afgelopen tijd niet altijd makkelijk gehad met elkaar,' zei haar moeder schuldbewust.

'Het gaat niet om mij,' zei Yella.

'Jawel, dat gaat het wel,' sprak Henriette haar tegen. 'Soms denk ik dat het door onze valse start komt dat we zoveel problemen hebben. Toen je werd geboren had je me al bijna omgebracht. Ik kon amper op mijn benen staan en je hebt drie maanden lang gekrijst. Je vader draaide bijna door.'

'Ik was een baby,' zei Yella. 'Waarschijnlijk had ik krampjes.'

Maar dat soort eenvoudige verklaringen accepteerde haar moeder niet.

'Vandaag de dag weet men meer over depressies, maar toen dacht ik dat mijn negatieve gevoelens mijn eigen schuld waren. Doro was zo'n makkelijk en vrolijk kind, en ineens draaide alles om jou. Ik kon niet meer werken, niet meer op reis, niet meer uitgaan met je vader, niets. Ik dacht de hele tijd alleen maar: het eerste kind draait gewoon mee, met het tweede zit je in de val.'

Hoe verder Henriette uitweidde om de moeilijke start terug te halen, hoe beter Yella begreep waarom haar relatie met haar moeder soms zo ingewikkeld was. Henriette had het gevoel dat ze alles voor Yella had opgeofferd: haar werk als stewardess, haar gezondheid, haar toekomstplannen. En als tegenprestatie weigerde Yella het aanhankelijke, mooie, begaafde en ronduit perfecte kind te zijn waarmee ze kon pralen.

Haar moeder liet een klaterende lach horen toen ze Yella's gezicht zag betrekken.

'Dat is toch niets persoonlijks, suffie,' zei ze. 'Het is niet jouw schuld. Maar als ik het over zou mogen doen...'

Ze liet in het midden welke van haar beslissingen in haar leven ze daarmee bedoelde. Yella slikte. Had ze net nog op het punt gestaan om met haar moeder over haar toekomstige echtgenoot te praten, nu moest ze eerst verwerken wat ze zich zojuist had gerealiseerd. Gaf haar moeder haar er onbewust de schuld van dat haar leven niet het grote avontuur was geworden waarvan ze had gedroomd?

'Ik heb veel te laat begrepen waar het in het leven echt om

gaat, Yella,' zei ze. 'Maak niet dezelfde fouten als ik en bind je niet vanwege je kinderen aan de verkeerde man.'

'De verkeerde man?' herhaalde Yella geschokt.

'Het huwelijk met je vader was gecompliceerd en mijn tweede huwelijk van het begin af aan gedoemd te mislukken. Ik dacht echt dat hij jullie een stabiele basis kon bieden.'

Haar moeder vermeed het om zijn naam uit te spreken, alsof ze haar ex op die manier uit het collectieve geheugen van de familie Thalberg kon wissen.

'Hij heette Bernhard Seitz en we konden hem niet uitstaan,' zei Yella.

'Jullie hebben het hem moeilijk gemaakt,' zei Henriette. 'Misschien hadden we een kans gehad als jullie iets meer open hadden gestaan voor hem.'

'Onze vader was net overleden,' zei Yella.

Haar moeder keek haar aan alsof ze haar had geslagen.

'Ik was in rouw,' zei Henriette. 'Ik kon geen kant op. Ik achtte mezelf niet in staat om alles alleen aan te kunnen.'

De taxi reed voor. Yella raakte in paniek.

Haar moeder kwam wankelend overeind. Even dacht Yella dat ze zou omvallen.

'Ze zeggen altijd dat een moeder geen lievelingetjes mag hebben. Maar dat klopt niet. Jij was altijd al mijn zorgenkind, Yella. En van zorgenkinderen hou je nu eenmaal extra veel.'

Yella voelde boosheid opkomen. Ze ervoer de woorden van haar moeder als verraad aan haar zussen. Had ze Helen niet op soortgelijke wijze in slaap gesust?

'Je hebt wat beters verdiend, Yella,' zei ze. 'Je hebt het recht om gelukkig te zijn. Wacht niet tot het te laat is.'

Yella was zo lamgeslagen door de verwijten dat ze haar moeder niet probeerde tegen te houden toen die in de taxi stapte en wegzoefde.

29

Land onder water

Het feest was duidelijk voorbij en Amelie was klaarwakker. Met slaande deuren verdween Yella naar haar kamer, zonder aan iemand te vertellen wat er buiten tussen haar moeder en haar was voorgevallen, Helen trok zich terug in haar slaapkamer en Doro moest nog werken. Amelie staarde naar het beeldscherm van haar telefoon, verbaasd over de vele berichtjes. Meestal was ze blij als haar postvak overstroomde, nu bezorgde de hoeveelheid nieuwe volgers haar een nare smaak in de mond. Wat had het voor zin om succes te hebben in de virtuele wereld als haar echte leven zo leeg aanvoelde? Het was altijd hetzelfde. Ze had zo naar de dagen in Bergen uitgekeken. Ze had van tevoren bedacht wat ze met haar zussen wilde ondernemen en bespreken, maar vanaf het moment dat de anderen arriveerden werd ze vrijwel onzichtbaar. Geen van haar zussen leek zich bijzonder voor haar te interesseren. Haar moeder sowieso niet, hoe vaak ze ook beweerde dat ze een heel bijzondere band met haar voelde. Amelie had zich nog nooit de favoriet gevoeld, maar altijd het vijfde wiel aan de wagen. Ze steunde haar zussen waar ze maar kon, maar werd evengoed nooit serieus genomen. Viel het eigenlijk iemand op dat zij er ook nog was? Doro stelde haar nooit ook maar één vraag, en Yella en Helen klitten non-stop samen en lieten niemand aan hun gesprekken deelnemen. Ze had niet eens zin meer om met die oude foto's bezig te zijn. Er was simpelweg niets veranderd ten opzichte van vroeger. Amelie had altijd een bijrol in haar eigen familie gespeeld. Geen wonder dat ze het gevoel had dat ze nergens bij was geweest. Ze was te onrustig om te kunnen slapen. Ze besloot Ludwig en Paul op te zoeken, aan wie ze Philomena's uitnodiging voor de comedyavond had doorgegeven. Een uur voor aanvang hadden ze een berichtje gekregen waarin de locatie werd meegedeeld.

Het geheime event vond plaats in een ruimte achter een surfwinkel. Het plotseling binnenvallende licht toen ze de deur opendeed trok de aandacht van de aanwezigen. De helft van het publiek zwaaide enthousiast naar haar. Kennelijk had ze geen half werk geleverd met de kaartverkoop een dag eerder. Amelie trad een universum met allemaal bekende gezichten binnen. Wat deed het goed om eindelijk gezien te worden! Zonder haar zussen ging het haar een stuk makkelijker af om iemand, of domweg gewoon zichzelf te zijn.

De grotendeels jonge bezoekers hingen op geïmproviseerde banken en nipten aan hun zelf meegebrachte drankjes. Het was niet moeilijk om Ludwigs robuuste gestalte in het publiek te vinden. Hij stak een kop boven alle andere bezoekers uit en had plaatsgenomen aan de zijkant, waar hij niemands zicht belemmerde. Paul trok net een nieuw biertje open en proostte met al zijn buren. Zo te zien had hij al vrienden gemaakt.

Met een warm gevoel in haar maag ging Amelie op een doos T-shirts zitten.

Tussen surfplanken en wetsuits sprong op een geïmproviseerd podium een soort jonge Rudi Carrell rond, met een knaloranje broek, een blauw overhemd en witte sneakers.

'Hallo, mijn naam is Patrick, ik kom uit Holland en we moeten praten,' begon hij zijn programma, dat gewijd was aan de stijging van de zeespiegel en de *Enthollandisierung der Erde*, zoals hij het noemde.

'Vijfenvijftig procent van Nederland ligt onder de zeespiegel,' waarschuwde hij. 'Als alle klimaatprognoses kloppen, gaat het er niet meer om óf maar wannéér Nederland onder water verdwijnt. Onze regering heeft een website in het leven geroepen waar we kunnen zien hoe ver onder water we eindigen: overstroomik.nl. Als je daar intypt waar we ons nu bevinden, kun je meteen zien wat je te wachten staat.'

Hij laste een dramatische pauze in voordat hij de uitkomst noemde: 'Hier in de winkel moeten we rekenen op een halve meter hoogwater.'

De bezoekers keken zoekend om zich heen, alsof ze wilden inschatten wat die hoeveelheid water betekende.

'Daar staat ook dat het nog lang kan duren voor het zover is. Maar het kan ook morgen al gebeuren. Lieve mensen, wat doen jullie hier nog?'

Ludwigs bulderende lach overstemde alles en iedereen. Natuurlijk maakte niemand aanstalten om te vertrekken. In plaats daarvan gingen bier en pizza nog steeds gezellig rond. Zelfs Paul, die qua uiterlijk nogal uit de toon viel in deze surfwinkel, amuseerde zich kostelijk.

'De mensen vragen zich vaak af waarom Hollanders van die reuzen zijn. Dat komt doordat onze lichamen zich al in de hoogte ontwikkelen. Ik ben me al aan het voorbereiden op mijn vlucht. Ik heb op internet een cursus Duits voor Nederlandse voetbalfans gevonden.'

Hij haalde een briefje uit zijn broekzak en las de zinnen voor.

'Haben Sie das T-Shirt auch in Orange?'

'Nein, das ist nur für den Eigenbedarf.'

'Können wir vierunddreißig Zimmer nebeneinander bekommen?'

'Eine Niederlage gegen Togo ist wirklich schade.'

'Kann ich Sie mit meinem oranje Schlumpfoutfit ein wenig aufheitern?'

Hij laste weer een pauze in.

'Maar wat doen jullie als zeventien miljoen oranje klimaatvluchtelingen in caravans over de linkerrijstrook naar Duitsland komen? Dan vraagt toch elke Duitser zich af: *Schaffen wir das?*'

Na Patrick pakte Philomena de microfoon. In haar pak zag ze eruit als een loodgieter die per ongeluk op het podium verzeild was geraakt.

'Ik wilde jullie eigenlijk iets vertellen over mijn liefdesleven,' zei ze. 'Maar ik begin me nu toch wel een beetje zorgen te maken.'

Ze ging op de stoel op het podium zitten, pakte haar telefoon en begon te tikken.

'Die website bestaat echt,' zei ze verbluft. 'Ik heb mijn postcode ingevoerd en daar staat het: jouw woonplaats komt anderhalve meter onder water te staan.'

Ze keek geschrokken naar het publiek.

'Ik ben maar één meter zesenvijftig,' zei ze. 'Met een beetje geluk kan ik nog net door mijn neus ademen.'

Ze stond op, liet iemand het licht aandoen en keek vragend naar het publiek.

'Zijn er vanavond Duitse gasten aanwezig?' vroeg ze.

Ongeveer de helft van de handen ging omhoog.

'Volgens mij moet ik dat daten van mij een beetje anders

aanpakken,' zei ze. 'Wie van jullie zou mij graag in huis nemen?'

Amelie meldde zich spontaan. Iedereen lachte. 'Kom maar bij mij. Ik neem graag een Nederlander in huis.'

'Wat een geweldige avond,' verzuchtte Ludwig gelukzalig toen de laatste cabaretier het podium had verlaten.

'We moeten meer lachen met z'n allen!'

'Of vaker trouwen,' zei Amelie.

Paul leek die opmerking niet te waarderen, hij stond als door een wesp gestoken op.

'Ik wilde de cabaretier nog iets vragen,' zei hij en hij liep op Patrick af.

'We zouden een voorbeeld moeten nemen aan de Hollanders. We moeten dreigende catastrofes serieus nemen. En er tegelijkertijd ook af en toe om lachen,' zei Ludwig, die ronduit spraakzaam was voor zijn doen. Ook hij had nog geen zin om naar huis te gaan. Zijn blik ging naar de tafel met merchandise.

'Ik moet nog een T-shirt voor morgen hebben,' zei hij. 'Ik ben uit al mijn overhemden gegroeid.'

Amelie, plotseling alleen, keek naar Philomena, die de klapstoelen weghaalde en steeds dichterbij kwam.

'Meende je dat?' vroeg ze toen ze bij Amelie was aangekomen. 'Zou je me in huis nemen?'

Amelie knikte.

'Hoe weet je of we bij elkaar passen?' vroeg Philomena.

'Als ik wil weten of ik iemand aardig vind, probeer ik me altijd voor te stellen hoe het is om samen opgesloten te zitten in een lift.'

'Ik probeer dingen liever uit,' zei Philomena. 'Dan merk ik vanzelf wel wat ik denk.'

'En wat denk je op dit moment?' vroeg Amelie.

'Dat we een lift kunnen opzoeken,' zei Philomena.

'Nee.'

'Nee?'

'Ja.'

'Hoezo?'

'Uit ervaring weet ik dat ik het slechtst kan samenleven met mensen van wie ik me goed kan voorstellen dat ik met ze vastzit in een lift. Tot nu toe is het altijd misgegaan.'

'Het klinkt gecompliceerd om jou te zijn.'

Amelie zwaaide naar haar zwagers die net de surfwinkel uit liepen.

'Het is al laat,' zei ze.

'Ik heb nog wat voor je,' zei de taxichauffeuse en ze hield een tasje omhoog.

'Nog meer koekjes?' giechelde Amelie.

'Kijk er eens in,' zei Philomena.

Hun handen raakten elkaar toen ze het raadselachtige pakketje aanpakte. Was dat toeval? Opzet? Deed het ertoe? Ze voelde zich alsof ze op nuchtere maag prosecco had gedronken.

Nieuwsgierig keek Amelie in het tasje. Er zat een envelop met een paar bankbiljetten in.

'Ik ben speciaal voor jou gaan pinnen,' zei Philomena.

'Jij? Betaalt? Mij?' vroeg Amelie verrast.

'Je provisie,' zei ze.

'Ik heb alleen maar wat koeken uitgedeeld.'

'We hebben nog nooit zoveel publiek gehad,' zei Philomena. 'Mannelijk publiek. Jóng mannelijk publiek.'

Amelie lachte: 'Komt vast door dat flesje Mannenliefde.'

'We hebben voor de hele zomer voorstellingen op het programma staan,' zei Philomena. 'We kunnen wel een promotiemedewerker gebruiken die verstand heeft van cookies. In het echte leven en op internet.'

'Is dat een aanbod?' vroeg Amelie.

'Een voorlopige oplossing,' zei Philomena. 'Tot het water komt.'

Amelie lachte. 'Eerst nog even mijn moeder laten trouwen,' zei ze. 'En dan kijken we wel verder.'

Toen Amelie buiten stond en de koele Noordzeelucht inademde stuurde ze een schietgebedje richting hemel. Misschien was Doro uiteindelijk toch een goede koppelaarster. Als haar zus de taxi zelf had betaald, zou Amelie Philomena nooit hebben ontmoet. En dat was veel meer waard dan die tachtig euro die ze was kwijtgeraakt. Ineens leek de toekomst veel belangrijker dan het verleden.

30

Het begin van het einde

'Wat een geweldige dag om te trouwen,' zei Amelie vrolijk.

Na de gezellige avond met Philomena danste ze goedgemutst door de ochtend. In tegenstelling tot Yella. De dag van de bruiloft brak aan zonder dat ze iets had bereikt. Niet onder de indruk van haar slechte humeur stond de zon te stralen, witte wolken trokken kalmpjes langs een felblauwe hemel. De Noordzee liet zich van haar beste kant zien.

In het vakantiehuis was het een drukte van jewelste. Amelie woelde door een berg kleren en kon maar niet besluiten wat ze moest aantrekken naar de grote gebeurtenis, terwijl tante Yella, met haar rode pak al aan, tevergeefs worstelde met het ingevlochten kapsel dat Lucy van Pinterest had geplukt. Af en toe dook de altijd hongerige Ludwig in de keuken op, sloeg zijn ogen ten hemel, pakte snel een nieuwe kop koffie en trok zich weer terug op het terras, waar hij op z'n dooie gemak de ochtend zat weg te paffen. Doro, onbetwiste stijldeskundige, was al voor dag en dauw naar het hotel vertrokken met de jurk die inmiddels af was, en Helen zat met gedempte stem met Paul te bellen.

'Ik heb geen tijd,' zei ze. 'Het kan nu niet.'

Yella kon Helens uitwijkmanoeuvres niet langer aanzien en pakte bruusk de telefoon van haar zusje af.

'Paul?' zei ze. 'Met Yella.'

'Wat doe je?' zei Helen boos.

'Ze is over tien minuten bij je,' zei ze. 'Beloofd.'

'Ik ga helemaal nergens naartoe,' stribbelde Helen tegen. 'Niet een uur voor de trouwerij.'

'Ga naar hem toe. Praat met hem voordat het te laat is,' zei Yella.

'Ik moet mama ophalen met de cabrio,' zei Helen. 'Het is de laatste gelegenheid om haar van dit onzalige idee af te brengen.'

'Dat neem ik wel van je over,' zei Yella. 'Ik krijg het wel voor elkaar.'

Helen aarzelde.

'Ik praat met haar en jij houdt je met Paul bezig. Hij is speciaal voor jou hiernaartoe gekomen...'

Helen knikte gehoorzaam.

Yella zette Helen af voor Pauls pension en reed vervolgens met de Mini naar het hotel van haar moeder. Ze voelde zich geweldig in haar nieuwe rode pak. Maar bij haar moeder had Doro zichzelf echt overtroffen. Yella wist niet wat ze zag toen de bruid door de draaideur naar buiten kwam. Henriette Thalberg droeg een eenvoudige witte kasjmiertrui en een wijde lichtblauwe rok met pastelkleurige vlinders. De doorzichtige pailletten die Doro er met de hand op had gestikt, een klusje waarmee ze uren bezig was geweest, gaven de golvende stof een subtiele glans. Twee vlinders waren in het loshangende haar van haar moeder beland, dat prachtig rond haar gezicht viel. Ze zag er fenomenaal uit, maar haar handen trilden.

'Misschien gaat het beter als ik me aan het bruidsboeket kan vasthouden,' zei ze terwijl ze in de auto stapte.

'Waar is Doro?' vroeg Yella verbaasd.

'Doro komt later. Ze moet zich nog omkleden,' zei haar moeder.

Zwijgend reed Yella in de tweezitter het dorp uit: langs de hertenkamp, door de lange laan met het kunstmuseum waar haar vader ter gelegenheid van de opening een paar van zijn werken in de tuin had mogen tentoonstellen, langs de eindeloze rij oude villa's met imposante oprijlanen en hypermoderne gezinsoptrekjes voor de superrijken die dit deel van het dorp hadden veroverd. Vroeger had ze samen met Doro gefantaseerd dat ze in een van de villa's zouden inbreken en het leven van de bewoners overnamen: mondain, stijlvol en rijk. De monumentale lindebomen aan beide kanten van de straat wierpen lange schaduwen. Ze zag dat haar moeder zat te rillen.

'Je moet niet alles geloven wat er over Thijs wordt verteld,' zei ze vanuit het niets toen ze via de rotonde de laan verlieten en de weg naar het strand insloegen.

Yella keek haar verrast aan.

'Bergen is een klein dorp. Alles wordt hier doorverteld. Ook dat jullie bij Fleur voor de deur stonden.'

Het verwijt in haar stem was duidelijk hoorbaar.

'Als je zo weinig vertelt moeten we het wel aan andere mensen vragen,' zei Yella.

Ze had lang genoeg om de hete brij heen gedraaid.

'Zijn ex vertelt nogal wat leugens in het dorp. Ze is een heks,' zei Henriette.

'Maar hij is wel ooit met haar getrouwd,' antwoordde Yella. 'Dus zo erg kan ze niet zijn.'

'Ze waren niet getrouwd,' zei haar moeder.

'Daar had ze misschien wel haar redenen voor.'

Haar moeder reageerde geïrriteerd. 'Ik weet dat jullie je zorgen om mij maken. Maar voor mij speelt zijn verleden geen rol. Hij heeft fouten gemaakt in zijn leven,' zei ze. 'Wie niet?'

Ze glimlachte, maar onder haar make-up leek ze aangeslagen.

Yella trapte met kracht op de rem en zette de auto stil op een parkeerplaats die bestemd was voor wandelaars. 'Wat is er écht met je aan de hand?' vroeg ze op scherpe toon.

'Rij door,' zei Henriette. Ze peinsde er kennelijk niet over verantwoording af te leggen aan haar dochter.

'Niet voordat je mij hebt uitgelegd waarom je zo overhaast wilt trouwen. Met een man die niet in de verste verte aan je eigen eisen voldoet.'

Haar moeder schoot in de verdediging. 'Moet ik soms wachten tot ik dood ben? Op mijn leeftijd komen families alleen nog op begrafenissen bijeen. Wil je dat het volgende feest mijn eigen uitvaart is?'

'Maar daarvoor hoef je toch niet met iemand te trouwen over wie van die rare verhalen worden verteld?'

'Mensen praten altijd,' antwoordde Henriette.

'Hij is niet wie hij zegt dat hij is,' zei Yella voorzichtig.

'Ik weet alles wat ik moet weten,' zei haar moeder, ze klonk koppig als een klein meisje. Ze leek vast van plan om zich zonder al te veel kritische vragen te stellen halsoverkop in een derde huwelijk te storten.

'Mama, hij heeft die foto niet gevonden,' zei ze. 'Hij heeft dat hele Jonkmans-verhaal verzonnen.'

'Nou en?' zei ze koel, erg verrast leek ze niet.

'Dat wist je?'

Haar moeder deed haar mond open en weer dicht.

Yella's gedachten buitelden over elkaar heen.

'Hoe wist hij überhaupt van het bestaan van die foto af?'

Haar moeder leek met zichzelf in conflict. Kennelijk was ze zo verstrikt geraakt in haar eigen leugens dat ze geen uitweg meer zag.

'Omdat ik hem daarover heb verteld,' zei ze uitgeput. 'Hij wilde me een plezier doen.'

Yella hapte naar adem. Ze moest eerst de enorme bom verwerken die haar moeder had gedropt. Die foto was helemaal niet het begin van hun relatie geweest? Dat hele verhaal van Thijs die de foto was tegengekomen, J. Thalberg had gegoogeld en haar op internet had gevonden was gelogen, en haar moeder had dat al die tijd geweten.

'Jullie hebben dat verhaal samen verzonnen,' zei ze verbijsterd.

'Thijs heeft de foto gevonden,' zei haar moeder gemaakt vrolijk. 'Geweldig toch?'

'En hoe hebben jullie elkaar écht ontmoet?' vroeg Yella.

'Wat doet dat ertoe? Alleen het nu is belangrijk,' zei Henriette.

Yella nam geen genoegen met dat antwoord. Ze zou niet verder rijden voordat haar moeder had uitgelegd hoe een en ander in elkaar stak.

'Waarom maak je zo'n geheim van jullie verhaal? Waarom al die leugens?'

'Ik heb geen zin om door al dat gevraag van jou te laat te komen op mijn eigen bruiloft,' zei Henriette bars. 'Rij nou eindelijk verder, Yella!'

'Niet voordat je me de rest hebt verteld.'

'Er is geen rest. Het is allemaal verjaard. Oude koeien,' zei ze geïrriteerd.

Ineens viel het kwartje bij Yella. Het voelde alsof een onzichtbare hand de losse puzzelstukjes als in slow motion op de juiste plek schoof en samenvoegde tot één afbeelding.

'Kende je hem nog van vroeger?' vroeg ze.

'En wat dan nog?' zei Henriette Thalberg. 'Wat doet het ertoe?'

'Jullie kenden elkaar van vroeger,' zei Yella.

Ineens wist ze het zeker: 'Je kent hem van onze zomervakanties.'

'Ik ben jou geen verklaring schuldig,' zei Henriette nijdig.

Yella voelde dat ze met haar kritiek op haar moeder een gevoelige snaar raakte. Waarom zou ze anders zo boos worden?

'Hadden jullie destijds al iets met elkaar? Toen papa nog leefde?' Nu wilde ze het weten ook.

Haar moeder had genoeg van het kruisverhoor. Aangezien Yella geen aanstalten maakte om verder te rijden opende ze het portier en stapte moeizaam uit de auto.

'Moet ik dan voor eeuwig in het verleden blijven hangen?' zei ze. 'Het kan me niet schelen wat er vroeger is gebeurd.'

Ze trok haar zijden schoenen uit en begaf zich op blote voeten richting het strand. Ze liep rechtstreeks Yella's leven uit.

Zo makkelijk zou Yella haar moeder er niet vanaf laten komen. Ze stapte uit en haalde haar met stevige passen in. Een confrontatie, zo had ze inmiddels wel door, zou haar niet verder brengen.

'Ik wil zo graag begrijpen waarom je je in dit huwelijk stort.' Ze deed haar best om minder streng te klinken.

'Omdat Thijs bij me past,' legde Henriette uit. 'Je vader was doodsbang voor het leven, hij haatte verandering en wilde alles vasthouden. Mij, zijn dochters, zelfs het werk waar hij een hekel aan had, eeuwig dezelfde vakantie, zelfs de wolken. Maar ik wil ook eens een keer de wind zijn, en eindelijk heb ik iemand gevonden die met me meewaait.'

'Maar dan hoef je toch niet meteen met hem te trouwen?' zei Yella. 'Vanwaar die haast?'

'Wat kan mij de eeuwigheid schelen? Ik wil nu van het leven genieten. Ik heb geen tijd meer om dingen uit te proberen,' zei haar moeder uitgeput.

Ze veegde de zweetdruppeltjes van haar voorhoofd. Even leek ze een inzinking nabij. Yella's alarmbellen gingen af.

'Ik vind hem leuk, hij vindt mij leuk. Voor nu is dat voldoende,' zei haar moeder op vermoeide toon. 'Ik heb geen tijd meer om eindeloos over alles na te denken. Hoe minder er van die eindeloosheid over is, hoe efficiënter je moet omgaan met de tijd die je nog hebt.'

Het duizelde Yella. De inconsequente stelligheid waarmee ze haar nieuwe liefde verdedigde had iets beangstigends en paste niet in de verste verte bij de moeder die ze kende. De strenge regels die ze voor haar dochters hanteerde golden duidelijk niet voor haarzelf. Waarom gooide ze voor deze man al haar principes overboord?

'Mama, gaat het wel goed met je?' vroeg Yella en ze legde haar arm op die van haar moeder. De zachte aanraking bracht haar moeder nog verder van haar stuk. Ineens vocht ze tegen haar tranen.

'Het ergste is dat het leven zo snel voorbij is, Yella,' zei ze met gebroken stem. 'Er is zoveel wat ik nog niet heb uitgeprobeerd en meegemaakt. Begrijp je dat dan niet? Ik wil nog één keer iemand de liefde verklaren en daar met elke vezel van mijn hart in geloven.'

Ze raakte buiten adem, hoestte hevig. Pure wanhoop sprak

uit haar ogen. En ineens meende Yella te begrijpen wat er met haar moeder aan de hand was. Keer op keer had ze de signalen waargenomen, keer op keer had ze die als onschuldig afgedaan.

'Heeft je haast iets met die doktersafspraken te maken?' vroeg ze.

'Dokters kunnen zich vergissen,' zei haar moeder onverwacht strijdvaardig. 'Er kan altijd een wonder gebeuren.'

Yella hoorde duidelijk de angst achter haar felle woorden. Henriette Thalberg trouwde niet omdat ze zo gelukkig was, maar om het ongeluk te maskeren.

'Ik wil niet doodgaan met het gevoel dat ik mijn echte leven ben misgelopen,' voegde ze daar iets zachter aan toe.

'Je weet al lang wat de dokter van je wil,' concludeerde Yella.

'Ik weet alleen dat het ernstig is,' zei ze hees. 'Heel ernstig.'

'Kanker?' vroeg Yella geschrokken.

Haar moeder knikte. 'Mijn lever.'

'Wilde de dokter je daarom spreken?'

'Ik wil er niets over horen. Niet nu. Niet vandaag,' zei Henriette.

'Je bent bewust niet naar de afspraak gegaan?' vroeg Yella.

'Het zou kunnen dat ik niet zoveel tijd meer heb om nog iets moois te beleven,' sprak haar moeder openhartig. 'Wie weet, misschien heb ik nog maar een paar maanden.'

'Je zult toch eerst moeten weten wat er überhaupt aan de hand is. We moeten met de dokter praten. Er zijn zoveel behandelingen mogelijk.'

'Over mijn lijk,' zei Henriette vastbesloten. 'Ik doe niet mee aan dat circus. Ziekenhuis, chemo, bestralingen, weer ziekenhuis.'

'Je wilt je niet laten behandelen?'

‘Ik ben wat afgevallen, heb last van vermoeidheid, soms voel ik me zwak. Het gaat goed genoeg met me om van het leven te genieten. Voor de rest heb ik pijnstillers.’

Yella’s adem stokte in haar keel.

‘Het geeft niet, Yella. Door die ziekte ben ik eindelijk eens wat moediger geworden.’

Yella knielde neer. Het duizelde haar. Haar moeder reageerde zo irrationeel omdat ze niets meer te verliezen had. Misschien vermoedde ze dat Thijs niet bij haar zou blijven. Maar dat maakte niet uit, want voordat het zover was zou zij hem misschien al verlaten hebben. Hoe ziek was haar moeder eigenlijk echt? Yella omhelsde haar.

‘Ik heb me altijd afgevraagd wie ik geweest zou zijn als ik andere beslissingen had genomen in mijn leven,’ bekende Henriette. Haar tranen ruïneerden haar make-up. ‘Maak je om mij maar geen zorgen. Ik weet precies wat ik doe. Ik keer alleen maar terug naar het punt waarop ik de weg ben kwijtgeraakt.’

Yella hapte naar adem. ‘Je kende Thijs van vroeger en je hebt destijds niet voor hem gekozen?’ zei ze op fluistertoon.

‘Ik vond hem leuk, inderdaad,’ zei Henriette. ‘Maar ik was getrouwd...’

Ze stopte halverwege de zin.

‘Heb jíj contact met hém opgenomen?’ vroeg ze. ‘Was het in werkelijkheid andersom? Na de diagnose ben je zelf naar hem op zoek gegaan?’

‘We hebben elkaar teruggevonden, dat is het enige wat telt,’ zei haar moeder, Yella’s vraag ontwijkend.

Yella vermoedde dat de leugen met de zussenfoto vooral bedoeld was om vragen over een mogelijke affaire in de kiem te smoren. Waarom zouden ze anders beweren dat ze elkaar nu pas hadden leren kennen?

'Sommige dingen kun je maar beter laten rusten,' zei Henriette cryptisch.

Yella verkeerde in tweestrijd. Misschien moest ze accepteren dat haar moeder niet wilde vertellen wat er destijds tussen haar en Thijs was gebeurd. Misschien ging het haar als kind ook helemaal niets aan.

'Dit blijft onder ons,' zei haar moeder streng. 'Het is ons geheimpje. Je zussen hebben geen idee. Niet van het verleden, niet van mijn ziekte.'

'En als je je vergist?' zei Yella zachtjes. 'Wat nou als Thijs een eigen agenda heeft?'

Dat ze elkaar kennelijk van vroeger kenden pleitte Thijs slechts tot op zekere hoogte vrij. Ze probeerde zich zo voorzichtig en vaag mogelijk uit te drukken.

Haar moeder keek er nuchter tegen aan: 'Dat is iets wat je niet begrijpt, Yella,' zei ze. 'Liefde is ook altijd een zakelijke regeling. Ik help hem er financieel bovenop, ik betaal zelfs die jongen terug van wie hij duizend euro heeft geleend. Als tegenprestatie helpt hij mij om in een toekomst te geloven.'

Zou liefde voor haar moeder altijd al een speciale vorm van kapitalisme zijn geweest?

'Hij houdt van mij,' zei haar moeder. 'Het kan me niet schelen waarom.'

Ze liep terug naar de auto en glipte achter het stuur.

'Kom je mee?'

Yella wimpelde af.

'Ik ga een stuk lopen,' zei ze uitgeput.

31
In de greppel

Yella had de paar honderd meter naar het strand nodig om alle nieuwe informatie te verwerken voordat ze haar familieleden onder ogen durfde te komen. Een half leven lang was ze achter haar moeder aan gelopen, in de hoop op toenadering. De vraag was of dat ooit zou veranderen.

Tot overmaat van ramp had Henriette Yella een twijfelachtig cadeau gegeven door haar in vertrouwen te nemen. Was het niet precies dat geheimzinnige gedoe dat de familie vergiftigde? Waren er nog meer geheimen, die ze stuk voor stuk als bommetjes bij haar zussen had gedropt? Net zoals ze Doro had ingewijd in haar trouwplannen?

Mama is ziek, klonk een dreinend stemmetje in haar hoofd. En ze was vastbesloten om het ware verhaal achter wat haar werkelijk met Thijs verbond mee het graf in te nemen.

'Ieder mens heeft recht op geheimen,' zei dokter Deniz altijd.

Auto's raasden langs, vrolijke fietsers haalden haar in. Verderop zag ze de strandopgang al opdoemen toen ze vanuit haar ooghoek naast de weg een felgekleurde vlek waarnam. Onder een van de kromme bomen die op deze plek langs de weg stonden had iemand verse bloemen in de greppel gelegd. Aan de bos wapperde een klein kaartje in de wind. *Ik mis je, papa.* Yella herkende het handschrift van haar zus Amelie. Met een felle steek in haar hart kwam het besef. Hier, in de laatste bocht onderweg naar het strandpaviljoen, was haar vader met honderd kilometer per uur in regen en wind van de weg geraakt en met zijn auto tegen een boom geknald.

Er fietste een gezin langs. De wind waaide het vrolijke gesnater van de meisjes haar kant op. Ze moesten flink trappen. Ze droegen helmen, dus het zouden wel toeristen zijn. Het meisje deed haar aan de Yella van vroeger denken.

En toen kwamen de tranen. Ze was nooit de Yella geworden die ze zonder dat verdomde ongeluk had kunnen worden. Door pijn overmand ging ze in de berm zitten, bittere tranen huilend. Om haar moeder, die niet meer lang bij hen zou zijn, en om hun vader, die door het noodlot veel te jong uit het leven was gerukt. Het was hem niet gegund geweest om zijn vier meisjes als volwassen vrouwen mee te maken, hij had hun partners nooit ontmoet en was alle kleinkinderen misgelopen. Er was hem ook veel bespaard gebleven: oud worden, grijs haar, knieproblemen, een buik die als een soufflé over je riem hangt, situaties waarin alleen al de manier waarop je partner 's morgens van een kop hete koffie slurpt of een eitje tikt je witheet maakt, affaires die uitkomen, de scheiding. Yella huilde om haar al te fraai ingekleurde herinneringen aan een gelukkig gezin. Ze kon zich nog altijd geen goede voorstelling maken van wat zich destijds tussen haar moeder en Thijs, en misschien ook hun vader, had afgespeeld. Eén ding wist ze wel: het was erg genoeg om er twintig jaar later nog steeds over te liegen. Voor het eerst in haar leven begreep ze dat het uiteindelijk ook wel mis zou zijn gegaan als het ongeluk nooit was gebeurd. Haar moeder was moeilijk en egocentrisch. De mannen in haar leven waren belangrijker geweest dan haar kinderen. Altijd al. Waarschijnlijk had het ongeluk slechts versneld wat er in essentie al was: het mislukte huwelijk van haar ouders en het uiteenvallende gezin. Het werd tijd om afscheid te nemen. Van oude ideeën, van de volmaakte wereld van de zomerzussen die slechts in haar herinnering bestond, van de oude Yella.

32

Thuis

Er klonk luid getoeter vanaf de weg. Yella kon haar ogen bijna niet geloven toen ze door haar tranen heen het Berlijnse kenteken herkende. Door de open raampjes van de auto klonk vanaf de achterbank een vrolijke jongensstem: 'Mama! We zijn er!'

David sprong uit de auto en omhelsde haar zonder ook maar één vraag te stellen. De omhelzing voelde warm en vertrouwd.

'Het spijt me zo,' zei David. 'Ik had je nooit alleen moeten laten gaan.'

'We zijn midden in de nacht opgestaan,' zei Leo blij.

Hij had alles uit de kast gehaald voor het grote moment en zijn Elsa-kostuum aangetrokken.

'We laten je niet in de steek,' zei David. 'Niet als er wat te vieren valt.'

Yella droogde haar tranen en probeerde zich genoeg te vermannen om Leo en Nick te begroeten zonder hen ongerust te maken. 'Ik heb jullie zo gemist,' zei ze.

De kleine Nick was zo te zien net pas wakker geworden. Zijn wangen gloeiden nog van de slaap, het patroon van zijn trui tekende zich af op zijn heerlijke bolle toet. Toen zijn verwarring plaatsmaakte voor een brede glimlach zag ze in zijn ogen een heel bijzondere twinkeling, maar ook een melancholie die ze meteen herkende. Haar vader was niet dood. Hij leefde door tot aan het einde der tijden; in haar, maar ook in haar kinderen.

'De jongens verwachten een *Frozen*-achtige bruiloft. Ik hoop dat ze niet teleurgesteld worden,' lachte David.

Yella duwde de droevige gedachten aan de kant. Haar moeder zou ze niet meer kunnen veranderen. Het enige wat ze kon doen was beslissen of ze deel wilde blijven uitmaken van haar leven.

'Ik heb je zoveel te vertellen,' zei Yella.

'We praten later wel,' zei David. 'We hebben alle tijd van de wereld.'

Dat klonk als een liefdesverklaring. Yella knikte dankbaar. Lag haar echte emotionele basis niet al lang bij David en haar twee jongens? Ze zou alles op alles zetten om Leo en Nick het warme nest te geven dat ze zelf altijd had gemist. Ze zou naar hen luisteren en hen volgen, waar hun wegen hen ook maar zouden leiden. Ze wilde er alles aan doen om haar zoons te laten voelen dat ze zelf mochten kiezen wie ze wilden zijn. Ook als dat prinses Elsa was.

Ontroerd kuste ze eerst haar jongens, toen David. Yella stroomde over van liefde. Hier was haar thuis. Ze veegde de tranen uit haar gezicht. 'We moeten opschieten,' zei ze dapper. 'Ik wil niet weer te laat komen.'

Alle ergernis was vervlogen, ze was domweg alleen maar dankbaar om David aan haar zijde te hebben.

33

Geven en nemen

Ze waren nog net op tijd. Yella en haar gezin gingen op de lege stoelen op de achterste rij zitten. Nieuwsgierig keek ze om zich heen. Strandpaviljoen Zeezicht rustte op houten palen, aan beide kanten omlijst door duinen. Het pittoresk afbladderende lichtblauwe en mat witte houtwerk paste perfect in het decor van zee en hemel. De strandtent zag er geïmproviseerd uit, alsof hij van drijfhout was gebouwd, wat vermoedelijk het resultaat was van gewiekst gezichtsbedrog. Boven kon je, beschermd tegen de rauwe Noordzeewind, achter grote glazen puien van het uitzicht op zee genieten, beneden in het zand stond een verhoging met een houten boog vol bloemen, nepvlinders en bonte lampions, die het bruidspaar omsloot als de lijst van een schilderij. In de intieme halve cirkel, op blauwe en witte klapstoeltjes, had niet alleen de familie Thalberg plaatsgenomen. Verrast herkende Yella de zoon van Fleur, de eigenaar van het Pannenkoekenhuis en een paar stoere zeebonken, die gezien hun uiterlijk waarschijnlijk samen met Thijs op het olieplatform hadden gewerkt. Zelfs Thijs' ex-vrouw, die van het terrasfilmpje, was gekomen.

Op de achtergrond rolden de golven het strand op. Boven de

opgezweepte Noordzee pakten donkere wolken zich samen. Het zou toch niet gaan regenen? Yella wees onopvallend omhoog, Doro haalde gelaten haar schouders op.

'Die doen niets,' zei ze. 'Ze plagen alleen maar wat.'

Yella lachte luid. Om Doro's opmerking, maar vooral omdat ze er weer eens in was geslaagd alle zussen te overtreffen. Haar eigen rode pak verbleekte bij Doro's kledingkeuze. Die droeg een zwart rokkostuum met knielange panden, een nauwsluitende driekwartbroek, een cumberband, een wit overhemd en een zwart-witte stropdas met graffitidesign. Op haar hoofd prijkte een ouderwetse hoge hoed, waardoor ze nog net niet boven Ludwig uitstak. Doro had er alles aan gedaan om er zeker van te zijn dat ze opviel. Naast het opvallende stel zaten Paul en Helen ongewoon dicht bij elkaar, in hun gewone kleren. Paul pakte Helens hand en zij trok hem niet terug, wat misschien wel een goed eerste teken was.

Yella's blik bleef hangen. Verbluft staarde ze naar een plekje links van haar. Even dacht Yella dat ze tussen de bruiloftsgasten haar vader zag. Maar toen de betreffende persoon naar voren leunde, zag ze dat het haar zus Amelie was. Uiteindelijk had ze toch een keuze kunnen maken en een van haar bloemetjesjurken aangetrokken. Daaroverheen droeg ze de wollen trui met gaten die van hun vader was geweest. Yella was kennelijk niet de enige die een papadag had. Naast haar zat Philomena, met een glimlach van oor tot oor.

Yella voelde hoe Leo's kleine hand in de hare gleed. Aan de andere kant kroop Nick tegen haar aan. Omringd door de mensen van wie ze hield voelde het leven heel licht aan.

Met de nodige afstand, en zonder na te denken over gisteren en vandaag, vormden Thijs en hun moeder een mooi paar. Thijs droeg een zandkleurig pak en nieuwe schoenen.

Doro had het voor elkaar gekregen om die twee er zowel casual chic als ronduit spectaculair uit te laten zien. Dat vonden waarschijnlijk ook de langslopende strandbezoekers die hun telefoons pakten om foto's te maken van de romantische scène. Een verdwaalde hond rende nieuwsgierig blaffend op het bruidspaar af en kwam tussen Thijs en hun moeder in staan. Hij maakte iedereen aan het lachen, tot de beschaamde eigenaar hem eindelijk te pakken kreeg.

'Ik heb het gefilmd,' riep Lucy enthousiast uit. 'Dat wordt mijn beste TikTok ooit!'

De ambtenaar maakte dankbaar gebruik van het voorzetje: 'Wat de hemel heeft verbonden mag een teckel niet scheiden.'

'Die trad gisteren op in de surfwinkel,' zei Ludwig stomverbaasd. 'Dat is die cabaretier.'

'Niet alleen dat. Hij is ook trouwambtenaar,' fluisterde Philomena.

'Grapje zeker?' zei Paul.

'Dit is Nederland,' zei Philomena. 'Hier kan dat: *BABS* noemen ze dat, *Buitengewoon Ambtenaar van de Burgerlijke Stand*. Als hij niet op het podium staat, kun je hem voor bruiloften boeken.'

'En dan rest me eigenlijk nog maar één vraag,' riep de onconventionele ambtenaar tegen de razende wind in.

Hij laste een veelzeggende pauze in en liet zijn blik langs het kleine gezelschap gaan dat zich op het strand had verzameld. 'Heeft iemand misschien een aspirientje voor me?'

Philomena sprong op alsof ze het zo hadden afgesproken. Iemand gaf een glas water aan.

'Bij *Frozen* was alles heel anders,' mopperde Leo.

De ambtenaar slikte het tabletje door.

'Nog iemand?' riep hij, zwaaiend met het doosje. 'Ik weet

dat ik niet de enige ben die hoofdpijn krijgt van deze verbintenis. Als je vrienden bent met Thijs krijg je vroeg of laat hoofdpijn. Tenzij je net zo'n hard hoofd hebt als Henriette.'

Henriette Thalberg lachte vrolijk.

'Niet iedereen die vandaag heeft plaatsgenomen op een van de klapstoelen is gelukkig met de situatie. De helft van jullie is hier alleen voor de hapjes. Maar je mag de liefde niet smoren in verwachtingen. Zeker niet als het om Thijs gaat.'

Yella wist niet wat ze hoorde. De trouwambtenaar kreeg het voor elkaar om met veel humor een levendig, maar vooral eerlijk beeld van Thijs en hun moeder te schetsen.

'Voor onze Duitse vrienden is dat soms lastig te begrijpen,' vervolgde hij, 'maar wij Hollanders zijn geboren op de dijk, dat tekent je voor het leven. Je beweegt je voort over een smal pad, de wind waait van alle kanten op je in, en zodra je ook maar even afwijkt van je pad kukel je links of rechts naar beneden. Je valt. En dan klim je weer omhoog, en dan begint het verhaal weer van voren af aan.'

David wierp Yella een samenzweerderige blik toe, alsof hij haar duidelijk wilde maken dat die woorden ook voor haar golden. Was dat typisch Hollands? Dat je de mislukking meteen incalculeerde? Niet alles hoefde perfect te zijn, zolang je maar weer opstond. Thijs lachte zijn eigen falen in elk geval weg.

'Veel paren kunnen niet wachten tot de gasten zijn vertrokken en ze de cadeaus kunnen uitpakken. Vooral als die in een envelop zitten. Om de procedure te verkorten heb ik alvast iets voor jullie. Maar voorzichtig, het heeft tanden.'

Yella proestte het uit. De man hield doodleuk een zaag omhoog.

'Thijs, Henriette: zodra jullie in de problemen komen, koop een blok hout en zaag het samen in stukken. Dat kan alleen als je het samen doet, geven en nemen.'

'Wil je dat?' vroeg Thijs hardop.

'Ja,' zei hun moeder luid en duidelijk. 'Ja, ik wil.'

'Ja, ik wil,' antwoordde uiteindelijk ook Thijs op de plechtige vraag.

Zijn ogen liepen vol. Gelukkig had hij twee zakdoeken bij zich; eentje in de achterzak van zijn broek, die was voor hemzelf, de andere kwam uit zijn borstzakje en was voor Henriette. Vreemd genoeg was het dit kleine ontroerende gebaar dat hem voor Yella innam. Nog meer dan de kus. Ze hoopte dat Thijs op zijn eigen manier en binnen de grenzen van zijn mogelijkheden het beste met haar moeder voorhad.

'Ja, ik wil!' schreeuwde hij een tweede keer tegen de wind in, zodat iedereen het zou horen.

Er klonk gejuich. Op het strand stonden wildvreemde toeschouwers te applaudisseren.

Na het officiële gedeelte was het tijd voor verbroedering. Het feit dat Thijs een recidivist was weerhield niemand ervan om na het jawoord de voltallige familie Thalberg hartelijk in hun midden op te nemen. 'Je trouwt niet met het meisje, je trouwt met de familie,' verklaarde de chronisch opgewekte trouwambtenaar.

Er barstte een feest los van jijen en jouen, drie kusjes op de wang, zingen en dansen.

'Gefeliciteerd met je moeder en Thijs!'

Iedereen feliciteerde iedereen, zoals Yella het al van Nederlandse verjaardagen kende. Zelfs haar moeder nam het woord en bedankte haar dochters. 'Jullie hebben mijn leven gered. Zonder jullie zou ik er niet meer zijn. Zonder jullie had ik het opgegeven.'

Ze veegde een traan weg.

'Dat is het probleem met ouder worden. Dan besef je wat je allemaal verkeerd hebt gedaan. Je vindt jezelf steeds minder leuk. Als ik naar jullie vieren kijk, hoop ik dat ik niet alles verkeerd heb gedaan.'

Thijs had de Fanfare van de Eeuwige Liefde geregeld, een Amsterdams straatorkest dat uit koperblazers en slagwerkers bestond, die alle bruiloftsgasten na het eten aan lange, feestelijk gedekte tafels vol vuur en passie van hun stoelen wisten te krijgen.

Ze speelden van alles, van Oost-Europese en Cubaanse klanken tot aan klezmer. Thijs had geen betere muziek kunnen uitzoeken. In de liederen klonken zowel een nieuw begin als een afscheid door.

Ten slotte pakte Thijs zelf de microfoon en zong een tekst van Woody Guthrie, die hij voor de gelegenheid een beetje had aangepast.

I'm gonna walk in this world
The best I can if I can
I am gonna talk in this world
The best I can if I can
I'm gonna love you in this world
The best I can...

De muziek klonk meeslepend, maar ook een beetje melancholiek over het strand, vermengde zich met de wind en stierf weg in de brekende golven. Kippenvel kroop over Yella's lijf toen ze zich realiseerde dat Thijs op dat moment elk woord meende. In de lucht vibreerde de oprechte belofte van iemand die wist dat hij had gefaald, maar evengoed elke ochtend weer opstond. Zijn bedoelingen klonken zo oprecht, en Yella wilde zo graag in zijn woorden geloven. Net zoals ze wilde geloven dat de dokters nog een kaart achter de hand hadden. De tranen liepen haar over de wangen toen ze ineens Doro's hand op haar schouder voelde.

'Alles is geregeld,' zei ze. 'Zelfs als ze morgen van hem af wil heeft ze in financieel opzicht niets te vrezen.'

'Mama heeft kanker,' zei Yella. Ze was niet bereid om zichzelf op te werpen als hoeder van de geheimen van haar moeder. Haar zussen hadden recht op de waarheid.

Doro knikte alleen maar: 'Zoiets had ik al bij elkaar gerijmd. Het ziekenhuis, alle onderzoeken, de verschillende versies die ze vertelde, de mail van de huisarts...'

Ze had haar moeder de afgelopen dagen van heel dichtbij meegemaakt, ze had haar ademnood gezien en de pijnstillers in haar handtas gevonden.

'Laten we feestvieren,' zei Doro. 'Wie weet wat ons morgen te wachten staat.'

'Het is onze taak om haar wensen te respecteren,' zei Helen.

Yella knikte berustend.

En toen trok Thijs Henriette in zijn armen voor de eerste dans.

'Wat is het toch een mooi stel,' verzuchtte Amelie.

Yella hoopte oprecht dat haar moeder in haar nieuwe echtgenoot zou vinden waarnaar ze op zoek was geweest. En dat het haastig gesloten huwelijk lang genoeg zou duren. Ze voelde dat ze al begonnen was met afscheid nemen. Misschien al jaren. Vreemd genoeg had het irrationele gedrag van haar moeder ook iets bevrijdends. Alle moederlijke adviezen waarmee ze Yella had overstelpt zeiden waarschijnlijk meer over

Henriettes angsten dan over Yella.

Hoe had Helen het ook alweer gezegd? 'Ik wil niemand verantwoordelijk maken voor mijn geluk.'

Misschien had haar zus gelijk. Het ging er niet om wat haar moeder van haar leven vond. Het ging niet om David en om de vraag of zijn roman ooit af zou komen. Ze was zelf verantwoordelijk voor haar geluk.

Yella zocht zijn blik. Hij knipoogde naar haar en stak verlegen zijn handen naar haar uit om haar ten dans te vragen. Yella trok haar schoenen uit en zweefde op blote voeten met David over het koele zand, terwijl de zon in een bombastisch theater van blauw- en roodtinten onderging achter het kilometers verderop gelegen windpark in zee.

'Waarom zijn wij niet op het strand getrouwd?' fluisterde David in haar oor.

Yella keek hem verrast aan. 'Is dat een aanzoek?'

Hij grijnsde over zijn hele gezicht. 'Nee,' zei hij.

'Godzijdank,' zei Yella. 'Wat mij betreft zijn we op het moment getrouwd genoeg. De stress begint al zodra de uitnodiging op de mat valt.'

Hij lachte: 'Dan zitten we op één lijn.'

Bij wijze van antwoord vlijde Yella zich tegen hem aan. Een moment lang wenste ze dat ze hem nog een keer voor het eerst zou kunnen zien, zoals jaren geleden. Toen ze nog zo zalig vreemd voor elkaar waren en nog niet hoefden uit te vechten wie de afwas deed of de vuilniszakken aan de straat zette. Maar toen, tussen twee wentelingen in, keek ze trots naar haar twee jongens, die samen met Lucy marshmallows roosterden boven de vuurkorven. Die twee maakten meer goed dan ze misschien was kwijtgeraakt. Voor geen goud zou ze de tijd terugdraaien.

Naast hen stond Amelie, als samengesmolten met Philomena. Haar kleine zusje, dat bij iedereen de behoefte opriep om haar te beschermen, leunde over haar heen en stak haar handen in de zakken van het pak van de vrolijke taxichauffeuse. Wat die plotselinge intimiteit betekende wist ze waarschijnlijk zelf nog niet. Nu pas besefte Yella hoe weinig aandacht ze tot dan toe voor Amelie had gehad. Ze nam zich heilig voor om in de toekomst meer tijd te besteden aan haar kleine zusje, dat zo makkelijk kopje-onder ging in hun luidruchtige gezin. Voor nu had Philomena die rol op zich genomen. De glans van de vlammen flakkerde over hun gelukkige gezichten. Yella stond wat voor zich uit te dromen toen een harde duw in haar zij haar uit haar gedachten deed opschrikken. Doro! Dat kon niet missen! Samen met Ludwig maakte haar grote zus ruimte voor zichzelf op de zanderige dansvloer. Yella lachte er maar om. Het gevaarlijkste plekje was zoals altijd dat tussen Doro en het licht van de schijnwerpers in. Binnen de kortste keren vormde zich een kring rond het excentrieke stel. Ludwig was verbluffend lenig. Op indrukwekkende wijze demonstreerde hij dat je gewicht er bij het dansen helemaal niet toe deed, enkel en alleen je gevoel: goede dansers had je in alle soorten en maten. Ludwig keek stralend naar zijn vrouw, die haar plek in de spotlights opeiste met een meeslepende dansact en werd toegejuicht door de bruiloftsgasten. Hij was soft, zij had een stekelige buitenkant. Geen wonder dat die twee aan elkaar bleven plakken als klittenband.

Yella werd overspoeld door liefde. Zo was Doro nu eenmaal: onmogelijk en geweldig tegelijk. Op dat moment begreep ze wat die unieke zee haar kon leren. De Noordzee leefde van tegenstellingen: eb en vloed, zonne-uren en stormvelden, ruige natuur en lieflijk licht, overlevingsstrijd en strandpret.

Heel even hield de tijd zijn adem in en veranderde hen weer in de zomerzussen van weleer. Ieder van hen gevangen in haar eigen leven, maar ondanks alle verschillen voor eeuwig met elkaar verbonden.

Op dat moment kwam er een berichtje van Helen binnen op haar telefoon. Yella herkende het huis op de foto meteen. Paul had de villa met de grote tuin en de opvallende erker gevonden die hun vader die laatste zomer voor het gezin had geboekt. Yella zoomde in. TE HUUR. VAKANTIEWONING. Het huis, dat Villa Vlinder heette, werd kennelijk nog altijd als vakantieverblijf verhuurd.

Yella keek zoekend om zich heen. Waar was Helen in hemelsnaam gebleven? Er was geen spoor van haar zusje te bekennen. Ook van Paul niet. Het was duidelijk dat ze een veilig heenkomen hadden gezocht om maar niet te hoeven dansen. Dat ze samen waren weggevlucht beschouwde Yella als een goed teken. Kennelijk was er meer wat hen verbond dan scheidde. Zelf miste ze Helen nu al. De afgelopen dagen hadden hen dichter bij elkaar gebracht. Ze zou graag meer tijd met haar zusje doorbrengen en het nog maar net begonnen gesprek tussen hen voortzetten.

Ineens wist ze wat haar te doen stond. Het lange weekend in Bergen smaakte naar meer. Ze wilde Leo en Nick de kanalen en de schepen laten zien, ze wilde met hen verdwalen in het bos, 's morgens in de vloedlijn naar schelpen zoeken, krentenbollen eten op het strand, in de zee zwemmen, vette friet in de mayo dippen en tegen de wind in over de polderwegen fietsen. Ze wilde haar zoons laten delen in haar jeugdherinneringen. Ze wilde hun over hun opa vertellen en samen met hen in het zand liggen en naar de wolken kijken. Wat moest je doen als je verdwaald was? Er bestonden duizend verschillende antwoorden op die vraag. Eén daarvan was: teruggaan naar de laatste plek die je je kon herinneren. En David was van harte uitgenodigd om met haar mee te gaan, als het tenminste in zijn agenda paste.

Het had geen zin om te wachten tot hij zijn roman had voltooid en het echte leven begon, evenmin als het zin had om te wachten tot haar moeder het gezin bijeenbracht.

Heb je al plannen voor de grote vakantie? schreef ze terug aan Helen. Zullen we het huis huren? Het ziet eruit alsof het groot genoeg is voor een paar zomerzussen.

Ja, ik wil! schreef haar zus onverwacht snel terug. Helen had zo haar eigen pseudowetenschappelijke ideeën over de reden waarom de familie Thalberg zo functioneerde als ze deed: 'We maken ruzie, en waar wrijving is ontstaat warmte. En dat is wat ons bindt.'

Misschien ging dat ook op voor hun moeder. Ze hield toch van haar? Ondanks alles? Op haar eigen, gecompliceerde manier?

Yella's blik keerde terug naar de oneindige uitgestrektheid van de zee, die vrijheid en nieuwe vooruitzichten beloofde. Want achter de horizon lonkten nieuwe kusten, nieuwe bestemmingen, een grote wijde wereld die Yella nog moest ontdekken. Haar moeder hing om de nek van Thijs, enthousiast begroet door zijn maten, tot ze niet langer te zien was achter de bruiloftsgasten. Ze verdween letterlijk in haar nieuwe vriendenkring en leven. Maar als ze als dochter niet nodig was, kon ze in elk geval haar best doen om een goede moeder, een geduldige partner en een betere zus te zijn. '*The best I can if I can.*'

Toen ze aan het eind van het feest hun vermoeide jongens over de zanderige trap het duin op tilden en op de achterbank van de auto te slapen legden, was ze alleen nog maar gelukkig. Een paar minuten later doemde de verlichte ruïnekerk voor hen op. Het was vier dagen geleden dat ze daar in haar eigen verleden was gedoken. Haar blik was veranderd. Het bouwwerk was een perfecte weerspiegeling van haar eigen leven: de ene helft ruïne, de andere helft weer opgebouwd en intact. Ook al zouden ze hun oorspronkelijke grootsheid nooit meer terugkrijgen, zo naast elkaar vormden ruïne en kerk een harmonieus geheel. Om de kerk te betreden moest je eerst door het puin. Maar dat was nu net wat het gebouw zo uniek maakte. Zonder het ruïnegedeelte zou het een kerk zijn als vele andere; juist door het samenspel van verwoesting en wederopbouw was deze kerk van nationaal belang.

'Ik heb wat voor je meegebracht,' onderbrak David haar gedachten. Hij wees naar het handschoenenvakje.

'Je had talent,' zei hij. 'Daar moet je mee doorgaan.'

Verbaasd pakte ze een in leer gebonden boekje uit. Yella herkende het notitieboek waarin ze tijdens de schrijfcursus was begonnen, het boek met herinneringen aan haar vader. Er was nog zoveel wat ze niet wist. Zoveel wat ze moest uitzoeken. Hoe had Thijs het ook alweer gezegd? 'De waarheid is een huis met vele kamers.' Zij en haar moeder woonden allebei in een andere vleugel. Hun waarheden over de familiegeschiedenis zouden elkaar misschien nooit overlappen. Het werd tijd om afscheid te nemen van haar moeder en haar eigen verhaal te vertellen. Ze wilde zich eindelijk herinneren wat er die nacht in augustus was gebeurd. Volgende zomer.

Dankwoord

Alle personages in deze roman zijn ontsproten aan mijn fantasie, met één uitzondering: Patrick uit de Comedy Club bestaat echt. Hij heet Patrick Nederkoorn en is ook in het echte leven cabaretier. Als je hem en zijn programma over Nederland en de klimaatverandering live wilt zien, kijk dan vooral even op https://patricknederkoorn.nl of hij ergens bij je in de buurt optreedt. Ik wil hem bedanken voor zijn toestemming om een paar zinnen uit zijn programma over te nemen. Nu hoef ik hem er alleen nog maar van te overtuigen buitengewoon ambtenaar van de burgerlijke stand te worden. Ik ben namelijk zo brutaal geweest om hem die functie in de schoenen te schuiven.

Ik bedank mijn trouwe eerste lezer Lotte, en Paul voor het meedenken over typisch Hollandse manieren van tijdverdrijf.

Ik bedank alle mensen bij Kiepenheuer & Witsch, die zich vol betrokkenheid en liefde over de *Zomerzussen* hebben ontfermd. Met name Ulla Brümmer, die altijd zoveel geduld met me heeft, en Mona Lang, die ik altijd al hoog had zitten. En natuurlijk: een dikke vette bedankt aan Kerstin Gleba, die veel meer is dan een geweldige uitgever. Bedankt voor je ideeën, tijd en vriendschap.

En bedankt, Lotte, Sam en Peter Jan, voor alle lente-, zomer-, herfst- en winterdagen aan de Hollandse kust die model hebben gestaan voor de *Zomerzussen*. Zonder jullie zou deze roman er niet zijn.